Alles wahr

MännerschwarmVerlag

Boris von Brauchitsch

Alles wahr

Roman

Männerschwarm Verlag
Hamburg 2008

Bibliografische Information der Deutschen Bibliothek
Die Deutsche Bibliothek verzeichnet die Publikation
in der Deutschen Nationalbibliografie; detaillierte
bibliografische Daten sind im Internet über
http://dnb.ddb.de abrufbar.

Boris von Brauchitsch
Alles wahr
Roman

Umschlaggestaltung: Carsten Kudlik, Bremen,
unter Verwendung eines Fotos von Boris von Brauchitsch
Druck: Interpress, Ungarn
1. Auflage 2008
ISBN 978-3-939542-21-6

Männerschwarm Verlag
Lange Reihe 102 – 20099 Hamburg
www.maennerschwarm.de

Vorbemerkung

Das Ende dieser Geschichte, in der ich auf Seite 111 auftauche, beschäftigt mich noch immer, und so war es eine besondere Überraschung, als die Verlegerin mich anrief, um mich als Herausgeber zu gewinnen. Zum einen war ich überrascht, dass mein Freund Robert Landau ausgerechnet ihr das Manuskript zugeschickt hat, zum anderen überraschte mich, dass es überhaupt ein Manuskript gab, denn ich habe Robert nie schreiben sehen. Die Wahrheit ist allerdings, dass ich auch sonst wenig von dem mitbekommen habe, was um mich herum passiert sein soll.

Es gibt keinen Grund für mich, an all dem zu zweifeln, aber ich tauge jedenfalls nicht als Zeuge. Und erst jetzt, beim Schreiben dieses Vorworts, merke ich, dass ich auch über Robert nicht viel wusste. Wenn ich seinen Bericht lese, begreife ich nicht, was uns für einige Zeit so eng zusammengeführt hat. Aber gut. Immerhin sind wir schließlich gemeinsam nach Galway gegangen. Roberts Vater hatte mir noch ein Paket für ihn mitgegeben, ein Geburtstagsgeschenk, wie er sagte. Robert hat es nicht ausgepackt, sondern in den Schrank gestellt, als wisse er, was drin ist. Ich wusste es damals nicht.

Von Galway war er sofort hingerissen. Je mehr er sich aber für die Stadt, das Meer und die irische Landschaft begeisterte, desto fremder ist er mir geworden. Ich begann in Dublin zu arbeiten, und wir sahen uns immer seltener. Ich hatte keine Ahnung, was er die ganze Zeit machte. Er hat von den Aran Islands geschwärmt. Das ist in jeder Hinsicht so ziemlich das Ende Europas. Robert ist mehrfach mit der Fähre rübergefahren. Einmal waren wir auch zusammen dort. Den Kopf die meiste Zeit gesenkt, ist er kreuz und quer über die Insel getrabt, als habe er was verloren.

Das Letzte, was ich von ihm hörte, war eine Nachricht auf meinem Anrufbeantworter, in der er mir erzählte, der Mann, der ihn verfolgt hatte, habe sich bei ihm gemeldet. Er wolle kommen und sich den Mantel abholen, den Robert noch von ihm hatte. Danach habe ich Robert nicht mehr erreicht. Über zwei oder drei Wochen habe ich mir immer wieder vorgenommen, nach Galway zu fahren, um nach ihm zu sehen. Es kam nicht dazu.

Dann meldete sich die Polizei bei mir. Sie waren auf der Suche nach Robert, den sie befragen wollten. Man hatte den britischen Galeristen tot aus dem Pool des Hotel Cipriani gezogen. Er war tatsächlich vergiftet worden. Aber zu diesem Zeitpunkt war Robert schon verschwunden. Als die Polizei seine Wohnung aufbrach, fand sie zu ihrer Überraschung so etwas wie eine Galerie vor.

Bei der Wohnung handelte es sich um ein helles Drei-Zimmer-Apartment im dritten Stock eines Mietshauses. In der Mitte des ersten Raumes stand nichts als ein niedriges Bett, im zweiten Zimmer ein Tisch mit vier Stühlen, das dritte Zimmer war leer. Alle Wände waren weiß gestrichen, mit einem ganz leichten Stich ins Blaue. An den Wänden hingen, zwischen doppelten Glasplatten und jeweils von vier Nägeln gehalten, zweiundzwanzig Zeichnungen sowie fünf kleine Ölgemälde, nach denen gefahndet worden war. Im Kühlschrank fanden sich nur alkoholische Getränke, überwiegend italienische Standards. Im Eisfach ein Terminkalender und die zerrissenen Seiten einer thailändischen Erotikgeschichte.

In den folgenden drei Wochen wurde die Wohnung observiert, aber Robert kam nicht zurück. Er ist, wenn ich das so sagen darf, in drei Stufen verschwunden. Erst war da sein Entschluss, nach Galway zu gehen. Dann haben wir uns langsam aus den Augen verloren. Und nach der Begegnung mit seinem Verfolger war er schließlich selbst für mich nicht mehr erreichbar.

Es gibt, wie gesagt, keinen Grund, an dem zu zweifeln, was Robert aufgeschrieben hat. Aber die Wahrheit ist, wenn ich darüber nachdenke: Ich kenne keine Wahrheit. Ich glaube ihm, weil ich ihn geliebt, nicht weil ich an ihn geglaubt habe. Macht dieser Satz einen Sinn?

Philipp McCallan

I.

Ich erwachte aus sumpfigem Schlaf und peilte mit dem rechten Auge den Daumennagel meiner linken Hand an, die auf der Bettdecke lag. Mein Daumennagel war nahezu quadratisch, und das Licht der Neonröhre an der Zimmerdecke schimmerte auf seiner Wölbung. Als ich mich von seinem Anblick lösen konnte und mich im Raum umsah, fiel mir eine leere Bierflasche auf. Dann spürte ich meinen warmen, trägen Körper, schloss die Augen und versuchte mich zu erinnern, wie lange ich schon in diesem Bett lag, aber das Erinnern war so anstrengend, dass ich wieder einschlief. Als ich Stunden später erwachte, fiel das Licht grau durch den Schleier des Fensters. Es war mein Bett, aber ich musste mich aufs Neue mit ihm anfreunden, denn ich war die erste Nacht wieder zu Hause.

Wie immer, wenn es mir möglich war, hatte ich kurz vor Weihnachten die Flucht ergriffen und war erst zurückgekehrt, als die Weihnachtsstollen und Weihnachtsmänner, die seit Ende August in den Supermärkten die Sonderauslagen besetzt hielten, verschwunden waren und mit ihnen die Gerüche nach Lebkuchen, Feuerwerk und heißem Fett. Wenn dann noch die Heiligen Drei Könige weitergezogen waren, konnte endlich Normalität einkehren. Dann traute ich mich zurück in meine Wohnung und nahm mein gewohntes Leben wieder auf. Der beste Weg dorthin war das Frühstück. Mir war es gut gegangen in den letzten zwei Wochen, aber es freute mich dennoch, wieder in unserer Küche zu sitzen.

Ich ließ die Zeitung auf den Frühstückstisch in die Marmeladensemmel sinken und lachte leise. Schadenfroh und ausführlich plauderte das Blatt über eine lehrreiche Erfahrung, die ein paar europäische Galeristen in Venedig gemacht hatten. Ich las solche Berichte immer auch aus professionellem Interesse, denn hin und wieder engagierte mich eine namhafte Versicherung, wenn es darum ging, unabhängige Expertisen für Kunstwerke zu erstellen. Auch mit dem Aufspüren wertvoller Kunstwerke, die plötzlich von der Bildfläche verschwunden waren, hatte mich diese Versicherung bereits zweimal beauftragt. Irgendjemand hatte mich dort empfohlen, und man war bislang mit meiner Arbeit zufrieden gewesen. Obwohl es nur wenige Kunstwerke gibt, deren Verschwinden einen Verlust bedeutet, habe ich mein Bestes getan und musste dabei nicht einmal gegen meine persönlichen Überzeugungen handeln. Denn das Beste, was der Versicherung passieren kann, ist ein wohldosiertes Verschwinden: Von Zeit zu Zeit muss ein Schadensfall eintreten, um die Existenz der Versicherung zu legitimieren. Gerne zahlt man deshalb für das Wiederauftauchen ein moderates Lösegeld. Das richtige Verhältnis von Versichern und Verschwinden zu finden, ist ein sensibler Akt, der ohne Worte auskommt. Aber ziemlich schnell war mir klar, dass die Versicherung ihre Einnahmen gerne mit den Dieben teilt, denn ohne Diebe wäre sie selbst weitaus entbehrlicher.

Ich legte die Zeitung auf den Tisch. Mein Blick glitt über die Sandsteinfassaden der gegenüberliegenden Häuser und fiel auf eine Hure, die auf der anderen Straßenseite ihren Arbeitsplatz lüftete. Meine Umgebung kam mir sehr real vor, während das, was ich in der Zeitung gelesen hatte, nur schwer zu glauben war.

«Die Zeitung liegt auf der Marmeladensemmel», murmelte Rebecca. «Was gibt es denn zu lachen?»

Ich schüttelte leicht verträumt den Kopf, in dem sich das

Venedig-Szenario des Artikels gerade verflüchtigte, nahm einen Schluck Kaffee und blickte auf den blonden und verquollenen Engel, der mir gegenübersaß und so unglaublich zickig sein konnte, dass es kein Mann lange mit ihm aushielt. Und genau das war es wohl, was Rebecca mit ihrer Zickigkeit beabsichtigte. Sie wollte Abwechslung. Aber heute Nacht war ihr Bett leer geblieben, sie war entsprechend gereizt und hatte für meinen Geschmack etwas zu laut *Nirvana* aufgelegt. An diesen Tagen war es mir bestimmt, ihre Launen zu erdulden. Ihre Mähne war noch ungekämmt und die Augen noch nicht ganz geöffnet, ihre helle Haut, die nach Nacht und Schlaf duftete, schimmerte unschuldig wie eine jungfräuliche Leinwand, auf die noch kein Gesicht gemalt worden war. So gefiel mir Rebecca am besten. Dank ihrer Schminkkünste konnte sie sich in eine anrührende Schönheit verwandeln, die manches in den Schatten stellte, was die Modewelt an Models aufbot, aber das reine Ausgangsmaterial, die vollen, blassen Lippen, die gerundeten Wangen, der leichte Schwung ihrer Brauen, waren in ihrer morgendlichen Intimität noch schöner. Nichts mochte ich mehr, als diese Minuten zwischen Bett und Alltag mit Rebecca zu verbringen, sie zum Lachen zu bringen oder ihr verrückte Nachrichten vorzulesen.

«Du glaubst es nicht», begann ich und griff wieder nach der Zeitung. «Hör dir das an: *Kunstraub-Spektakel. Was am 28. Dezember in Venedig vorgefallen ist, scheint für einen Kriminalroman viel zu primitiv,* schreibt die Kulturtante in deinem Lieblingsblatt. *Solche Geschichten gibt's nur in der Wirklichkeit.*»

Rebecca sah mich missgelaunt an. Sie hasste meine Art, allem einen Prolog voranzustellen, immer neue Nebenschauplätze zu eröffnen und nicht auf den Punkt zu kommen.

«Willst du die Geschichte hören oder nicht?», fragte ich unschuldig und bereitete mich auf eine kleine literarische Fingerübung vor, die sie bei einer weiteren Tasse Kaffee über sich ergehen lassen müsste. Sie goss sich tatsächlich nach und nickte, denn sie kannte meinen fatalen Hang, aus einer Zeitungsnotiz einen Roman zu machen, aber sie hatte offenbar nichts Besseres vor. Und kein fremder Mann würde heute Morgen meine Erzählung stören.

«Wir sind in Venedig», begann ich und biss noch einmal in die Semmel, «die kleinen Bugwellen schlagen gegen den Sockel des Palazzo Vendramin-Bardigo und überspülen die bemoosten Treppen der Anlegestelle, als das Wassertaxi sich nähert. Ein Satz, und der Kunsthändler Dr. Winther hat festen Grund unter den Füßen. Der Fahrer reicht ihm noch einen zierlichen Aktenkoffer aus Schweinsleder hinüber und grüßt freundlich. Es sind nur einige Meter durch den Portego zu einer unauffälligen Treppe, die der Fremde irgendwie entdeckt.

Im ersten Stock wird er bereits erwartet. Mit dezenter Höflichkeit streckt ihm ein junger, smarter Typ, der sich als Ruggero Carpi vorstellt, die Hand entgegen. Sein Lächeln umrankt eine dreifache Entschuldigung. Erstens ist er untröstlich, dass er es versäumt hat, seinen Gast bereits am Bootssteg zu begrüßen, zweitens bedauert er, dass er die deutsche Sprache nicht perfekt beherrscht, und schließlich erklärt er, wie traurig es ihn stimmt, dass Dr. Winther mit ihm vorliebnehmen muss, da sein Vater wegen eines Krankheitsfalls in der Familie verhindert ist.»

Unten auf der Straße störte ein Einsatzwagen meine Geschichte. Irgendjemand brüllte, und man hörte Glas splittern. Rebecca verdrehte nur die Augen und forderte mit einer Geste ein wenig mehr Tempo. Ich lächelte, als wollte ich in die Rolle Carpis, des perfekten venezianischen Gastgebers, schlüpfen.

«Seine natürliche Selbstsicherheit, mit der er sich zwischen den erlesenen Antiquitäten des Salons bewegt, seine leise Eleganz und das respektvoll dezente Interesse an seinem Gegenüber lassen keinen Zweifel an der kultivierten Erziehung eines alten italienischen Adelsgeschlechts. Mit einer kleinen Geste fordert er Dr. Winther auf, Platz zu nehmen.

‹Kaffee?› Dr. Winther nickt. Die Gesellschaft dieses jungen Mannes ist ihm ausgesprochen angenehm, und der Kontakt zu einer der offenbar ebenso zurückhaltenden wie bedeutenden Sammlerfamilien Italiens verdient es ohnehin, für zukünftige Geschäfte gepflegt zu werden. Carpi verschwindet für einen Augenblick, mit zwei Tassen Espresso kehrt er zurück.

Er hebt seine Tasse, lächelt, trinkt und setzt sie wie abwesend auf die Untertasse, die er langsam mit der linken Hand auf der dunklen, polierten Tischplatte von sich schiebt, als wolle er nun endlich Platz machen für die wichtigen Dinge des Lebens.

‹Sind Sie zufrieden mit Ihrem Hotel?›

Dr. Winther weiß nicht gleich, was er sagen soll, denn Carpi hat ihn in einem der teuersten Hotels Europas einquartiert, und er hatte sich für sehr bedeutend gehalten, als er die goldenen Hähne in seinem Marmorbad aufdrehte.

‹Das Cipriani ist wirklich beeindruckend.›

‹Das freut mich zu hören.›

Dr. Winther hält es jetzt für angebracht, seinen Aktenkoffer zu öffnen und den Inhalt auf den Tisch zu legen. Zwei Blätter von Dürer, eines von Canaletto, eine Skizze Domenico Tiepolos und als besonderen Leckerbissen eine nächtliche Vedute Guardis. Die Werke hatte die Kunsthandlung Winther schon auf der Messe in Maastricht gezeigt. Einer, für die meisten Aussteller, wenig erfolgreichen Veranstaltung. Umso erfreuter waren Dr. Winther und auch drei seiner Kollegen, als sie wenige Tage nach der Messe vom Sammler Massimo Carpi angerufen und mit ihren Exponaten nach Venedig bestellt wurden. Die Aussicht, auf Kosten des Sammlers im Cipriani zu wohnen, wäre allein Grund genug gewesen, der Einladung zu folgen. Und nun waren sie alle da» – ich hob die Zeitung, um mir die Namen der Kunsthändler noch einmal zu vergegenwärtigen – «Giffroy aus Edinburgh, Perguson aus Kopenhagen, Berentz aus Frankfurt und Dr. Winther aus Paris. Winther war der Letzte, der seine Schätze präsentieren durfte.

Carpi junior beugt sich aufmerksam über den Tisch, betrachtet ernst die präzise Strichführung Canalettos und beißt sich für einen Moment auf die vollen Lippen.

‹Sie haben ein exquisites Auge, Doktor. Mein Vater hat eine gute Wahl getroffen.›

Ein siegessicheres Lächeln huscht über das Gesicht des Kunsthändlers.

‹Und wie gut all diese Blätter nach Venedig passen, finden Sie nicht? Ich würde das Finanzielle gern morgen nach dem gemeinsamen Mittagessen erledigen und Ihnen heute nur den Erhalt quittieren, wenn Sie einverstanden sind.› Carpi fasst Winther, der für den Bruchteil einer Sekunde verunsichert auf den Tisch blickt, fest ins Auge.

‹Aber selbstverständlich können Sie auch sofort einen Scheck bekommen, wenn Ihnen das lieber ist. Dafür habe ich vollstes Verständnis, Doktor›, sagt er.

Dr. Winther nickt dankbar. ‹Verstehen Sie mich bitte nicht falsch, aber es gehört zu meinen Prinzipien ...›

Carpi hebt die Hände, und die magische Geste der Beschwichtigung bringt den Händler unverzüglich zum Verstummen.

‹Ich verstehe Sie vollkommen, und ich schätze nichts mehr als Prinzipien. Sie sind die Grundlage dafür, dass man souverän durchs Leben kommt, denken Sie nicht?› Carpi ist in Hochform.»

Und auch ich fühlte mich hervorragend, aber Rebecca war mit meinen Dialogen nicht einverstanden. Zu viel leeres Gewäsch, gab sie mir zu verstehen. Also schob ich die Marmelade zur Seite, um den Tisch für die Unterzeichnung frei zu machen.

«Eine Minute später hält Dr. Winther einen Scheck über 680 000 Dollar in Händen, den er sprachlos betrachtet.

‹Es hat sich doch an den Preisen nichts geändert seit Maastricht?›, fragt Carpi besorgt, erntet aber nur ein leichtes Kopfschütteln. Die Nullen hatten eine Hypnose bewirkt. Dr. Winther verlässt den Palazzo. Unten wartet bereits das Boot.»

Erster Akt, erstes Finale. Ich sehe den zufriedenen Kunsthändler unter einer Brücke durchfahren, eine Gondel kommt dem Wassertaxi entgegen, und dann entschwindet der Held erst einmal unseren Blicken. Meine Kunstpause nutze ich für einen Bissen und einen Schluck, sehe zu Rebecca hinüber, die sich zurückgelehnt hat und wartet, dann deute ich den Szenenwechsel an.

«Als die Verabredung zum Lunch am nächsten Tag verschoben und am übernächsten Tag ganz abgesagt wird, bekommt Dr. Winther feuchte Hände. Er trifft den Frankfurter Kollegen Reinhold Berentz in der Hotellobby auf dem Weg zum Pool. Der ist sich seiner Sache bombensicher. Für ihn ist das Mittagessen mit dem Italo reine Formalität, und auf Formalitäten hat er noch nie Wert gelegt.

Aber Dr. Winther muss etwas gegen seine feuchten Hände tun. Er lässt sich von der Rezeption mit Peter Giffroy verbinden und lädt ihn zu einem Drink an die Bar ein. Das Concierto de Aranjuez schwingt durch die Hotelhalle. Den Blick auf den Pool stört nichts als eine getönte Panoramascheibe und zwei Herren in hellen Anzügen, deren Mobiltelefone offenbar ununterbrochen vibrieren, denn Dr. Winther sieht sie immer wieder in ihre Hosentaschen greifen und sich visitenkartengroße Objekte ans Ohr drücken. Inmitten dieser Eleganz landet eine

Mücke zwischen den entblößten Schulterblättern einer Dame an der Bar, die Dr. Winther den Rücken zuwendet, um einen Schluck Bellini zu nehmen. Dr. Winther glaubt, den Rüssel und den zuckenden Leib der Mücke unterscheiden zu können. Würde die Bellini-Trinkerin den Stich spüren? Sollte er sie warnen?»

Rebecca räusperte sich.

«Voll witzig, aber kannst du bisschen Tempo machen?»

Ich tat, als hätte ihre Bemerkung mich schwer getroffen, stand auf und ging zum Kühlschrank. Dort schob ich ein Glas Oliven von links nach rechts, warf einen Blick auf die vertrockneten Pilze im Gemüsefach und kehrte nach einem matten Seufzer Rebeccas zurück an den Tisch.

«Also gut», fuhr ich fort. «Die kurzen schwarz gefärbten Haare stehen ihm wie Stacheln über dem sommersprossigen Gesicht, als Giffroy endlich durch die Glastür tritt. Der Brite ist von Winther offensichtlich gerade unter der Dusche gestört worden. Er hat noch nicht gefrühstückt. Zu allen Bedenken seines Kollegen nickt er höflich, während er auf die Brötchen der anderen Gäste schielt und rät, einfach mit dem Scheck zur Bank zu gehen.

‹Wenn Sie erst die Nullen auf Ihrem Konto sehen, werden Sie beruhigt sein›, sagt er.

Winther schlägt einen Ausflug zum Palazzo Vendramin-Bardigo vor, aber Giffroy hat für den Nachmittag bereits andere Pläne. Er hat für seinen *Fischhändler* von Nicolaes Maes und sein Stillleben von Jan van den Hocke den Scheck im Safe, alles Weitere ist nebensächlich.» Ende zweiter Akt. Ich zündete mir eine Zigarette an.

Für das venezianische Finale ergriff ich mit der Linken noch einmal einen randvollen Becher Kaffee, nahm einen großen Schluck und ließ meine Rechte, um die Rückkehr des Helden an den Ort der Tat anzuzeigen, in langsamer Wellenbewegung über dem Tisch dahingleiten.

«Noch als das Taxi in den Kanal einbiegt, an dem der Palazzo steht, hat der Kunsthändler Skrupel. Wie würde seine Penetranz, sein ungeduldiges Auftreten von diesem so distinguierten Adelsclan wohl aufgenommen werden? Vielleicht gab es schwerwiegende Gründe für die Absage, vielleicht war aus dem Krankheitsfall in der Familie ein Todesfall geworden, und er wäre der misstrauische Eindringling in die stille Trauer der Angehörigen. Winther hört das Knirschen seiner Zähne und weist den Chauffeur an, am Palast vorbeizufahren und ihn erst einen Block weiter abzusetzen. Am Tresen eines Cafés nimmt er einen Cynar und kaut an seinem Daumennagel. Die Anspannung droht ihn zu zerreißen. Links und rechts brodelt der Alltag, während er selbst wie unter einer Glasglocke hockt, die jeden Moment mit einem Schlag zu zerplatzen droht. Niemand scheint das zu bemerken. Er ringt nach Luft, wirft ein paar Münzen auf das polierte Blech der Bar und stürzt auf die Straße. Draußen ist er verloren, einsam und ohne Alkohol. Er sucht an einem Brückengeländer Halt und zwingt sich zu einem halbwegs klaren Gedanken. Dann macht er sich auf die Suche nach einem dem Campo zugewandten Portal des Palazzo. Er steht davor, schaut an der Fassade hinauf bis in den Himmel. Tauben kreisen über ihm. Winther betätigt die Glocke, dann den eisernen Türklopfer. Als niemand öffnet, zieht er sein Mobiltelefon und ruft die Polizei. Ihm ist nun alles gleichgültig. Er will nur noch Gewissheit.»

Einmal noch atmete ich tief durch, beugte mich langsam über den Tisch, um Rebeccas Aufmerksamkeit auf mich zu ziehen, und nahm meine Stimme ganz zurück.

«Als sie endlich am Zielort ihrer Mission eintreffen, finden die Carabinieri Dr. Winther auf den Stufen des Palastportals.

Ein bleicher Ausländer, den Sommeranzug von Taubendreck beschmutzt. Durch seine Fledermausohren leuchtet rosa die warme Sonne des Spätnachmittags. Winther ist am Ende, und der Albtraum nimmt seinen unabwendbaren Lauf. Die Eigentümerin des Palazzo ist schnell ausfindig gemacht, eine Contessa aus Udine, die das lästige Familienanwesen tage- oder wochenweise durch eine Agentur vermieten lässt. Die Mieter der vergangenen Tage waren möglicherweise Amerikaner, sie hatten schon Wochen zuvor telefonisch reserviert und bar gezahlt, ganz ohne lästigen Papierkram. Einen Ruggero Carpi kannte niemand, und natürlich waren die Schecks nicht gedeckt.»

«Ja», sagte Rebecca, «ja. Was für eine Geschichte! Krass», sagte sie.

Was mich erheiterte, war vor allem, dass es auch Reinhold Berentz erwischt hatte, den ich aus meiner Studienzeit als den selbstgefälligsten aller Kommilitonen kannte. Er hatte seinen GTI am liebsten auf dem Campus geparkt und sich, während wir anderen in die Mensa essen gingen, ein Lunchpaket vom Gourmet-Catering auf die Bank vor der Cafeteria liefern lassen. Schon seine Eltern waren erfolgreiche Kunsthändler gewesen, und Reinhold glaubte bereits mit zwanzig zu wissen, hinter welchem Biedermeier-Schreibtisch er mit fünfzig sitzen werde. Es freute mich aufrichtig zu hören, dass er so richtig auf die Schnauze gefallen war. Irgendein Gangster, der noch glatter war als Reinhold, hatte ihn zum Idioten gemacht. Meine Sympathien waren klar verteilt.

Ich hatte gute Laune, und es gab keinen Grund, warum ich mich, nachdem die Marmeladensemmel verschwunden war, davon abhalten lassen sollte, an meinen Schreibtisch zurückzukehren. Ich musste für irgendeine kunsthistorische Fachzeitung noch einen Artikel über eine *Dornenkrönung* schreiben, die man auf dem Dachboden einer Kirche in Genua gefunden hatte. Sie galt nach erster Einschätzung als Kopie nach Caravaggio, aber es waren Stimmen laut geworden, die einen Teil des Bildes für ein Original hielten. Vielleicht hatte der Maler den leidenden Jesus tatsächlich unfertig zurückgelassen und jemand anders hatte ihn fertig gemalt. Was sollte ich dazu sagen? Je nachdem, wie viel man Caravaggio zuschrieb, änderte sich der Preis. Das Bild blieb dasselbe, aber der Preis änderte sich in schwindelerregenden Dimensionen. Das war Paragraf eins im Grundgesetz des Kunstmarktes. Ich hatte immer weniger Lust, mich über solche Dinge zu verbreiten, und deshalb schob ich diesen Artikel auch schon seit der Vorweihnachtszeit von Tag zu Tag vor mir her. Doch Redaktionen sind unnachgiebig. Ich ging also in mein Zimmer, zu meinem persönlichen Computer, der mich, meine Gedanken, meine Fantasien und sexuellen Vorlieben besser kannte als sonst jemand, ich drückte eine beliebige Taste, um seine Reaktion zu testen, und auf dem Bildschirm wurde ein *Neues Dokument* angezeigt. Die leere graue Fläche, die ich vor mir sah, verdiente natürlich nicht, dass man sie Dokument nannte. Ich stellte mir den Dachboden in Genua vor und ein paar Halbwüchsige, die mit einer Taschenlampe die enge Treppe hinaufstiegen, auf der abgebröckelter Putz und zwei, drei verendete Tauben lagen, um oben in Ruhe eine Zigarette zu rauchen. Mit der Taschenlampe leuchteten sie in die Ecken des Gebälks, und der gelbliche Lichtstrahl streifte ein Gesicht, über das Blut lief. Darüber würde es lohnen, sich Gedanken zu machen. Stattdessen sollte ich etwas über die Wahrscheinlichkeit in das *Neue Dokument* tippen, die Wahrscheinlichkeit, dass Caravaggio in Genua tatsächlich selbst zum Pinsel gegriffen hatte. Ja, er war in Genua gewesen, natürlich. Aber mich reizte weit mehr zu erzählen, wie er in Rom auf offener Straße einen eifersüchtigen Juristen verprügelte, der seine Angebetete als Madonna auf einer von Caravaggios Leinwänden wiederentdeckt hatte. Dass er deshalb nach Genua geflohen war, war vergleichsweise uninteressant. Warum also sollte ich darüber schreiben? Meine Grübeleien über das matt erhellte, gerasterte Grau wurden dadurch beendet, dass der Bildschirmschoner aktiv wurde. Langsam rotierten bunte Pyramiden. Das war schon ein Fortschritt und ein Anlass, die Kreise der Pyramiden zunächst nicht zu stören und aus der Küche einen Becher Kaffee zu holen.

Kurz darauf ertappte ich mich dabei, wie ich die Wohnungstür zweifach verriegelte. Von außen. Dann lief ich stadteinwärts, starrte in Schaufenster, rauchte zwei oder drei Zigaretten, überlegte, was ich wohl kaufen könnte, und fand mich wenig später in einem Café wieder, wo ich auf der Innenseite einer zerlegten Zigarettenschachtel Geniales notierte. Ich war verblüfft, wie viel Text auf der Innenseite einer Zigarettenschachtel Platz findet.

Am nächsten Morgen war der Engel an meinem Küchentisch gut gelaunt. Ein passabler Job war in Aussicht, ein Mann hatte ihr die vergangene Nacht versüßt, und für den Moment hatte sie genug Kaffee in ihrer Tasse. Rebecca lächelte sanft, als ich hereinkam.

«Wie gut du aussiehst!», murmelte sie in ihre Tasse.

«Danke», sagte ich. «Gibt es noch Kaffee?»

«So ein Leben ohne Arbeit und Sex tut dir gut. Ja. Es gibt noch Kaffee. Nimm dir.»

«Danke.»

«Gerne.»

Sie legte die Beine hoch und räkelte sich lasziv, als wolle sie die Wirkung ihrer Attraktivität an mir erproben. Ich gähnte demonstrativ und spähte in die Thermoskanne.

«War übrigens schon dreimal Telefon für dich», lächelte sie vielsagend. «Zuerst deine Mutter. Sie will heute Abend vorbeikommen, dann die Tante von der Concil-Versicherung und grade noch so ein Typ. Klang sehr wichtig, wollte mir allerdings nicht sagen, worum's geht. Hat aber nach Robbie gefragt, nicht nach Herrn Landau. Robbie! Was ist denn das für'n Scheiß?! Immerhin, ihr seid per Du, und das schon so früh am Morgen. Respekt.»

Sie schob mir einen Einkaufszettel zu. Brot, Milch, Radieschen, Parmesan, Cidre. Ganz unten standen Name und Nummer von Reinhold Berentz. Ich war überrascht. Seit über einem Jahr hatte ich ihn nicht mehr gesehen. Er verkehrte in anderen Kreisen, daran hatte er nie einen Zweifel gelassen. Zur Überraschung kam schnell Neugier.

Rebecca sah mich forschend an.

«Wer ist das, wenn ich fragen darf?»

«Der aus der Zeitung, der GTI-Angeber von diesem Kunstraub. Du weißt schon», sagte ich so beiläufig wie möglich und wählte seine Nummer.

«Nein! Das ist ja urgeil! Was will der denn von *dir*? Kein Lover, ein echter Kunstmensch! Kannst du mir mal sagen, wieso der mit dir plaudern will, der müsste doch jetzt andere Sorgen haben ...»

«Ja, hier ist Robert.» Ich schnitt Rebecca eine Grimasse, damit sie endlich die Klappe hielte.

Es war wichtig. «Schön, dass du dich meldest. Du hast ja sicher schon gehört, um was es geht, nicht? Wie ich erfahren habe, arbeitest du für diese Halsabschneider von der Versicherung und wirst unsere Kunst wieder auftreiben. Na, Prosit. Du seist so ein sensibler Ermittler, habe ich mir sagen lassen. Klar, sensibel bist du ja veranlagt, oder hat sich daran was geändert?»

Es folgte ein röchelndes Gelächter, das Reinhold Berentz selbst sehr zu genießen schien. Es gab mir Zeit, darüber nachzudenken, wie ich reagieren sollte. Die Versicherung hatte schon über mich verfügt, ohne mich zu fragen. Wenn Reinhold das erführe, würde ich in seinem Ansehen noch weiter sinken.

«Du musst nichts sagen. Hör einfach zu. Wir, die Geschädigten, wollen zusätzlich ein Kopfgeld auf die Diebe ausloben, oder wie man das nennt. Damit es keinen Zweifel daran gibt, dass wir an der Wiederbeschaffung der Werke interessiert sind. Alles verstanden, Robbie? Also hol dir die Prämie, Kumpel.»

Während ich seinem Monolog lauschte, sah ich Reinhold leibhaftig vor mir und hielt den Telefonhörer unwillkürlich ein wenig weiter weg von meinem Ohr. Gerade jetzt fiel mir eine Untersuchung ein, von der ich in der Zeitung gelesen hatte und die zu dem Ergebnis gekommen war, dass sich auf Telefonhörern hundertmal mehr Bakterien tummeln als auf Klobrillen.

«Ja», krächzte er, «du kannst es doch sicher brauchen. Ich meine, ein bisschen zusätzliche Motivation bei der Verbrecherjagd?» Er verlachte den Schluss, dann herrschte Stille, bevor er noch einmal nachsetzte. «Also pack mal die Zahnbürste ein. Wann geht's denn los?»

Was sollte ich sagen? Mich hatte noch keiner gefragt, ob ich überhaupt irgendwohin fahren wollte. Auch betrachtete ich mich nicht als erste Wahl für eine solche Tätigkeit. Die alten Meister hatte ich während des Studiums eher als Pflichtprogramm absolviert, um mich weitgehend der Moderne zu widmen. Ich hatte etwas länger gebraucht, ihre Geheimnisse zu erahnen, und war noch dabei, mich ihnen anzunähern. Allerdings hatte ich das bei meinen Gesprächen mit der Versicherung unerwähnt gelassen. Lange Zeit war ich lieber durch die neuen New Yorker Museen gestreift, als mich mit niederländischem Barock oder italienischer Renaissance herumzuschlagen und die Bekanntschaft von Heiligen mit Äxten im Schädel oder abgeschnittenen Brüsten zu machen. Es war keine Frage: Tausend andere konnten den Job besser machen als ich. Aber ich durfte eines nicht aus den Augen verlieren: das Geld. Also räusperte ich mich.

«Sicher hast du nichts dagegen, wenn ich die Details mit der Versicherung bespreche.»

«Bingo, mein Freund. An die Arbeit! Am besten, du fängst in Venedig an. Montag? Von uns gibt's immerhin zehntausend, das ist doch für dich 'ne Menge Schotter. Komm später einfach mal bei mir im Büro in der Oberlindau vorbei. Bis denne.»

Rebecca war sprachlos. Wie konnte ich schon wieder so ein Angebot bekommen, während sie morgen in einer Werbeagentur als Junior-Irgendwas-Assistent anfangen musste?

Ich ging nicht weiter darauf ein, zog los, kaufte Brot, Milch, Parmesan und einen Venedigführer, rief, zurück am Küchentisch, die Concil-Versicherung an und beobachtete dabei Rebeccas Mann der vergangenen Nacht, der zerzaust und nur mit Unterhose bekleidet ins Bad wankte. In der Leitung war der zuständige Abteilungsleiter, der sich über die Leichtgläubigkeit der Geschädigten erregte.

«Nicht mal einen Scheck haben die sich ausstellen lassen. Absurd.» Ich hörte geradezu, wie er die Augen verdrehte. Für so naiv hatte ich sie allerdings auch nicht gehalten.

«Im täglichen Geschäftsleben Nieten, aber beim Abschluss der Versicherung Genies, das sage ich Ihnen», so der Abteilungsleiter. «Die sind leider nach partiell für sie ernüchternden Erfahrungen inzwischen so clever, dass sie sich gegen alle Eventualitäten abgesichert haben. Es ist manchmal schon eine Plage, dass man sich heute gegen alles versichern kann. Sogar gegen die eigene Dummheit.»

Ich war etwas unkonzentriert, denn Rebecca gestikulierte unverständlich, wies auf die Badezimmertür und näherte dann ihren Mund meinem freien Ohr.

«Ab morgen wird bei mir alles anders», raunte sie mir zu.

Ich nickte und wusste dabei nicht, ob ich ihr oder dem Abteilungsleiter recht gab. Da ich jedoch nichts sagte und der Abteilungsleiter mein Nicken nicht sehen konnte, kam er schnell zu einem Ende und bat mich, sein in mich gesetztes Vertrauen nicht zu enttäuschen. Als ich aufgelegt hatte, war ich wieder ganz in unserer Küche.

Es war sicher gut, dass Rebecca jetzt in einer großen Agentur klein anfing und ich für meine Versicherung tätig wurde. Ich las ein wenig über Venedig, ohne mich wirklich konzentrieren zu können, denn wichtiger als die Geschichte der Dogen war die Frage, wie ich in diesem Fall vorgehen sollte. Würde ich wirklich in den Wirren der Ereignisse und Gassen dieser Stadt die Fährte aufnehmen können? Und wer war mein Gegner?

«Möchtest du noch einen Kaffee, bevor du gehst?», fragte Rebecca den Mann, der nun aus dem Bad kam und leider schon viel zahmer und zivilisierter aussah. Er nickte und setzte sich zu uns.

II.

Im Vorzimmer seines Büros telefonierte die Sekretärin. Reinhold Berentz hatte sie offenbar mit Bedacht ausgewählt. Auf ihrem Tisch, durch den hindurch man ihre gebräunten Beine sehen konnte, lagen zwei Gegenstände aus Plastik, auf die sie unverwandt starrte, wobei sie langsam den Kopf schüttelte.

«Ja, hallo? Ja. Es geht noch immer um mein Telefon. Nein.

Habe nicht mit Ihnen gesprochen. Ja. Moment, ich notiere.» Sie legte den Kopf schief und kritzelte auf einen bläulichen Block. «Ja. Und vielen Dank. Auf Wiederhören.»

Über den Zweck meines Besuchs schien sie bereits im Bilde und öffnete mir die Tür zu Berentz. Sein Büro war der Design-Traum jedes Vorstands-Bankers. Mattiertes Glas, Leder, Edelstahl, eine versenkbare Mahagoni-Bar und gediegener Ausblick.

Der Verlust in Venedig hatte Reinhold offenbar keineswegs erschüttert oder irgendwelche Selbstzweifel in ihm geweckt. Er schien eher eine erneute Bestätigung darin zu sehen, dass auch andere Gauner auf Erden lebten und er, um konkurrenzfähig zu bleiben, weiter daran arbeiten musste, ignoranter, schmieriger und smarter als sie zu werden.

«Tja», begrüßte er mich. «Noch ganz der Alte, was!»

«Danke gleichfalls», hörte ich mich sagen, obwohl er noch teigiger war als bei unserer letzten Begegnung.

«Ja, mir geht's auch gut. Bis auf diese Kleinigkeit. Hut ab vor den Kerlen! Aber sie haben das Spiel etwas zu weit getrieben, findest du nicht? Da müssen wir doch was unternehmen!»

«Kerle?»

«Wie bitte?»

«Du sagtest: Kerle.»

«Ja, richtig. Ich sagte Kerle. Einer allein kriegt so was nicht hin, das kannst du mir glauben.»

«Aber gesehen hast du nur einen?»

«Ja. So ist es, mein Gutster.»

Reinhold ließ sich in den Chefstuhl sinken, den er fast völlig ausfüllte, und drückte auf einen Knopf, um das Vorzimmer zu beschäftigen.

«Zwei Kaffee für uns, und sagen Sie den 14-Uhr-Termin ab, ja?»

Kaum hatte er den Knopf wieder losgelassen, fixierte er mich, überdehnte der Reihe nach seine Finger, bis sie knackten, und stieß dann kurz und geräuschvoll Luft aus der Lunge.

«Ich kenn dich doch», sagte er. «Du lässt ja eh nicht locker. Also hör zu. Es ist noch eine zweite Person im Palazzo gewesen, auch wenn ich sie nicht gesehen habe. Carpi hat über eine kleine Sprechanlage Kaffee für uns bestellt. Als er nicht kam, hat er sich kurz entschuldigt, ist nach nebenan gegangen, hat dort nach jemandem gerufen und dann sehr leise mit einer Person gesprochen. Dann ist er mit dem fertigen Kaffee zurückgekommen.»

«Und?», fragte ich und hielt noch immer die Lehne des Besuchersessels fest.

«Nichts und. Entschuldigt hat er sich. Das Personal wär durcheinander wegen der Krankheit seines Vaters, hat er gesagt.»

«Hast du verstanden, was da geredet wurde?»

«Wie denn. Ich könnte nicht mal sagen, ob der unfähige Kaffeekocher Männlein oder Weiblein war.»

Er lehnte sich zurück und nickte. Immer noch die alte Qualle, dachte ich.

«Setz dich doch, Robbie! Ich will ganz ehrlich sein. Komm, setz dich! Also, meine Kollegen, vor allem Mr Giffroy, hatten die Idee dieser Erfolgsprämie. Ich selbst hätte mir von dem Geld lieber 'nen netten Abend gemacht, aber was soll's. Wenn's dem Image guttut. Und solltest tatsächlich du die Kohle kriegen, prima. Dann sind mal wieder 'n paar Designerunterhosen drin.»

Der Gästesessel war ein wenig niedriger als sein Schreibtischstuhl, aber durchaus bequem. Ich würde mich nicht aufregen, Reinhold ließ mir ohnehin keine Zeit zum Nachdenken.

«Ich habe alles zusammengestellt, was du brauchst. Oder

besser: was wir haben. Kopien von den Empfangsbestätigungen, die dieser Carpi uns ausgestellt hat. Perguson hatte seine vor Wut schon zerrissen, der Idiot.» Die Qualle klopfte mit dem Zeigefinger auf die sorgsam zusammengefügten Schnipsel. «Nicht ganz dicht, der Kollege. Hier Kopien von den Einladungsbriefen mit dem schicken Briefkopf. Natürlich alles Fake. Dann ein Phantombild von dem Kerl, der den Sammler gemimt hat, unser Freund Ruggero Carpi, oder wie auch immer er heißt, eine Personenbeschreibung. Ich glaub, das war's.»

Reinhold schob mir ein Kuvert über den Schreibtisch. Ich zog die Papiere aus dem Umschlag und betrachtete sie etwas eingehender.

«Das klingt alles ziemlich wertlos, wenn ich das sagen darf.»

«Wer weiß? Das Phantombild müsste dir doch zusagen.» Sein qualliges Grinsen spiegelte sich im gläsernen Schreibtisch, und ich senkte den Blick.

«Weißt du was über das Restaurant, in dem ihr euer Mittagessen haben solltet?»

«Keine Ahnung. Dieser Carpi wollte uns noch mitteilen, wo's Futter gibt. Diese kleine Sau!»

Ich trank von dem Kaffee, der jetzt plötzlich vor mir stand, und betrachtete das Phantom.

«Wer hat das Bild angefertigt?»

«Wir alle vier. Das heißt, jeder hat nach seiner Erinnerung ein Phantombild erstellen lassen, und wir haben die vier Bilder irgendwie zusammengefügt. Perguson lag am weitesten daneben. Der Gute hat kein wirklich präzises Auge, das merkt man ja auch bei jedem Blick in seine Galerie.» Reinhold lachte rau. «Und eines muss absolut klar sein. Die Polizei ermittelt natürlich auch, aber du wirst nicht mit ihnen zusammenarbeiten. Keine Informationen an Dritte. Alles läuft über mich. Ist das klar?»

Aha, dachte ich, so stellst du dir das vor. Das Kopfgeld ist in Wahrheit Bestechung, ich soll dir über alle Schritte, die ich unternehme, Bericht erstatten.

Als habe er meine Gedanken gelesen, nickte er.

«Alles unter Kontrolle. Darum geht's doch, oder täusche ich mich?»

Er warf einen Blick in seinen ledergebundenen Kalender und ließ mich noch wissen, dass er am nächsten Tag alle drei Kollegen zu einer Besprechung im Vorfeld irgendeiner Messe in Frankfurt erwarte.

«Wie wär's, wenn du Perguson am Flughafen einsammelst, dann kannst du dir gleich ein Bild von ihm machen.»

Bevor ich antworten konnte, schnellte er aus seinem Sessel hoch, um mich loszuwerden. Während er auf mich zutrat, verlangsamte sich die Zeit, und mit jeder gedehnten Sekunde wurde mir mein Gegenüber unheimlicher. Was für ein Monster, dachte ich, ein Mensch, der zutiefst davon überzeugt war, im Leben alles richtig gemacht zu haben. Wenn ich auf meinen eigenen Werdegang zurückschaute, erschien dagegen kaum etwas als eine folgerichtige Entwicklung. Nichts hatte ich unter Kontrolle. Es handelte sich bei meiner Vita vielmehr um eine Anhäufung von Fragmenten, die sich in Raum, Zeit und Gefühl ineinanderschoben. Verkeilte Bruchstücke, die sich nie zu einer vernünftigen Architektur zusammenfügen würden, Bruchstücke, die man beliebig austauschen und ergänzen konnte, während Reinhold als solider Wolkenkratzer vor mir stand. Mein Leben erschien mir allerdings mehr denn je als angenehme Selbstverständlichkeit, während sich zugleich das Unbehagen gegenüber gradlinigen Biografien ins Panische steigerte. Mir kamen sie unmenschlich vor; Menschen, die starren Entwürfen folgten, gefährdet. Ich neigte dazu, in ihnen zukünftige Amokläufer zu sehen. Reinhold streckte mir die Hand entgegen, doch ich übersah sie. Die Sekretärin winkte freundlich, und ich hörte auf dem Weg zum Aufzug ihre Stimme hinter mir.

«Nein, der Anschluss ist noch nicht freigeschaltet. Nein. Wie ich mit Ihnen dann sprechen kann? Ganz einfach, ich telefoniere vom anderen Apparat. Ja, natürlich hat der eine separate Leitung, sonst könnte ich ja nicht mit Ihnen sprechen.» Die Aufzugtüren schlossen sich, und es ging abwärts.

Als ich an meinem Schreibtisch aufwachte, war es schon dunkel. Was mich geweckt hatte, war das Läuten an der Wohnungstür. Auf den wenigen Metern den Flur entlang fragte ich mich, wer um diese Zeit wohl etwas von mir wollte.

Meine Mutter, wer sonst?

«Wie siehst du denn aus?», begrüßte sie mich. «Hast du geschlafen?»

«Natürlich, wie jeder rechtschaffene Mensch um diese Zeit.»

Wortlos hielt sie mir ihre ziselierte goldene Armbanduhr hin, die sieben Uhr zeigte.

«Morgens oder abends?», fragte ich.

Auch darauf bekam ich keine Antwort. Stattdessen schob sie sich durch den Flur in die Küche und stellte eine Tüte auf den Tisch. Sie kam offenbar gerade vom Friseur, denn ihre Frisur saß makellos, und alle grauen Strähnen, an die ich mich erinnerte, waren verschwunden.

«Wir kochen was, Robertchen.»

Mein Nicken war Kapitulation, aber sie nahm es als Höchstmaß an Begeisterung, zu dem ich in meinem Zustand fähig war, und begann auszupacken. Auf dem Küchentisch war wenig Platz, daher türmte sie ihre Einkäufe auf der Waschmaschine. Seitdem mein Vater vor gut einem Jahr gestorben war, bemühte sie sich mit besonderer Intensität um mich. Sie war nicht mehr ganz so schlank wie in den Jahren meiner Jugend, aber noch immer eine attraktive Frau, eine wirkliche Bereicherung für Benefizveranstaltungen jeder Art, und eine gute Mutter.

«Kommt Rebecca auch?», wollte sie wissen.

«Vielleicht.»

Während sie die Paprika häutete, berichtete sie von ihren Umbauplänen, Urlaubsplänen, Partyplänen und einer neuen Kosmetikreihe, die Wunder wirke. Ich öffnete den Rotwein und holte uns zwei Gläser, froh, nicht reden zu müssen. Meine Mutter war gut gelaunt. Sie war gerne bei mir, und wenn es mir gelang, nicht über den Tod meines Vaters zu sprechen und sie vom Putzen abzuhalten, wurden es meist kurzweilige Abende. Drei Tage die Woche arbeitete sie als Trauerberaterin, und nach der ersten Flasche Rotwein bekam man lustige Geschichten zu hören. Nüchtern war sie allerdings sehr diskret.

Rebecca kam, als die Lammhackbällchen schon im Ofen warm standen und die erste Flasche geleert war. Sie schwärmte für die Kochkünste meiner Mutter.

«Das nächste Mal mache ich dann das Kalbsfrikasseerezept meiner Schwester», sagte meine Mutter. «Sie hat es mir endlich aufgeschrieben, als ich neulich bei ihr in Amsterdam war.»

«Wunderbar», Rebecca genoss die erste warme Mahlzeit seit mindestens drei Tagen und leerte ihr Glas zügig.

Beim Kaffee erzählte ich von meiner bevorstehenden Reise nach Venedig. In meiner Mutter ging etwas vor, das ich noch nicht deuten konnte. Für einen Augenblick wurde sie ernst, schloss die Augen und griff reflexartig nach ihrer Handtasche. Ich hatte das Gefühl, als wolle sie mir etwas sagen, aber die Gesellschaft von Rebecca, die nun vom Café Florian zu schwärmen begann, ließ sie verstummen.

Zum Abschied umarmte sie mich einen Moment länger als sonst und wünschte mir viel Glück bei meinem Abenteuer.

Rebecca hatte die Spülmaschine bereits vollgestopft, als ich in die Küche zurückkam. Wir saßen noch länger herum und träumten von fremden Orten, die bisher nur in unserer Fantasie existierten.

III.

Aus dem Fenster der S-Bahn blickte ich über Schrebergärten und Trabantenstädte, geriet in dichten Wald, der nah und hektisch vorbeizog, dann zurücksprang und den Blick auf einen Fußballplatz im Flutlicht eröffnete, auf dem gerade vor schwach besetzten Tribünen die Mannschaften aufliefen. Seit frühester Jugend schwärmte ich für das holländische Team, das in jeder Hinsicht attraktiv aufzutreten verstand. Ich lächelte über meine Schulfreunde, die die Holländer für groß, blond und blass hielten und die es überraschte, wie aus dem flachen Land des Goudas solch exotisch aussehende Menschen kommen konnten. Ich lächelte, denn ich wusste es natürlich besser, war ich doch als Kind recht oft bei meiner Tante in Amsterdam gewesen. Mit dem deutschen Team hatte ich es weniger, auch wenn sie es damals im Rausch der Wiedervereinigung tatsächlich noch einmal geschafft hatten, Weltmeister zu werden.

Einmal hatte mir meine Tante sogar ein oranges Fußballtrikot geschenkt. Wenn ich damit in die Schule ging, gab es bissige Reaktionen auf diese Verbrüderung mit dem Feind, und ich genoss es, Außenseiter zu sein. Ich gefiel mir in diesem Trikot, denn wenn ich in den Spiegel sah, meine gebräunte Haut, die dunklen Haare und meine blauen Kniestrümpfe begutachtete, dann fühlte ich mich wie ein Holländer.

Ich erinnere mich noch immer gern, wie ich mit meiner Mutter die Koffer packte, um nach Amsterdam zu fahren, wenn mein Vater in seinem Geschäft wieder so viel zu tun hatte, dass man ihn tagelang nicht zu sehen bekam. Die Tante liebte ich. Mit ihr verbrachte ich Stunden am Strand, und später aßen wir große Portionen leuchtend blaues Eis in einer kleinen Eisdiele, an der wir täglich vorbeikamen. Meine Mutter, die ihre Ruhe brauchte und morgens meist noch nicht ansprechbar war, trafen wir dann am Nachmittag zu einer Bootsfahrt oder auf einer Kaffeehausterrasse.

Drei oder höchstens vier Jahre alt war ich damals, und es bleiben die frühesten Erinnerungen, die ich habe. Das Schlagen der Wellen zwischen den Kaimauern und den stählernen Körpern der Kreuzfahrtschiffe, die vor dem Hotel vor Anker lagen, und den Geschmack des blauen Eises werde ich nicht vergessen. Amsterdam war ein magischer Ort und ein magisches Wort. Später, in der Schule, als ich gelernt hatte zu schreiben, schrieb ich Aufsätze über Amsterdam. Von engen, vollen Straßen, durch die man nur zu Fuß gehen konnte, von verwinkelten Kanälen, von Brücken und Bootstouren vorbei an alten Häusern. Das viele Wasser war schön und der nahe Strand mit den bunten Sonnenschirmen, unter denen man während der Mittagszeit liegen musste.

Mein Vater nahm mich zur Belohnung für gute Noten mit ins Stadion. Aus dem orangen Trikot war ich längst herausgewachsen, es existiert nur noch auf einer alten Fotografie, aber ich bekam ein neues, nun in Blau. Ich erinnere mich an mein erstes Fußballspiel. Blau-Weiß gegen Bayern. Schon nach drei Minuten lagen die Berliner mit 0:1 hinten und mussten den Rest der Partie rackern, um einen Ausgleich zu erzielen. Was für ein Spiel, und so viele jubelnde und fluchende Menschen!

Seitdem habe ich immer die Arena aufgesucht, wenn ich in irgendeine neue Stadt kam. Und in Italien, wohin mich meine

Eltern jedes Jahr in Urlaub mitnahmen, gab es Arenen aus zwei Jahrtausenden. Meistens waren wir allerdings in der Toskana. Florenz entwickelte sich zu einem Ort, um den nähere und fernere Kulturkreise gezogen wurden. Von Zeit zu Zeit stießen wir dann ins Herz vor. Der Bildung wegen, doch auch wegen der Klarheit und Harmonie dieser Stadt, die einzigartig war, wie meine Eltern nicht müde wurden zu betonen, und weil man dort gut Schuhe kaufen konnte.

Meine Eltern konnten von Florenz nicht genug bekommen, und ihren Argumenten war wenig entgegenzusetzen: Neapel war meinem Vater zu eng und zu kriminell, Venedig meiner Mutter zu feucht und stinkend, Rom meinem Vater zu heiß und zu ruinös, Palermo meiner Mutter zu kaputt und primitiv.

Doch bevor ich wieder einmal nach langer Zeit in Richtung Italien aufbrechen konnte, musste ich zum Frankfurter Flughafen, um Perguson abzuholen. Dr. Winther würde mit der Bahn kommen, und Giffroy sollte bereits in der Stadt sein.

Ich war etwas zu früh und streunte noch durch die Hallen des Flughafens, lauschte den Stimmen, die entlegene Orte ausriefen, und positionierte mich schließlich vor dem Gate. Perguson wirkte wie ein getretener Hund, als er gemeinsam mit seinem Rollköfferchen durch die automatische Milchglastür die Halle betrat und kurzsichtig das Spalier der Wartenden, von denen einige Namensschilder vor die Brust hielten, absuchte. *Willkommen, Mr Perguson* hatte ich mit rotem Filzstift auf einen alten Umschlag geschrieben und hielt ihn dem Galeristen entgegen. Als er nah genug herangekommen war, setzte ich die Worte noch einmal akustisch um.

«Willkommen, Mr Perguson, mein Name ist Robert Landau.»

Er sah mich an und nickte.

«Herzlich willkommen in Frankfurt.» Ich kam mir wie ein

Reiseleiter vor, dabei war dies als informatives Treffen gedacht, bei dem ich im Sinne der Versicherung mit meiner Arbeit als Detektiv beginnen sollte. «Darf ich Ihnen den Koffer abnehmen?» Er lehnte mit einem kurzen, aber heftigen Kopfschütteln ab. Ein Schwung Gran-Canaria-Touristen in Shorts drängte durch die Automatiktür, Hartschalenkoffer auf Gepäckwagen vor sich herstoßend und quengelnde Kinder nachschleifend, dann schloss sich die Glasfront wieder mit einem leisen Zischen. Wir wurden vorwärtsgedrängt zu den Ausgängen.

Im Taxi machten wir es uns auf dem Rücksitz bequem, und ich dachte, Perguson könnte nun die Gelegenheit nutzen, die ersten Worte von sich zu geben. Ab und zu öffnete er kurz den Mund, und ich neigte meinen Kopf ein wenig in seine Richtung, aber er ließ nur ein leises Brummen hören. Sobald wir die Autobahn erreicht hatten, stieg der Geräuschpegel des Wagens so weit an, dass ich auch dieses Brummen nicht mehr hörte.

«Kennen Sie Reinhold Berentz näher?», versuchte ich es nach einigen Minuten. Mir schien, als ob Perguson das Wort ‹Prolet› zischte, bevor er sich an mich wandte und seinen nervösen Blick auf mich heftete.

«Die Diebe haben Geschmack bewiesen, finden Sie nicht?», sagte er plötzlich mit einer überraschend samtigen Stimme. «Die beklauten Galeristen gehören zur Elite ihrer Zunft. Mit einer Ausnahme. Bei Berentz haben sie wirklich völlig danebengegriffen.»

Damit war das Thema für ihn erledigt. Er sah aus dem Fenster, als wir über den Main fuhren und nach einer Ewigkeit den Frankfurter Hof erreichten, wo sich Dr. Winther, Frau Dr. Winther, Giffroy und Reinhold Berentz bereits einen Aperitif genehmigten. Ich konnte dieses Hotel noch nie leiden; dass Berentz es als Treffpunkt vorgeschlagen hatte, bestätigte mich in meinen Vorbehalten. Kaum hatte er uns erspäht, stapfte er mit vorgestreckten Armen auf uns zu und ergriff, da Perguson keine Anstalten machte, seinen Koffer loszulassen, dessen freie Linke mit beiden Händen. Die Qualle Reinhold, dachte ich. Blubbernd stellte er mich den Anwesenden als Multitalent vor, ganz so, als sei ich einer seiner verdientesten Mitarbeiter.

«Noch jede ihm gestellte Aufgabe hat er bislang bravourös gemeistert. Er hat ein Händchen für Kunst. Das liegt schon in seinen Genen.»

Giffroy drückte mir die Hand.

«So, so», sagte er, «Sie sind also Robert Landau.»

Mit unverhohlener Neugier musterte mich Dr. Winther und zog dabei seine Aktentasche vom Tisch, denn der Kellner brachte nun die Speisekarten. Winther überragte alle, ein blonder Athlet, der von oben auf die Welt hinabsah. Ihn hatte ich mir wirklich anders vorgestellt. Die schmächtige Gestalt mit Segelohren, die ich Rebecca am Frühstückstisch skizziert hatte, war zu doppelter Größe angewachsen. Er war, wie er nun leibhaftig vor mir saß, tatsächlich ein wenig blass, aber das war auch schon alles, was die Realität von meinen Fantasien übrig gelassen hatte. Und diese Blässe war nicht Ausdruck zarter Hilflosigkeit, sondern unterstrich die klaren, hölzernen Konturen seines Gesichts.

«Was für Gene sind denn das?», fragte seine Frau. «Haben Sie Künstler in der Familie?»

«Bitte?»

«Herr Berentz sprach von Ihren Genen.»

«Oh, er wollte wohl nur andeuten, dass ich homosexuell bin, Gnädigste», antwortete ich.

Ihre Stirn kräuselte sich, und sie sah zu Berentz, der jedoch gerade auf Perguson einredete und ihren indignierten Blick nicht wahrnahm.

Giffroy hatte lange geschwiegen und beteiligte sich erst nach der Vorspeise am Gespräch. Sein groß geblümtes Valentino-Hemd, das aussah, als habe er es Mitte der achtziger Jahre auf einem Flohmarkt in Detmold gekauft, passte nicht in die Runde, harmonierte aber gut mit einem asymmetrischen Dior-Fetzen am Nachbartisch. Er rauchte filterlose Zigaretten und fuhr sich von Zeit zu Zeit nervös durch seine goldene Kurzhaarfrisur. Frau Winther wiederum hatte mit ausgeklügelten Strategien die Natur überlistet und wenn auch nicht ewige Jugend, so doch einen Zustand der Zeitlosigkeit erlangt, der sie mit Giffroy verband. Selbst die Haut unter ihrer Perlenkette war knitterfrei und ihre Frisur bei jedem Wechsel der Moden und Zeitläufte ebenso anpassungsfähig wie sie selbst. Sie arbeitete in der Galerie ihres Mannes und entstammte, wie sie einfließen ließ, einer Industriellenfamilie. Die Spielart des guten Geschmacks, wie er bei Armani zu Hause war, hatte sie für sich gepachtet. Bereits der plätschernde Small Talk offenbarte, dass sich ihre Bewusstseinsbildung weitgehend auf die Bildung des Markenbewusstseins beschränkte. Wir aßen, tranken und sprachen über alles, außer über den Kunstraub. Der Sinn des Treffens wollte mir nicht klar werden, aber es ging wohl vordergründig darum, mich allen Beteiligten bekannt zu machen. Vielleicht hätte ich die Initiative ergreifen und eine Art Zeugenbefragung inszenieren müssen, aber dieses Hotel schien mir nicht der passende Ort. Ich wurde das Gefühl nicht los, dass sich alle hinter ihrem Charme verbarrikadierten, um sich gegenseitig zu belauern. Sie waren Konkurrenten, keine Freunde. Ich sollte mich keinen Illusionen hingeben, es war lediglich eine Messe, die sie an diesem Abend in Frankfurt zusammenführte, sonst wären sie nicht hier. Vielleicht brodelte es hinter den Belanglosigkeiten, aber langsam wurde meine Zeit knapp, wenn ich noch den Nachtzug nach Venedig erreichen wollte. Gerade als ich mich räusperte, um meinen Abschied einzuläuten, kam allerdings Bewegung in die Versammlung.

«Es wäre an der Zeit, dass wir zum Thema kommen», meldete sich ausgerechnet Frau Winther zu Wort. Wir alle sahen sie an und schwiegen, als habe sie uns eine verbotene Frucht angeboten.

«Was soll der Mist hier, bin nicht gekommen, um über mir leidlich bekannte Praktiken von Auktionären zu quasseln oder über meinen letzten Urlaub. Also, was passiert als Nächstes?» Sie blickte herausfordernd in die Runde. «Weiß nicht, wie es Ihnen geht, aber mein Mann und ich, wir wollen unsere Kunst zurück. Sie», und dabei sah sie Giffroy an, «wollen offenbar tatenlos auf die Versicherungsprämie warten. Bravo.»

Auf diese Offensive war keiner vorbereitet, nicht einmal Dr. Winther. Giffroy tupfte sich den Mund ab, Berentz vergaß für einen Moment, seinen zu schließen. Alle redeten plötzlich durcheinander, und die Hilflosigkeit der Anwesenden steigerte sich von Sekunde zu Sekunde. Ich hatte mich getäuscht in Frau Winther. Sie hatte getan, was ich hätte tun sollen.

«Wir wollen unseren jungen Freund doch nach Möglichkeit unterstützen», sagte sie.

«Nach Möglichkeit», murmelte Perguson.

«Ich hänge an dieser Kunst, und mir ist der Gedanke unerträglich, dass sie in einem feuchten Keller verschimmelt oder bei irgendeinem Mafioso im Salon hängt.» Frau Winther forderte so etwas wie die Verabschiedung einer gemeinsamen Petition für den Schutz ihrer Kunstwerke.

«Vielleicht wird uns nichts bleiben», warf Berentz ein, «als zu warten, bis einzelne Stücke auf dem Markt auftauchen. Aber wir haben ja noch ein Ass im Ärmel, meinen Freund Robert hier.»

Alle Augen richteten sich auf mich, und es trat eine Stille ein, die ich nicht zu deuten wusste. Ich räusperte mich noch einmal und sah auf den hässlichen Kristallaschenbecher auf dem Tisch, in dem Giffroy in regelmäßigen Abständen Kippen ausdrückte.

«Ist Ihnen schon aufgefallen, dass alle Geschädigten bei derselben Firma versichert sind?» Es fiel mir schwer, den Blick wieder zu heben, da sich das Schweigen fortsetzte. Endlich klopfte mir Berentz auf die Schulter.

«Das kommt wohl daher, dass die Concil europaweit Marktführer ist. Freu dich doch, dass du einen so potenten Arbeitgeber hast.»

Sonst hatte keiner etwas zu sagen, und das Thema war vertagt auf unbestimmte Zeit.

Ich stand auf, und Peter Giffroy richtete seine klaren Augen auf mich, strich sich durch die Haare und drückte mir wortlos die Hand. Sein Händedruck war erstaunlich kräftig, und um seinen Mund huschte etwas, das man für ein ermunterndes Lächeln hätte halten können. Sehr britisch sah er aus und sehr erfolgreich. Ein gereifter Collegeboy und somit in meinen Augen völlig reizlos. Zugeknöpft bis zum Hals und bartlos glatt, duftete er zudem nach einem japanischen Aftershave, das seine Unsinnlichkeit unterstrich. Endlich ließ er meine Hand wieder los.

«Venedig ist eine wunderbare Stadt, Sie werden es lieben», sagte er.

«Junger Mann, ich wünsche Ihnen Erfolg», wandte sich nun auch Frau Winther an mich, und ihr Mann begann an seiner Aktentasche zu nesteln, die er wie ein Kleinkind auf dem Schoß hielt und über die er sich beugte, als wolle er sie in den Schlaf wiegen. Dann fand er, was er suchte, und überreichte mir einen Stadtplan. Den besten, den es gebe von Venedig, fügte er hinzu.

Berentz stand als Letzter auf und gab mir das Zeichen für den Aufbruch, indem er mich mit einer Handbewegung verscheuchte wie eine Fliege.

«Wenn ich Ihnen helfen kann, melden Sie sich! Jederzeit», sagte Frau Winther, zog mich ein wenig beiseite und flüsterte mir noch einige Worte zu, wobei sie der Gesellschaft den Rücken zuwandte.

«Nur weil wir davon sprachen», sagte sie und hüstelte, «vielleicht ist es wichtig», fuhr sie fort, «ich habe ein untrügliches Gefühl für diese Kultiviertheit der Homosexuellen. Und Ruggero Carpi besaß sie, kein Zweifel.»

Sie kniff ihre Lippen zusammen und streckte mir die Hand hin.

IV.

Ich verließ den modernen Bahnhof und lief, meine Tasche über der Schulter, auf einer breiten Straße, die als Weg zu San Marco ausgeschildert war. Venedig lag in dichtem Nebel, und in windstillen Ecken stand der Geruch der Lagune. Es war feucht und ungemütlich kalt, aber was ich sah, gefiel mir. Bereits nach der ersten größeren Brücke gelang es mir, mich zu verlaufen. Bald schleppte ich mein Gepäck an einem ruhigen Kanal entlang, an dem sich eine kleine Trattoria an die andere reihte. Nach zwei weiteren Brücken und einem Zickzack-Kurs kam ich durch die Ruga di Cà d'Oro zurück auf die Schlagader des Tourismus. Mein Gepäck wurde langsam zum Ballast, den ich am liebsten über einem Kanal abgeworfen hätte. Wer immer sich Venedig ausgedacht hatte, musste eine Schwäche für Hindernisläufe gehabt haben. Sackgassen,

Brücken und Touristen machten ein Vorankommen beschwerlich.

Ermüdet erreichte ich das Hotel. Mit einem seltsam heimatlichen Gefühl, das mich auf meinem Fußweg ergriffen hatte, schleppte ich mich auf mein Zimmer und ließ mich auf das viel zu weiche Bett fallen. Es war nicht gerade luxuriös, kein Fernseher, keine Minibar, keine Bibel, aber ich fühlte mich wohl. Für einige Tage würde ich ohne spirituellen, televisuellen und alkoholischen Beistand auskommen. Als ich wieder zu mir kam, ging ich hinunter in die Bar an der Ecke, bestellte einen Caffè und rief die Contessa in Udine an, der der Palazzo, der Tatort des so gelungenen Betrugs, gehörte. Sie war gleich selbst am Apparat.

Fehlte irgendetwas in den Räumen? Waren Möbel, Uhren, Geschirr oder was auch immer verschwunden? Die Dame war äußerst zuvorkommend, bot mir an, ich selbst könne das Objekt besuchen, und bestätigte, dass nichts von ihrer Möblierung abhandengekommen sei, sie habe sich persönlich davon überzeugt. Fast konnte ich den Eindruck gewinnen, es mache ihr Freude, mit mir zu reden, als zeige sie eine gewisse Neugier. Doch dann besann sie sich auf die Bequemlichkeit.

«Gehen Sie zu Signor Rubio, der hat einen Schlüssel, dann brauchen Sie nicht extra nach Udine zu kommen. Schauen Sie sich ruhig um!»

Sie gab mir noch die Adresse, ich dankte, trank das schwarze Gift am Tresen und ging die wenigen Hundert Meter bis zu Signor Rubio, der ein Maskengeschäft betrieb. Bereits das Schaufenster entsetzte mich mit seinen Massen an hohläugigen Kitschgesichtern in Schwarz und Weiß, Metallicblau und Goldglitter. Das war Commedia dell'Arte für Livingrooms in Arizona. Ich riss mich von der geballten Scheußlichkeit los und trat durch die Glastür. Ein ergrauter Herr im hellen Anzug fixierte mich freundlich. Die Contessa hatte meinen Besuch bereits telefonisch angekündigt, alles lief wie ein perfektes Räderwerk. Er stellte sich als Signor Rubio vor und gab mir zwei gigantische Schlüssel, die er aus einer Schublade in seiner Werkstatt kramte. Eine halbe Stunde später war ich allein in den abgedunkelten Sälen eines architektonischen Traums.

Die Papierkörbe waren geleert, ebenso die Schubladen der Kommoden. In der Küche waren alle Gläser gespült und in Schränke eingeräumt, im Bad alles auf Hochglanz gebracht. Nichts deutete darauf hin, dass hier menschliche Wesen gewohnt hatten, die Atmosphäre war museal.

Die Polizei hatte schon ihre Arbeit getan, Fingerabdrücke gesucht und nicht gefunden, Körperflüssigkeiten und Haare vergeblich erhofft und auch andere Spuren, die auf die Anwesenheit von Personen hindeuteten, nirgendwo eindeutig zuordnen können.

Ich schlenderte von Raum zu Raum in der Hoffnung, einen Gedanken fassen zu können, der mich weiterbringen würde. Alles war geschmackvoll, bis auf ein muffiges Ölgemälde in der Bibliothek, das auf 1975 datiert war und eine Frau Ende vierzig in Abendgarderobe auf einem Samtsofa zeigte. Vielleicht die Contessa in jüngeren Jahren. Meine Schritte wurden durch verblichene Teppiche gedämpft, und ein fast völlig erblindeter Spiegel warf meine Bewegungen zurück. Das Haus beruhigte mich. Ich verspürte Lust, in einem der Kamine Feuer zu machen und diesen Mauern die Wärme und Alltäglichkeit wiederzugeben, die sie verdienten. Meine Finger glitten über die Laibungen der Türen, und meine Füße trugen mich weiter in den Salon. Durch das portalgroße Fenster fiel mein Blick über den kleinen Campo auf das schwach erleuchtete Fenster des gegenüberliegenden Hauses, in dem ich eine Gestalt mit einem

Opernglas auszumachen glaubte. Es war nur ein Schatten, der sich kaum abhob von seiner spärlich erleuchteten Umgebung. Augenblicklich war es mit meiner Ruhe vorbei. Meine Körperhaare richteten sich auf. Ich wurde belauert. Wie ein elektrischer Schlag durchfuhr es meinen Körper. Mein erster Impuls war, das Licht zu löschen. Doch der Schatten hatte bemerkt, dass ich ihn bemerkt hatte, und verriet sich, denn auch er zuckte ein wenig zusammen, ließ das Opernglas sinken und tauchte ab. Ich prägte mir das Haus ein, löschte das Licht und verließ den Palazzo.

Die Frau überlegte lange, ob sie leugnen sollte. Ich musste ihr über die viel zu laute und krächzende Gegensprechanlage versichern, nichts mit der Polizei zu tun zu haben und über alles zu schweigen, was sie sagen würde. Ihr metallisches Bellen schallte über den Platz. Genauso hatte ich mir meine diskrete Ermittlung vorgestellt. Aber kein Passant nahm Notiz von unserem Gespräch. Schließlich überwog ihr Mitteilungsbedürfnis und die Sympathie für mein Bemühen, mich als Fremder in ihrer Sprache verständlich zu machen. Mein Italienisch war nicht berauschend, aber sie quittierte es mit Wohlwollen und drückte den Türöffner. Die Audienz war gewährt, und ich stieg zu ihr hinauf in die vierte Etage.

Klein war sie und zerbrechlich hinter der schmalen Wohnungstür. Ihr Blick erfasste langsam meine Erscheinung. Bald gestand sie mir mit viel sanfterer Stimme, als es die Gegensprechanlage hätte vermuten lassen, dass es seit Langem eine ihrer liebsten Beschäftigungen sei, das internationale Wohlstandspack, das den Palazzo mietete, zu beobachten.

«Tagsüber kann man schlecht sehen, wenn kein Licht brennt, aber am frühen Abend ist es ohnehin interessanter, ab und zu einen Blick hinüberzuwerfen.»

Denn vieles, was man von den *feinen Leuten* so las und hörte, ließ sich mit einem Blick durch die Fenster des Palazzo Vendramin-Bardigo erhärten. Kriminell mussten sie ohnehin alle sein, sonst könnten sie sich die Miete gar nicht leisten, und daher hatte es die Signora wenig gewundert, als die Zeitungen über den Kunstraub berichteten. Sie selbst hatte sich von Anfang an herausgehalten. Es tue nie gut, sich in fremde Angelegenheiten einzumischen, meinte sie. Dankbar sei einem dafür keiner, und mancher habe schon mit seinem Leben bezahlt. Ihre fleckigen Hände ruhten auf der abgewetzten Lehne des Sessels, von dem aus sie Fenster und Fernseher im Auge hatte. Sie war ungeschminkt bis auf die weinroten Lippen, die ihren Mund viel größer wirken ließen, als er tatsächlich war. Ich vermutete, dass sie sich diese Lippen aufgemalt hatte, während ich die Treppe heraufgestiegen war. Ihre Augen blickten getrübt von Zeit und Erinnerung, und es schien, als seien sie zusammen mit ihrem Haar ergraut, das sie in einem Knoten gebunden hatte, aus dem zwei Strähnen herabhingen.

«Ich will gar nichts mit der Polizei zu tun haben. Das letzte Mal, als sie hier waren, haben sie meinen Vater abgeholt. Das war vor mehr als sechzig Jahren. Das hat mir gereicht.» Sie bot mir einen Platz und einen Espresso an und verschwand in der winzigen Küche. «Ich habe mir damals geschworen: nie wieder Polizei.»

Ich hörte sie hantieren. Vorsichtig erhob ich mich von der durchgesessenen Couch und spähte mit dem Opernglas, das sie auf einem alten Radioapparat abgelegt hatte, hinüber. Wie viele Details der Transaktionen im Haus gegenüber mochte sie mithilfe dieses optischen Geräts wohl registriert haben? Nun galt es, sie in der Erinnerung der Signora aufzuspüren.

Zuerst war es nur der Duft des Kaffees, dann kam sie mit zwei zarten Mokkatassen, die golden schimmerten. Meinen bewundernden Blick bemerkte sie sofort.

«Ich liebe dieses Porzellan, es gehört zur Aussteuer meiner Mutter.»

Auf dem runden Tischchen war gerade genug Platz für die Tassen und eine Zuckerdose und für eine Kerze, die noch brannte. Sie dürfte die einzige Lichtquelle gewesen sein, als ich den Schatten am Fenster vom Palazzo aus entdeckt hatte. Wir setzten uns, und ich lobte das starke süße Getränk. Ihr Gesicht legte sich in unzählige feine Furchen und nahm den Ausdruck fossiler Freundlichkeit an. Dann begann sie zu sprechen. Sie hatte die Abreise am Abend des Kunstraubs durch ihr Opernglas verfolgt. Ein Mann mittleren Alters hatte zwei Koffer gepackt, den einen mit kleinen Päckchen, den anderen mit Kleidern, mit einem Anzug, einem grellen Badehandtuch und einer Badehose.

«Nie habe ich weniger Stoff an einem Kleidungsstück gesehen.»

Bedeutungsvoll hoben sich ihre Augenbrauen, als bestätige dieses Phänomen ihre Skepsis gegen die abendländische Zivilisation. Dann lächelte sie.

«Hätte ihm sicher gut gestanden. Ein fescher Kerl, aber leider nicht allein. Dunkelblondes Haar, blass, gut gewachsen.»

Ich hielt den Atem an, aber sie ließ sich Zeit, nahm einen Schluck Espresso und nickte.

«Ich war mein halbes Leben als Garderobiere am La Fenice, bis zu dem Tag, an dem es abgebrannt ist, und ich sage Ihnen, ich kenne mich aus mit Diven. Diese Dame hätte gut eine Schauspielerin oder Operndiva sein können, und irgendwie kam sie mir bekannt vor. Aber fragen Sie mich nicht, woher! Ihr Begleiter schien ziemlich unter der Fuchtel dieses Weibes zu stehen, das ihm ständig irgendwelche Anweisungen gab. Man konnte es regelrecht hören: *Tu dies nicht, pack das ein, vergiss den nicht, mach voran!* Elegant war sie, das muss man ihr lassen, ein großer, rot toupierter Racheengel. Exquisite Perücke, Pelzmantel.»

Sie waren zusammen vor das Haus getreten, hatten abgesperrt und den Schlüssel in den Briefkasten geworfen. Dann waren sie in die Calle Zanardi eingebogen und ihren Blicken entschwunden.

Ich zeigte ihr das Phantombild, das nach den Beschreibungen der betrogenen Kunsthändler erstellt worden war, in etwa so, wie ich es aus ordentlichen Krimis kannte, aber die alte Dame verzog nur den Mund. Nein, wirklich nicht, schien sie zu sagen, dann sah sie auf und wiegte den Kopf.

«Ich würde ihn nach dem Bild nicht wiedererkennen. Er war gut gewachsen, hatte helle Augen, helle Haut. Das war nicht der Finsterling da. Und ein bisschen älter war er dann doch.»

Ich dankte ihr und schob meine Visitenkarte unter das Opernglas, dann saßen wir noch eine Weile, sie erzählte von dem traurigen Löwen am Portal des Fenice, den sie jeden Abend begrüßt hatte und den sie nun vermisste. Er trauerte um Goldoni, und sie trauerte um den Löwen, nur um sie würde niemand trauern, sagte sie.

«Meinen Sie, er trauert noch immer um Goldoni?», fragte ich über meine Tasse hinweg, die ich in der Linken jonglierte. «Vielleicht sind Sie es ja, die er vermisst.»

Sie lächelte, und wir schwiegen, bis sie sich erhob und ans Fenster trat. Ich nahm es als Aufforderung, mich zurückzuziehen.

«Sie haben auf eine seltsame Weise nicht zusammengepasst, die beiden», sagte sie leise. Wie sie das meine, fragte ich, aber sie hob nur leicht die Schultern und ließ sie wieder sinken, dann reichte sie mir die Hand, und ich verneigte mich vor ihr, bevor sie mich in die Dunkelheit entließ. Für die vier Treppen ließ ich mir Zeit und notierte mir unten ihren Namen: *M. Monin* stand an der Klingel. Dann sah ich noch einmal zum Palazzo hinüber, der seinen Schatten bis vor meine Füße warf.

Am nächsten Tag streifte ich durch die Enge Venedigs, die mich mit einer beunruhigenden Sentimentalität erfüllte, saß ratlos in einer Bar am Campo San Giacomo, sah auf rätselhafte panierte Objekte in der Auslage hinter Glas und nahm einen Caffè. Vor mir lag das Phantombild, an dessen Wert ich nach dem Besuch bei der alten Dame noch mehr zweifelte. Ich breitete den angeblich besten Stadtplan Venedigs, das Geschenk der Winthers, darüber, in dem der Kunsthändler zahlreiche handschriftliche Anmerkungen und Markierungen vorgenommen hatte. Besondere Kirchen, Paläste, Restaurants, Künstlernamen und ein Papiergeschäft waren mit Pfeilen versehen und teilweise kommentiert. Ein wirres Netz persönlicher Vorlieben breitete sich über das wirre Netz der gewachsenen Stadt. Mein Caffè war kalt geworden. Dr. Winther hatte Lokale und abgelegene Kirchen eingekreist und die Hausnummern und Öffnungszeiten drübergeschrieben. Sonst war nichts Bemerkenswertes an seinem Plan. Ich faltete ihn zusammen, und nun lag wieder das Phantombild vor mir. Fünf Zeugen erzeugen ein wertloses Bild. Gut aussehend. Das war das Problem. Der Mann auf der Zeichnung war gut aussehend, er hatte keine hervorstechenden Charakterzüge. Keine Besonderheiten. Alles an ihm war von mittlerer Größe und fügte sich zu einem harmonischen Nichts, das der Erinnerung keine Chance gab, es festzuhalten. Kultiviert wirkte er und gebildet, war selbstsicher und gut gekleidet. Ich musste lachen und sah durch die Glasfront hinaus auf den Platz. Drüben schloss ein Küster eine Kirche auf, und es zog mich in den Kirchenraum, von dem ich mir klarere Gedanken versprach. Ich zahlte und ging hinüber.

Unter den Rundungen der filigranen Holzdecke, die als

Schiffsbauch ihren Kiel zum Himmel streckte, versammelten sich Fundstücke und Stile zu einer architektonischen Persönlichkeit. Die gotische Halle gab sich als Basilika, die in einem klaren Renaissance-Chor endete, der von einer hemmungslos überladenen Barockkapelle flankiert wurde. Die herrliche Inkonsequenz des Gotteshauses begeisterte mich sofort. Unter die kräftigen sandfarbenen Säulen hatte sich mit vollkommener Selbstverständlichkeit eine auffällig schlanke aus poliertem grünen Marmor eingeschlichen. Überall waren kleine Skulpturen eingemauert, und die Mixtur aus Gold, Strenge, Farbe und Stein forderte zu Entdeckungen heraus.

Der blühende Kanzelkelch zog meinen Blick als Erstes an und lenkte ihn auf ein seltsames Bild. Es war nicht das leuchtende Altarblatt von Lorenzo Lotto, sondern das Werk eines jung verstorbenen Talents, das nicht mehr Gelegenheit gehabt hatte, sich aus den Klauen der Tradition Giovanni Bellinis zu befreien. Das Gemälde schimmerte im matten Licht einer Glühbirne und gaukelte eine Kapelle vor, in der drei junge Männer zu einem Gruppenbild zusammengekommen waren. In der Mitte, erhöht auf einem eleganten Marmorsockel, stand Christus an eine Geißelsäule gebunden. Über ihm erstrahlte ihr Kapitell vor einem schmalen, dunkelroten Brokatvorhang, hinter dem ein schwerer grüner Stoff die Apsis der Kapelle verbarg. Der Mann links offenbarte sich als heiliger Laurentius, der seinen Feuerrost, auf dem man ihn grillen würde, für einen Moment beiseitegestellt hatte. Sein Gewand zeigte rechteckige Öffnungen, durch die man in ein hohles Dunkel sehen konnte. Hinter dem voluminösen Faltenwurf war offenbar kein Körper vorhanden. Ganz anders trat rechts der heilige Rochus auf. Er trug eine hautenge Hose, und eines seiner Hosenbeine war bis zu den Strümpfen hinuntergerissen. Die schneeweiße Unterwäsche leuchtete, und auf die Wunde an der zarten Innenseite des Schenkels fiel dezent der Schatten seiner Hand. Bescheiden und elegant, mit einer selbstverständlichen Naivität sah er zu mir herab.

Ich war so sehr mit der zerfetzten Hose des Rochus und dem Hohlkörper des Laurentius beschäftigt gewesen, dass mir entgangen war, was sich unterdessen in der Mitte des Bildes abspielte. Als mein Blick wieder auf die Säule fiel, bemerkte ich, dass der an sie gefesselte Mann von rechts, aus dem Halbdunkel heraus, beschossen worden war. Pfeile hatten ihn getroffen und sich in seinen hellen und haarlosen Körper gebohrt. Ich schloss die Augen, aber als ich sie wieder öffnete, waren die Pfeile noch immer da. Ich sah mich unwillkürlich um, konnte aber in der Kirche sonst niemand entdecken. Ich war allein, außer mir hatte keiner das Attentat bemerkt. Vorsichtig, als wolle ich mich von einem Tatort davonschleichen, ging ich zwei oder drei Schritte rückwärts, wandte mich ab und verließ die Kirche.

Nach einigen Minuten Fußweg blieb ich vor einer Schaufensterscheibe stehen. Nicht aus freiem Willen, sondern weil meine Füße nicht weiterlaufen wollten. Ich spürte ein leichtes Zittern, das durch meinen Körper lief, und in der plötzlichen Leere meines Kopfes hallten die Schritte einer vorbeitrabenden Reisegruppe nach. Vom Tresen hinter der Schaufensterscheibe leuchtete mir das blaue Eis meiner Kindheit entgegen. Auch die Stühle und die albernen kleinen Tischchen kannte ich genau. Für einen Moment musste ich mich an der Fensterscheibe abstützen, auf der meine Hand einen hässlichen Fettfleck hinterließ. Benommen ging ich hinein und ließ mich auf einen Stuhl sinken. Pralinenschachteln und Flaschen vor einer Spiegelwand füllten meinen Kopf mit nichtssagenden Bildern. Wie oft war ich in dieser Eisdiele schon gewesen! Regelmäßig waren meine Tante und ich auf Spaziergängen an unseren Vormittagen in Amsterdam hier eingekehrt. Mein Gesicht verzog sich zu einem blöden Grinsen, dann überkam mich ein Kichern, das immer heftiger wurde und sich im ganzen Körper ausbreitete. Die Bedienung am Tresen sah feindselig zu mir herüber, und ich verließ das Lokal. Ich dachte, Lachen ist nicht die angemessene Reaktion, aber eigentlich wusste ich überhaupt nicht, was ich denken sollte. Verdammt, was hatte das zu bedeuten? Mein vierjähriges Ich war das Opfer eines infamen Betrugs geworden. Ich war niemals in Amsterdam gewesen. Meine frühesten Erinnerungen waren eine Fälschung.

Benommen taumelte ich zurück ins Hotel, nahm den Schlüssel und stieg in mein Zimmer unters Dach. Das Gebläse brummte, und ich fiel aufs Bett, so müde, dass ich nicht einmal mehr die Kraft hatte, die widerwärtige Tagesdecke in den Schrank zu sperren. Und doch schüttelte mich von Zeit zu Zeit noch ein Lachen.

Wo sollte ich jetzt anfangen? Wie sollte ich wieder klare Gedanken fassen? Statt tausend Kilometer, wie ich angenommen hatte, lag die Eisdiele aus meiner Kindheit keine zehn Minuten von der Rialtobrücke entfernt. Wie konnte es sein, dass ich die Rialtobrücke nie gesehen hatte? Meine Tante – war sie meine Tante? – hatte offenbar immer darauf geachtet, dass ich keines der Wahrzeichen Venedigs zu sehen bekam. Aber warum?

Meine Mutter wäre die Einzige, die mir erklären könnte, weshalb die Eisdiele vor gut zwanzig Jahren in meiner Erinnerung in Amsterdam gestanden hatte. Aber bereits bevor ich den Entschluss fasste, sie zu fragen, verfluchte ich sie einmal kurz und heftig. Meine Mutter war es, die meine Erinnerungen gefälscht hatte. Ich konnte mich an keine aussagekräftigen Fotos unserer Hollandreisen erinnern, an nichts als vage, längst in den Farben verschossene Bilder vom Strand, von grünem Eis und von der Eisdiele an diesem Platz. War es vielleicht ohnehin nur die

Erinnerung an Fotografien? Ganz gleich. Jetzt war ich in der schönen Stadt meiner Kindheit, und diese Stadt war Venedig.

Ich drehte mich auf die andere Seite des Bettes und sah das Licht durch die Läden fallen. Mir war heiß. Vielleicht war ich nicht in Berlin aufgewachsen, sondern in Prag, vielleicht waren es nicht die Blau-Weißen gegen die Bayern gewesen, sondern Real gegen Inter. Ich konnte inzwischen lesen, die Zeitungen, die Straßennamen, die Bahnhofsschilder, aber was sagte das schon? *Venezia S.L., Firenze S.M.N.* Lügen wie gedruckt. Als ich noch nicht lesen konnte, hatte ich wenigstens gewusst, dass ich mich alleine nicht zurechtfinden würde. Diese Gewissheit war mir abhandengekommen.

Ein schepperndes Brummen in meinem Schädel riss mich aus dem Halbschlaf. Nein, es war nur das Heizgebläse, das damit begonnen hatte, die feuchte Kälte mit muffig riechender Warmluft zu vertreiben. Meine Brust hob und senkte sich mit einem tiefen Seufzen. Ich musste mich den realen Dingen zuwenden. Ereignissen, Erinnerungen und Orten traute ich nicht mehr. Was hinderte mich daran, gleich meine Mutter anzurufen und sie zu fragen, warum sie mit mir in diese Stadt gefahren war, die sie doch angeblich so moderig und verpestet fand.

Ich betrachtete mein Mobiltelefon, das ich auf den nachdrücklichen Wunsch der Versicherung hin mitgenommen hatte. Es lag da, aber ich weigerte mich, in einer globalisierten Welt ein Vermögen für ein Telefonat zu zahlen, nur weil ich mich jenseits irgendeiner lächerlichen Staatsgrenze befand. So was denken sich internationale Konzerne aus, dachte ich, die die Globalisierung immer dort enden lassen, wo sie nichts mehr an ihr verdienen. Aber, dachte ich, was rede ich, ich selbst war auf dem besten Weg, mich in den Diensten des internationalen Kunsthandels globalisieren zu lassen. Ich stand in den Diensten eines Marktes, der mit großen Künstlern handelte, die vor allem deshalb groß waren, weil sie weltweit präsentiert wurden. Es erging mir mit denen, die man große Künstler nannte, wie es dem Hasen beim Wettlauf mit den Igeln ergangen war. Er rennt und rennt, von Paris nach Tokio nach Buenos Aires, aber sie sind immer schon vor ihm da, die Warhols, die Bacons, die Picassos. Sie winken schon von Weitem, wenn man wieder mal atemlos ein Museum irgendwo auf der Welt erreicht hat. Ich überlegte, wie es dem Hasen am Ende ergangen ist, und glaubte mich zu erinnern, dass er vor Erschöpfung gestorben war. Zu Tode gehetzt von seinem Ehrgeiz, die schlauen Igel zu besiegen. Ich würde nicht von den großen Künstlern zu Tode gehetzt werden, aber ich konnte mir vorstellen, wie ich in irgendeinem Museum in Barcelona oder New York vor Langeweile starb. Vor einem Matisse. Die eingeschworene Runde großer Künstler, dachte ich, war auch deshalb berühmt und teuer, weil sich die wenigsten von ihnen den Marktgesetzen verschlossen hatten. Sie verkauften sich an jeden, der zahlte. Die Kunst ist nicht besser als ihr Markt, dachte ich, sie pfeift auf Moral und kultivierte Umgangsformen, deshalb darf sie auch auf die innige Zuneigung des Kapitals zählen. Kunst hat mit Kultur eben nichts zu tun. Und jetzt gerade, dachte ich, während ich mich auf meinem Hotelbett räkelte, war ich unterwegs im Auftrag des Marktes, unterwegs zur Rettung der Kunst. Unterwegs als Moderator zwischen Diebstahl und Kapital. Im Sinne meiner Auftraggeber musste ich zu klarem Denken zurückfinden, und dazu musste ich zunächst einmal meine Mutter anrufen. Ich betrachtete das Telefon, wog es in meiner Hand und schaltete es aus.

Vor dem Disput mit meiner Mutter drehte ich noch einige Runden durch die Schemen meiner Kindheit. Ich holte mir ein blaues Eis am Eissalon, das Puffo hieß. Ich erinnerte mich jetzt an Puffo. Meine Erinnerung besaß keinen Soundtrack, sie war tonlos wie ein Super-8-Film, aber Puffo war dennoch ein leckeres Wort, dessen Klang ich mit der Stimme meiner Tante in Amsterdam verband. La domanda sul gelato al gusto puffo, sprach ich leise vor mich hin. Mit meinem blauen Eis schlenderte ich Richtung Gesuati und hockte mich vor das verrammelte Kirchenportal, um die vorbeifahrenden Boote zu beobachten. Das Wasser, das in meinem Gedächtnis an die Kaimauer schlug, war jetzt stumm, aber der Geruch der Lagune steckte noch immer in mir. So nah war mir die Vergangenheit noch nie gewesen. Ich erhob mich, senkte meinen Blick auf das Pflaster, das mit der Ausrichtung seiner Platten eine Empfehlung für einen bestimmten Weg aussprach, und folgte dieser Empfehlung einige Blocks weit. Der Blick auf die Steinplatten machte mich müde, die Müdigkeit ließ mich willenlos weitertrotten, bis ich meinen Blick hob und vor einem öffentlichen Telefon stand. Ich zog, noch immer ohne zu denken, die Telefonkarte aus meiner Tasche, schob sie in den Schlitz und stellte meine Mutter zur Rede.

Sie sprach so selbstverständlich von Venedig und ihrem Liebhaber, dass mir meine anfängliche Entrüstung völlig albern vorkam. Sie ging ausführlich auf meine Fragen zu ihrem Doppelleben ein, und ich stand an einer Hausecke, den Hörer in der Hand, und lachte.

Bis zu meinem vierten Lebensjahr hatte sie einen Liebhaber in Venedig gehabt. Warum eigentlich nicht. Übrigens ein sehr gebildeter, gut aussehender und immer gut gekleideter Mann, selbstsicher und kultiviert, aber anderes hätte ich sicher ohnehin nicht erwartet.

«Triff dich mal mit ihm, wenn du magst», sagte sie noch.

Ich erzählte mit wenigen Worten, dass ich im Augenblick andere Sorgen hatte.

«Komm doch zum Abendessen, nächsten Montag», schob ich

noch versöhnlich nach. Dann wäre ich sicher zurück in der Heimat und würde mir die ganze Geschichte noch einmal in allen Details in Ruhe anhören.

«Es gibt da ein nettes Lokal, in dem wir immer gern gegessen haben. Hast du was zu schreiben?» Ich notierte die Adresse auf einem alten Kassenzettel.

Für eine Sekunde schaute ich den Telefonhörer noch an, bevor ich ihn einhängte, so wie es amerikanische Schauspieler in amerikanischen Serien und Filmen tun, nachdem sie ein Gespräch überraschenden Inhalts beendet haben. Immer hatte ich mich gefragt, warum amerikanische Schauspieler den verstummten Hörer anstarren und ob dieser Blick womöglich einen letzten Rest an Zivilisationskritik oder nur naiven Unglauben beinhaltete. Sie schauten immer so, als überkämen sie plötzliche Zweifel, ob eine Nachricht, die aus einem Stück Plastik zu ihnen drang, wahr sein könne. Echte Europäer dagegen betrachteten in Filmen nie Telefonhörer.

Jetzt verstand ich die Amerikaner. Aber es war nicht nur der Telefonhörer, alles, was mir unter die Augen kam, schien in diesem Moment aus Plastik zu sein. Ich war längst nicht mehr in Venedig, das jetzt so aussah, wie ich mir Disneyland vorstellte. Die Plastikkarte mit dem verbleibenden Guthaben steckte wieder in meiner Brusttasche. Eine träge Kraft zog mich durch die Irrwege einer zeitlosen Fußgängerzone vorwärts, bis ich in einer Sackgasse zum Stillstand kam. Den kleinen Hof, auf dem ich mich fand, zierte ein verschlossener Brunnen, an dessen Fuß ich mich fallen ließ. Das Amsterdam meiner Kindheit nahm in meiner Erinnerung wieder Gestalt an.

Das Lokal, das mir meine Mutter empfohlen hatte, erwies sich als Neppschuppen, und ich hätte es fast kehrtwendend wieder verlassen, wäre der Wirt nicht schneller gewesen. Noch bevor ich flüchten konnte, hatte er mir den Mantel abgenommen, und ich saß an einem kleinen Tisch in der Nähe des Tresens. Der künstlich erzeugte Trubel in dieser Touristenfalle sollte offenbar über die erschütternde Durchschnittlichkeit des Raumes und auch des Wirtes hinwegtäuschen, der wie eine Karikatur seines Berufsstandes um die Tische wirbelte. Rauputz, Marmortresen, ein paar Veduten, Trockenblumen, Regale mit Weinflaschen; höchstens das Bild eines schlitzäugigen roten Monsters über dem Tresen, das sich über die Gäste zu mokieren schien, fiel ein wenig aus dem Rahmen. In der Küchentür lehnte der etwas schmierige Koch mit Kippe im Mundwinkel.

Ich rümpfte die Nase. Einen so offensiv rauchenden Koch würde ich sofort entlassen. Aber eigentlich war ich nicht in der Position, mich über die Unprofessionalität anderer zu mokieren. Ich ließ mich durch Erinnerungen an meine Vergangenheit von der Arbeit abhalten, und das Phantombild Ruggero Carpis war mir auch abhandengekommen. Ich hatte es am Morgen in der Bar liegen lassen, aber es war wohl ohnehin wertlos, so wie die gefälschten Briefköpfe der Anschreiben, die Carpi an die Galeristen geschickt hatte.

Vier Engländer und eine japanische Kleingruppe bevölkerten das Lokal. Während ich Fegato bestellte und den Wein aussuchte, füllten sich schnell die anderen Tische, auch mit Italienern, was mich etwas mit dem Laden versöhnte.

Statt eines Glases Wein brachte der Wirt eine ganze Flasche. Gegen diese Profitstrategie legte ich sofort ein Veto ein, aber er lächelte und sagte, ich müsse nur zahlen, was ich trinke. Als das Essen kam, hatte ich das erste Glas geleert, und er goss mir nach, nicht ohne mich vorher fragend anzusehen. An den Nachtisch erinnere ich mich nicht, aber an den letzten Tropfen Wein, der durch meine Gurgel hinunterrann.

«Flasche leer, Leben schwer», sagte ein Herr vom Nebentisch

in gebrochenem Deutsch und bot mir an, aus seiner Flasche nachzuschenken. Ich lehnte ab, und er zuckte mit den Schultern.

«Sind Sie das erste Mal in Venedig?»

Ich nickte, dann schüttelte ich den Kopf.

Sein Lachen war freundlich, er stellte die Flasche ab und sah mich an.

«Wie, Sie sind sich nicht sicher? Aber, Signore, an Venedig erinnert man sich doch!»

Ich nickte und versuchte ihm deutlich zu machen, dass die Dinge in meinem Fall komplizierter lagen. Ob es nur der Alkohol war oder auch mein Unwillen, mich einem völlig Fremden mitzuteilen, könnte ich nicht mehr sagen, aber ich begann etwas zusammenhanglos zu reden. Der Fremde legte seine Serviette auf den Teller und kam zu mir herüber, nicht ohne sein Glas und seine Flasche mitzubringen.

«Geht es Ihnen nicht gut?» Er setzte sich mir gegenüber, und sein Blick erforschte mein Gesicht. «Haben Sie Fieber?»

Auf sein diskretes Winken brachte der Wirt ein Glas Wasser.

«Sie brauchen Ruhe», sagte er. Ich nickte, denn ich fühlte mich tatsächlich nicht sehr wohl.

«Ruhe und ein bequemes Bett», versuchte ich es mit einem etwas missglückten Lächeln.

V.

Ich erwachte aus sumpfigem Schlaf und peilte mit dem rechten Auge den Daumennagel meiner linken Hand an. Mein Daumennagel war nahezu quadratisch, und das Licht der Neonröhre an der Zimmerdecke schimmerte auf seiner Wölbung. Als ich mich von seinem Anblick lösen konnte und mich im Raum umsah, fiel mir eine leere Bierflasche auf. Dann spürte ich für einen Moment etwas Fremdes, Warmes auf meinem Körper. Es war eine Hand. Ich schloss die Augen und versuchte mich zu erinnern, wie diese angenehme Hand in mein Hotelzimmer gelangt war, aber das Erinnern war so anstrengend, dass ich wieder einschlief.

Erst gegen Mittag kam ich zu mir. Aus etwas größerer zeitlicher Distanz fügen sich die Dinge meist wieder zusammen, aber in diesem Moment erschienen mir die letzten vierundzwanzig Stunden zwischen Traum und hartem venezianischem Pflaster zerfleddert. Nachdem ich nicht eindeutig einen fremden Geruch in den Laken feststellen konnte, nahm ich mir vor, die Zeit rückwärtslaufen zu lassen. Ich stellte mir vor, wie mich der Fremde nach Hause brachte, wie ich sofort, betrunken, wie ich war, auf dem Bett einschlief und er mich im Schlaf beobachtete. Wie er mich schließlich, bevor er ging, zudeckte und leise die Tür zuzog. Ich nahm meinen Zimmerschlüssel vom Nachttisch, öffnete die unverschlossene Zimmertür, verließ das Hotel und suchte den Weg zurück zum Lokal vom Abend zuvor. Es war noch geschlossen, aber der Koch war bereits da, ich konnte ihn durch die Scheibe beobachten. Seine schwarzen Haare hatte er zu glänzenden Strähnen geformt, die voluminös toupiert waren, und ich fragte mich, wie er sie unter eine Mütze bekommen wollte. Dass er mit der Bedienung schlief, die die Tische eindeckte und sich verschämt seinen Nachstellungen entzog, war offensichtlich. Sie lächelte mir entschuldigend zu, als ihr der Koch unter die Schürze griff. So funktionieren die idealen Ehen, dachte ich. Sie bittet um Verzeihung, wenn er sich danebenbenimmt. Dann kam der Wirt über die kleine Brücke vor seinem Lokal und grüßte geschäftig im Vorbeigehen. Ich hörte ihn drinnen für einen Moment laut werden.

Ich sah mich nach einem Café um, das ich auf der anderen Seite der Brücke ausmachen konnte. Während meiner drei Cappuccini versuchte ich an nichts zu denken. Als ich wieder nach draußen sah, wurde es bereits dunkel, und ein gelbes Kunstlicht funzelte über dem Kanal. Ob ich für diesen Tag wirklich Spesen abrechnen sollte? Dem von Reinhold Berentz in Aussicht gestellten Kopfgeld für die Erfassung der Täter war ich noch keinen Schritt näher gekommen. Ich weiß nicht, warum, aber ich musste beim Bezahlen an Klaus Kinski in *Leichen pflastern seinen Weg* denken, den bösen Kopfgeldjäger im Schnee, der seinen in jeder Hinsicht überlegenen Gegner zur Strecke bringt, indem er dessen Ehrenkodex für seine Zwecke nutzt. War ich im Augenblick der Gute oder der Böse, und würde ich mich am Ende womöglich noch selbst zur Strecke bringen? Mit meiner Situation in Venedig hatten solche Gedanken wirklich nichts zu tun, aber es genügt ein Wort wie *Kopfgeld*, um bei mir eine Schneelawine von Assoziationen auszulösen, die nur für Sekunden alles einhüllt und doch Spuren hinterlässt.

Ich ging hinüber und setzte mich an meinen Tisch. Der Wirt schien mich wiederzuerkennen und stellte mir eine Flasche Wein hin. Ich war der erste Gast, hungrig und in einem Zustand flirrender Aufmerksamkeit. Ich hatte die Hälfte des Brotes in mich hineingestopft, als meine Spaghetti Bigoi kamen. Ich separierte einige aus dem Nudelberg, drehte sie konzentriert auf der Gabel, und als ich aufsah, stand der Mann vom Abend zuvor vor mir.

«Sie mögen venezianische Spezialitäten», stellte er fest.

«Guten Abend», sagte ich, «was für ein Zufall.»

«Nicht wirklich. Venedig ist ein kleines Labyrinth, ein Labyrinth, aber klein. Und wenn man den Faden hat, der einen zurückführt an den Ausgangspunkt, dann kann man sich selbst als Tourist nicht verlaufen.»

«Ist das hier der Ausgangspunkt?»

«Vielleicht», sagte er und setzte sich unaufgefordert. «Wir haben uns gestern gar nicht vorgestellt. Ich heiße Filippo.»

«Robert», sagte ich, nachdem ich eine weitere Gabel der lauwarmen fischigen Spaghetti geschluckt hatte. Inzwischen spürte ich den Wein. Filippo ließ sich ein Glas bringen und bediente sich wie selbstverständlich aus meiner Flasche.

«Du solltest nicht so viel trinken, Robert», sagte er ernst, lachte plötzlich auf und verscheuchte die Bemerkung mit einer Kopfbewegung. Ich tat, als hätte ich nichts gehört. Er erkundigte sich, ob ich den Lido kenne, und schwärmte mir von den Filmfestspielen, den alten Hotels und den in seinen Augen einzigartig erotischen Strandkabinen vor. Jede für sich eine Einladung zu entfesselten Gedankenspielen. Vor, in und zwischen ihnen das Menschliche in all seinen Facetten. Ob mir schon einmal aufgefallen sei, setzte er seinen Gedanken fort und legte gleich wieder eine Pause ein, in der er sich eine Zigarette in den Mundwinkel schob, ob mir schon einmal aufgefallen sei, dass die Badehosen der Männer mit zunehmendem Alter immer kleiner würden. Das sei doch außerordentlich bemerkenswert. Mit fünfzehn trügen sie weite Shorts bis zu den Knien, mit fünfzig, wenn der Arsch zu hängen beginne, dann Stringtangas. Ich sah auf die Flamme seines goldenen Feuerzeugs.

«Jetzt, wo du es sagst ...»

Mit jedem weiteren Glas wurde mein Gegenüber klebriger und flirrender, bis er schließlich den Wirt heranwinkte und zahlte, um mich, noch bevor ich Gelegenheit hatte zu verschwinden, zwei Ecken weiter in eine Bar zu ziehen. Er ließ den Barmann die Grappaflasche auf den Tresen stellen, und ich fürchtete, er würde sentimental werden, als er anfing von Frauen zu reden, aber es war noch erträglich. Einmal sei er sogar bei den Oscars gewesen mit einer geliebten Frau, sagte er mit fester Stimme. Sie seien überall zusammen gewesen. In Wien beim Opernball, in Madrid, in Buenos Aires, aber Los Angeles, das war die Krönung. Dank bester Kontakte bei der Oscarverleihung. Sie hätten sich in einer Aufzeichnung gesehen damals. Hinter Vanessa Redgrave hätten sie gestanden, die irgendeinen Oscar für irgendeine Nebenrolle bekommen und sich über die Rechte der Palästinenser ausgelassen habe.

Der Barmann putzte die Espressomaschine und polierte dann einige letzte Gläser. Filippo sah mich an und kippte seinen Trester. Was ich eigentlich von der Geschichte hielte, dass Russell Crowe seine Freundinnen schon als junger Mann besonders gern mit einem Oscar gefickt habe, den er Mickey Rourke – er habe keine Ahnung, wie der zu dem Ding gekommen sei – abgekauft habe, als der wieder einmal Geld für seine Hotelrechnung in Caracas brauchte. Ob ich mich noch erinnern könne, wie Crowe auf die Bühne gekommen sei, als er dann endlich einen eigenen Oscar gekriegt habe? Ob ich mich noch erinnere, wie er geweint habe vor Glück? Filippo erwartete längst keine Antwort mehr. Und ob ich noch wisse, wie er geschaut habe, als er den zweiten bekommen habe? Völlig ratlos sei er gewesen, der fantasielose Hund.

Ich wusste nicht, wer Russell Crowe war. Mich interessierte eher, woher Filippo so gut Deutsch sprach, und wieder einmal las jemand meine Gedanken. Er verzog den Mund, griff sich an die Nase und sah mir in die Augen.

«Es ist sicher der falsche Moment, aber es gibt keinen richtigen. Es gibt keinen richtigen Moment im falschen. Heißt das nicht so?»

Er hustete, trank den Grappa aus, der noch vor ihm stand, stützte die Hände auf seine Oberschenkel.

«Die Frau in Los Angeles war deine Mutter», sagte er dann. Und da ich nichts sagte, fuhr er fort. «Und ich bin dein Vater.»

Und da ich noch immer nichts sagte, sagte er noch: «Dein leiblicher Vater. Du warst damals keine drei Jahre alt, als wir in Los Angeles waren.»

Los Angeles, dachte ich. Vanessa Redgrave hatte etwas über Palästinenser gesagt. Wie sie wohl ausgesehen hatte? Und wie meine Mutter ausgesehen hatte damals? Ich zweifelte nicht an Filippos Worten. Ich saß da und hatte keine Ahnung, aber ich glaubte ihm. Ich hatte keine Ahnung, was ich denken sollte, und fragte mich, was man in einer solchen Situation wohl normalerweise fühlen müsste. Wenn man normal wäre. Dann rief ich mich zur Ordnung. Das einzig Unnormale hier war die Situation. Ich war normal, das Lokal, der Grappa und Filippo waren normal. Und wenn ich es recht überlegte, war es normal, dass meine Mutter eine Affäre hatte und folglich dieser Mann mein Vater sein konnte. Was für den surrealen Eindruck all dessen verantwortlich war, war die schockartige Verdichtung von Vanessa Redgrave, blauem Eis und Amsterdam an einem venezianischen Spätnachmittag. Mich überkam eine überwältigende Liebe zu dem Mann, der nicht immer für mich da gewesen war, aber den ich all die Jahre Vater genannt und der mich freundschaftlich geliebt hatte, ohne dass die Ethik des Erbguts ihn dazu verpflichtet hätte. Wenn er aus dem Geschäft gekommen war, einem Lampengeschäft, in dem er tagsüber eine Kollektion von matt schimmernden, weißen, grünen und blauen Glasschirmen auf Wunsch von Kunden mit Fassungen kombinierte, dann hatte er Zeit für meine Fragen gehabt, hatte meine Wünsche ernst genommen und mir Geschichten über das Licht erzählt. Tränen liefen über mein Gesicht, und ich rang nach Luft. Jetzt war es zu spät für Vaterschaftsoffenbarungen eines Fremden, dachte ich. Mein Vater war begraben. Und warum musste erst ein Fremder kommen, um mich über mein Genmaterial aufzuklären, warum hatte das nicht meine

Mutter getan. Ihre Art, mein Leben als Lappalie, meine Herkunft als gleichgültig zu betrachten und meine Erinnerungen zu erfinden, machte mich wütend.

Filippo dachte unterdessen an ganz andere Dinge. Er hatte in seinem Leben schließlich genug Zeit gehabt, über sich und mich und die Verbindung zwischen uns nachzudenken. Während ich mir noch eine Serviette auf die Augen drückte, begann er unvermittelt über mein Hotel zu sprechen.

«Du musst da raus», hörte ich seine Stimme. «Ich werde dir ein Zimmer besorgen, das nicht im vierten Stock liegt. Gestern bist du nicht mal mehr alleine die Treppe raufgekommen.»

Wie der Abend zu Ende gegangen ist, weiß ich nicht mehr. Eigentlich war er schon in der Bar zu Ende. Ich überlegte am nächsten Morgen, ob ich meine Mutter anrufen sollte, als das Telefon klingelte. Es war Filippo, der mir seine Telefonnummer durchgeben wollte. Außerdem habe er ein Zimmer für mich. Es sei selbst für mich nicht zu verfehlen, denn es befinde sich direkt über dem Restaurant, in dem wir uns kennengelernt hätten.

«Wir sehen uns später», sagte er noch, aber es klang in meinen Ohren wie «Ich bin dein Vater». Das Zimmermädchen saugte den Flur und rammte den jaulenden Staubsauger gegen meine Zimmertür. Ich packte meine Sachen und zahlte meine Rechnung an der Rezeption.

Filippo sei ein alter Freund, sagte der Wirt, der sich als Zan vorstellte, als ich mein Gepäck im Restaurant deponierte, und für Freunde habe er immer und so weiter. Das Zimmer sei geräumig. Sein letzter Kellner habe es bewohnt, jetzt sei es leer, denn die Neue wohne noch bei ihren Eltern. Wir gingen durch eine kleine Hintertür der Küche in ein enges Treppenhaus.

«Vielleicht bitte ich dich mal auszuhelfen, wenn wir unten

jemand brauchen», schnaufte er, während er vor mir die Stufen zu einer Tür hinaufwalzte, gegen die er seine fleischige Schulter drückte, bis sie nachgab. Sie führte zu einem Gang. Links hinter einer zweiten Tür lag das Zimmer. Zan trat ein, sah sich um und ging zum Fenster, um es weit aufzustoßen.

«Nichts gemacht hier seit zehn Tagen.» Er sah abfällig auf das zerwühlte Bett. «Ich schick dir die Neue mal rauf. Das Bad ist über den Flur.»

Meinen Koffer stellte ich unters Fenster und sah mich um. Ein Tisch, ein Stuhl, ein Bett. Van Goghs *Nachtcafé in Arles* über dem Bett, ein Spiegel über dem Tisch und bodenlange Vorhänge. Zan war gegangen, und die Kellnerin erschien. Sie brachte Handtücher in drei Größen und Bettzeug und war überrascht, dass ich mir als Mann zutraute, das Bett selbst neu zu beziehen, aber sie widersprach nicht und ließ mich allein.

Dies war der geeignete Ort, um zu schreiben. Nicht nur über Kunstmarkttendenzen, sondern über die Dinge, die mir durch den Kopf gingen. Ich dachte an lang zurückliegende Zeiten in meiner Jugend, in denen ich Tagebuch geführt hatte. Das wäre ein Anfang. Ich würde das Buch der Tage schreiben. Mit dem vergangenen Abend konnte ich beginnen und dann nach vorn in die Zukunft oder rückwärts in die Vergangenheit schreiben. Ich konnte mit Filippo beginnen. Hatte er nicht noch etwas gesagt gestern Abend? Etwas über das Bewusstsein der Menschheit? Das Bewusstsein der Menschheit, hatte er gesagt, hat sich seit tausend Jahren nicht nennenswert entwickelt. Er war betrunken gewesen, und die Aussprache des Wortes *nennenswert* hatte ihm etwas Schwierigkeiten bereitet. Nicht nennenswert entwickelt. Ob das ein Anfang war, oder doch schon das Ende? Eine solche Geschichte ohne Entwicklung konnte doch nur langweilig sein, dachte ich. Was der gesamten Menschheit aber verwehrt blieb, das konnte man unmöglich von einem Einzelnen erwarten. Ich zog dennoch einen Packen Papier aus meiner Tasche und legte ihn auf den Tisch. Das weiße Papier blendete. Ich ließ mich aufs Bett fallen und schloss die Augen. Der feine Geruch, den ein Fremder zurückgelassen hatte, war diesmal unverkennbar und mir nicht unangenehm.

Ich aß bei Zan eine Pasta und nannte ihm ganz nebenbei den Namen Ruggero Carpi, der ihm wie erwartet nichts sagte. Aber irgendwo musste ich nun einmal beginnen. Beim Versuch einer Personenbeschreibung des Kunsträubers schüttelte der Wirt nur den Kopf. Kultiviert, dunkelhaarig, gut aussehend, um die dreißig. Männer, die so aussahen, kannte er viele.

«Wenn du das Wort kultiviert weglässt, dann kannst du gleich mit Franco, unserm Koch, anfangen!» Zan lachte, und mir blieb nichts anderes übrig, als mitzulachen. So jedenfalls käme ich nicht weiter. Zan klopfte mir auf die Schulter und ging in die Küche, wo ich ihn wieder lachen hörte.

Ich verließ das Lokal, lief, bis der Blick sich über den Canale della Giudecca weitete, zog dort an einem Telefon meine Plastikkarte und rief Rebecca an. Es klingelte lange, dann meldete sich eine verschlafene Männerstimme. Rebecca war nicht da. Natürlich nicht, sie arbeitete in dieser Agentur. Nachdem mir das klar geworden war, machte ich den Mund auf und fragte die verschlafene Stimme nach mir selbst.

«Ist Robert vielleicht da?»

«Einen Robert kenn ich nicht», kam es zurück.

«Und wer sind Sie?» Ich war so verärgert, dass ich den Menschen in meiner Wohnung gegen meine Gewohnheit siezte. Er sei nur zu Besuch, sagte er. Dann legte er auf.

Ich überlegte, ob ich andere Nummern versuchen sollte, vielleicht die beraubten Kunsthändler. Aber mir wurde klar, dass ich keine Fragen hatte. Vorübergehend floh ich aus dem Gewirr der Gassen. Zum Bahnhof. Ich musste für einige Stunden raus

aus Venedig. Mein Leben lief leer, und diese Leere ließe sich auch nicht durch sinnlose Telefonate überdecken. Mit atemberaubender Verspätung, die ich bislang nur von britischen Zügen kannte, erreichte ich Florenz.

Firenze S.M.N. stand am Bahnhof. Als ich auf den Bahnsteig trat, wusste ich zwar nicht, warum ich hier war, aber ich fühlte mich sofort besser. Fünf Stunden atmete ich Renaissanceluft, stand im Bargello vor einem betrunkenen Marmormann, durchstreifte die Boboligärten, hockte in ein paar Kreuzgängen und sah schließlich von den Stufen San Miniatos auf die Stadt hinunter, die sich klar und selbstverständlich ausbreitete. Was mir so befreiend erschienen war, der wolkenlose Geist des Humanismus, den ich in allen Fugen zu spüren glaubte, paarte sich immer mehr mit den Tiefen meiner Erinnerung an diese Stadt. Jeder Winkel war überlagert von meiner Kindheit und Jugend, nichts Neues konnte mich hier erreichen, und die Stadt zog mich von San Miniato wieder zu sich hinunter. Es war schwer, sich gegen den Sog zu wehren, denn allmählich sank die Sonne, die Florenz in ein verlockendes Licht tauchte. Ich wollte Teil dieser Magie werden und tauchte in die Gassen zwischen den strengen Fassaden ein, die mich weitertrieben, bis ich vor einem auffällig unscheinbaren Eingang zögerte. Es war das Portal zur Unterwelt.

Mein Widerstand war schnell gebrochen, und ich füllte an einem dick verglasten Schalter einen Passierschein aus. Mein offensichtlich falscher Name schien den Kontrolleur nicht zu stören, drinnen war man ohnehin nackt. Flackernde Monitore und eine dunkle Hitze, bevölkert von trägen Körpern. Die Unterwelt roch nicht nach Schwefel, sondern nach einer eigenartigen Mischung aus Schimmel und Pfefferminz, die mir aus den Gängen entgegenschlug. Ich ließ mich an einem Tisch nieder, griff nach einer Zeitung und bestellte mir Spaghetti all'Arrabiata. Vielleicht war dies die einzige Sauna der Welt, in der man Spaghetti all'Arrabiata serviert bekam. Der Teller stand sofort vor mir. Die feuchte Hitze tat mir gut, und ich wickelte die Nudeln um meine Gabel, während nicht weit von mir auf vier kleinen Monitoren zwei Schwarze fickten. Ich schob mir die weiche, scharfe Masse in den Mund und verfolgte dabei eine Ameise, die über die Kurzmeldungen in der beiseitegeschobenen Zeitung eilte, bis sie verharrte und mich auf einen Briefträger aufmerksam machte, der zwölfhundert Kilo Post im Wald vergraben hatte, weil er zu faul war, sie auszutragen. Mein Teller war geleert, und ich streckte mich in einer Kabine aus. Die trockene Hitze heizte mich auf bis in die Knochen. Außer mir war keiner der Gäste an einem längeren Aufenthalt in dieser Kiste interessiert, nur ab und zu spähte jemand durch das Fenster in der Tür und trollte sich wieder. War dies ein idealer Ort zum Denken? War die Hölle ein Ort zum Denken?

Kalt geduscht trat ich in einen dunklen Kinoraum, der wie eine Höhle roch, und betrachtete von der Tür aus einige junge Männer, die gefesselt von dem, was sie sahen, geradeaus starrten und deren Hände ein Eigenleben begonnen hatten. Ich sah nicht, was sie sahen, denn der Film wurde auf die Mauer neben der Tür projiziert, aber ich sah den Widerschein auf ihren Gesichtern und hörte das Stöhnen aus den Boxen wie das Echo einer Wirklichkeit, die in diesen Minuten weit hinter den nackten Körpern der Zuschauer lag. Ihre Hirne waren erfüllt von den Lichtern, die da auf der Wand vorüberflackerten und sie mehr erregten, als es die Wirklichkeit vermocht hätte.

Als die Nacht anbrach, saß ich bereits im Zug nach Venedig. Ich muss lange geschlafen haben, beim Aufwachen zogen schon die Lichter von Padua vor dem Fenster vorbei. Es war spät, in der Bahnhofshalle hatten sich die Bewegungen verlangsamt, was mir die Gelegenheit gab, in Ruhe zu telefonieren. Filippo war zu Hause und schien sich über meinen Anruf zu freuen.

«Das wurde aber auch Zeit», bemerkte er ohne jeden Vorwurf.

«Ich war unterwegs», sagte ich und nach einem Zögern, «in Florenz.»

Filippo lud mich zu sich ein, und ich brauchte jemanden zum Reden. Zwanzig Minuten später saß ich in seiner Wohnung. Zwei kleine, edle Räume mit gotischen Fenstern auf eine schmale Gasse, nackte Wände, indirektes Licht, das die Gegenstände in durchsichtige Watte packte. Eine kleine offene Küche, ein Schreibtisch mit Computer, eine niedrige Couch und ein ungemachtes Bett, dessen Lakenlandschaft chaotisch aus der sonst allgegenwärtigen Ordnung hervorstach. Der Wein war schon geöffnet.

Mein Gastgeber und Erzeuger freute sich sichtlich über mein Kommen, und ich sonnte mich in seiner Begeisterung über den wiedergefundenen Sohn. Während er Gläser holte, machte er mir Komplimente und betonte die Ähnlichkeit mit meiner bezaubernden Mutter. Er habe vor, in der kommenden Woche die Strandsaison zu eröffnen und mich mit an den Lido zu nehmen. Im Januar sei der Lido einfach herrlich. Vielleicht wolle ich ja die Orte wiedersehen, die für mich einmal Amsterdam gewesen waren. Er lächelte fast ein wenig traurig.

«Deine Mutter hat mich angerufen nach eurem Telefonat, nachdem du den Eissalon entdeckt hattest», kam es dann unvermittelt ernst. «Erst das zweite Mal in über zwanzig Jahren, dass sie mich angerufen hat. Sie sagte, dass sie dir unser Lokal empfohlen hat, und es war daher leicht, dich dort ausfindig zu machen. Ich habe sie jedes Jahr seit deiner Geburt einmal angerufen und mich nach dir erkundigt. All die Jahre ...» Er nahm einen Schluck und sprach erst weiter, nachdem er sein Glas wieder sicher auf dem Tisch platziert hatte.

«All die Jahre. Ich habe ihren Wunsch respektiert, mich nicht in ihre Familie einzumischen, doch jetzt, wo ihr Mann, wo dein Vater gestorben ist ...»

Ich hatte noch nicht darüber nachgedacht, aber natürlich musste meine Mutter Filippo angerufen haben. Ein erneuter erfolgreicher Versuch, über mein Leben zu verfügen. Dass ihr das immer und immer wieder gelang, verblüffte mich. Da ich nichts sagte, wechselte Filippo das Thema.

«Kommst du voran mit deiner Arbeit?»

Ich entschloss mich, ehrlich zu sein.

«Es kommt mir so vor, als hätte ich gerade genug mit mir selbst zu tun. Ich weiß nicht, wie ich weitermachen soll und wo. Immerhin habe ich eine Augenzeugin.»

Filippo war überrascht und gratulierte mir. In knappen Worten erzählte ich ihm von Signora Monin und ihren Beobachtungen, von der dominanten Dame mit Perücke und ihrem blonden Begleiter.

«Und», sagte ich, «die alte Dame war der Auffassung, dass die beiden nicht zusammenpassen.»

Filippo nickte nachdenklich.

«Ich habe den Fall in der Zeitung verfolgt, dort hieß es, der falsche Sammler sei eher ein Südländer gewesen.»

«So ist es. Es muss also noch einen anderen geben. Vielleicht passt der Südländer besser zu der Dame.»

«Wer weiß?» Er lachte kurz auf, goss mir Wein nach, und ich dachte mit Schrecken an den Weg zu meinem ungeheizten Zimmer, in dem noch nicht einmal das Bett bezogen war.

«Trink ruhig. Du kannst hier auf der Couch schlafen», ermunterte mich Filippo. «Ich bringe dich gern auch noch ein zweites Mal ins Bett.»

Wir stießen an, er drückte auf eine Fernbedienung, und leise Klassik gesellte sich zum wattigen Licht.

«Brahms», sagte er, und: «Claudio Abbado. Ein echter Mailänder.»

Offenbar genügte das, um den Dirigenten zu charakterisieren, und ich tat, als verstünde ich sofort, was er meinte.

«Mailand ist das Hamburg Italiens», erklärte er dennoch und fügte nach einer Pause hinzu: «Abbado ist übrigens genau hundert Jahre und fünfzig Tage jünger als Brahms.»

«Aha», sagte ich. «Und Brahms ist aus Hamburg?»

«Ganz richtig. Manchmal sind Verbindungen erst auf den zweiten Blick zu erkennen. Hör dir das mal genauer an. Presto, Ordnung im Chaos.» Er drehte die Musik etwas lauter und ging nach nebenan, um zu telefonieren. Nach zweieinhalb Minuten war er wieder da.

«Eine Freundin», sagte er mit feinem Lächeln. «Sie wollte eventuell später noch vorbeikommen. Ich habe ihr abgesagt, denn du solltest heute ungestört schlafen können.»

Am nächsten Morgen weckte mich Kaffeeduft. Dass es möglich war, von Kaffeeduft geweckt zu werden, wusste ich bisher nur aus der Werbung. Ich schloss die Augen und sog die Luft ein. Wenn man in einem Werbespot erwachte, musste der Tag ganz einfach gelingen. Dann klingelte mein Telefon in der Hosentasche. Die Hose lag wie ein unentwirrbarer Knoten auf dem Boden vor der Couch. Es war Giffroy, der sich nach meiner venezianischen Adresse erkundigte. Er habe noch etwas gefunden, das möglicherweise von Bedeutung für meine Ermittlungen sei.

Filippo hatte an der Spüle stehend die Zeitung gelesen und servierte mir während meines Telefonats einen Espresso.

«Auf! Den ersten Kaffee trinkt man unter der Dusche! Es ist

schon nach neun, und wie ich sehe, hat auch dein Arbeitstag bereits begonnen. Gibt's gute Neuigkeiten?»

«Einer der Sammler hat noch was für mich», sagte ich, schlurfte ins Bad und schlürfte dabei das bittersüße Schwarz. «Mal sehen.»

Über Nacht war ich zu einem neuen Vater gekommen, ganz einfach so. Die Mutter empfiehlt ein Restaurant, und zum Dessert wird der eigene Erzeuger serviert. Ob es meine Mutter war, mit der Filippo am zurückliegenden Abend telefoniert hatte, während ich Brahms lauschte? Sie und Filippo. Ich stand im Dampf der Dusche und dachte daran, dass ich nun Italo-Deutscher war, oder Deutsch-Italiener, oder wie immer man meinen neuen Zustand nennen mochte.

Zurück in meinem Zimmer, fand ich einen Zettel unter der Zimmertür, der von Zan stammte. Für den nächsten Abend forderte er mich als Aushilfe an. Ich hatte seine Drohung nicht ernst genug genommen, denn es gab nur wenig, was ich mehr hasste, als andere bedienen zu müssen. Ich knüllte das Stück Rechnungsblock zusammen und versuchte vergeblich, den Papierkorb hinter dem Bett zu treffen. Als ich mich bückte, um den Stellungsbefehl aufzulesen, fielen mir zerrissene Blätter im Papierkorb auf. Sie mussten von meinem Vormieter stammen, von dem ich bisher nur den Geruch aus den Laken kannte. Ich zog die in zartem Rot linierten Blätter hervor und begann, sie auf dem Bett zusammenzusetzen. Sie waren an den Kanten vergilbt und in einer mir fremden Schrift verfasst. Mit jedem weiteren Bruchstück, das sich einfügte, wurden sie rätselhafter. Ich konnte dem Drang, mich durch das Puzzle von meiner Arbeit ablenken zu lassen, nicht widerstehen. Aber es gab hier für mich ohnehin wenig zu tun, solange Signora Monin nicht noch etwas einfiel.

Ich musste mir sinnvoll die Zeit vertreiben, oder meine Koffer packen und zurück nach Frankfurt fahren. Die Entscheidung fiel mir leicht. Ich ging hinunter in die Küche. In der Hoffnung, Zan nicht zu begegnen, suchte ich nach Franco, dem Koch.

«Was für ein Typ war eigentlich der Kellner, der vorher in meinem Zimmer gewohnt hat?» Franco zuckte die Schultern und schwenkte eine sämige Rotweinsauce. Dann nahm er einen Schluck aus der Flasche und deutete auf ein Farbfoto, das jemand neben das Pfannenregal genagelt hatte.

«Bandhid. Aus Thailand. War zwei Monate da, hat bis zwei Tage vor Silvester noch hier gearbeitet und dann einfach gekündigt. Am nächsten Tag war er weg. Einfach so. Zurück nach Bangkok. Netter Typ. Was soll ich sagen?»

Ich warf einen Blick auf die Fotografie, die Franco und Zan mit einem jungen Mann vor dem Tresen zeigte. Es war mir unmöglich, sein Gesicht einer Region der Erde zuzuordnen. Argentinien oder Malaysia, Grönland oder Tunesien: Er wäre wohl in keinem der Länder als Fremder aufgefallen.

Zu spät sah ich Zan über die Brücke kommen. Schon hatte er das Lokal betreten und stand neben uns in der Küche.

«Roberto wollte was über Bandhid wissen», begrüßte ihn der Koch.

Zan machte nur eine Bewegung mit dem Kinn in meine Richtung, die ich nicht deuten konnte. Was willst du wissen? konnte das heißen, oder: Was mischst du dich in fremde Angelegenheiten? Oder auch: Schau an, der neugierige Fratz! Ich fühlte mich ertappt, hatte ich doch den Müll meines Vormieters durchwühlt, wie das nur ausgesprochen schlecht erzogene Menschen oder Polizisten tun.

«Il Tailandese», sagte Zan mit etwas bitterem Unterton und machte eine Geste, die diesmal eindeutig war. Sie drückte seine vormalige Wertschätzung und deren spontane Verflüchtigung im Augenblick seines Verschwindens aus. Zan hatte seine Zuverlässigkeit geschätzt. Die italienischen Angestellten waren in seinen Augen oft einfach nur faul. Aber sie waren eben auch Italiener, wenn sie nicht gerade aus Sizilien stammten. Als Italiener wiederum konnte man sich Faulheit irgendwie leisten. Nicht so als Ausländer. Daher war der Fleiß des Thais ohnehin selbstverständlich und wäre nicht der Rede wert gewesen, hätte er nicht eine so schmerzliche Lücke hinterlassen, die Zan, das ahnte ich, mit seiner neuen Bedienung nicht recht ausfüllen konnte. Ich sah seinen Blick und ahnte, dass er gewillt war, den Thai durch mich, den Deutschen, zu ersetzen. Ich dankte und zog mich zurück. Ob ich seine Notiz gefunden habe, rief er mir hinterher.

«Sicher», rief ich zurück.

Wieder in meinem Zimmer, legte ich die zusammengefügten Seiten auf den fleckigen Teppichboden rund um das Bett. Sie waren vollständig bis auf eine. Es war schön zu sehen, dass es noch andere Menschen gab, die gelegentlich ihre Gedanken nicht der Elektronik anvertrauten, sondern auf Papier schrieben. Die Fetzen dieser Gedanken hatte ich mir nun gegen den Willen ihres Autors angeeignet. Ich machte mir allerdings nicht die Mühe, auch nur nach einem Wort zu suchen, das ich hätte verstehen können, doch es war unübersehbar, dass die Schnörkel dieser Schrift danach verlangten, entschlüsselt zu werden. Daher war es Zeit für ein weiteres Ferngespräch.

Rebecca war offenbar wieder nicht zu Hause, dafür aber die verschlafene Stimme. Diesmal schien ich den Fremden in meiner Wohnung aus dem Tiefschlaf geweckt zu haben, dabei war es gerade erst Mitternacht. Er grunzte und schien sich schon sehr zu Hause zu fühlen.

«Ist Robert denn zu Hause?», fragte ich ihn, um zu erfahren, ob er inzwischen wenigstens wusste, wer für ihn die Miete zahlte. Doch bevor er antworten konnte, hörte ich ein undefinierbares Geräusch im Hintergrund. Da wir keinen Hamster hatten, auf den man sich setzen konnte, vermutete ich, dass meine Mitbewohnerin ebenfalls wach geworden war.

«Gib mir sofort Rebecca!», fauchte ich ihn an, aber die Reaktion war zwiespältig. Möglicherweise hielt er die Muschel zu, um etwas diskret zu besprechen, vielleicht dachte er auch nur nach. Dann war Rebecca dran.

«Sag mal, bist du total breit? Wie redest du denn mit Mick, und wieso rufst du hier an und willst mit dir selber reden? Hast du jetzt überhaupt keinen Plan mehr? Bist du schizophren geworden oder was? Überhaupt: Hast du nicht vor, mal wieder herzukommen? Der Kühlschrank ist seit Tagen leer, und keiner kocht.» Gut, dass sie hier ihre Beschreibung des Zustands der Wohnung abbrach, denn mir standen die vertrockneten Blumen und Wäscheberge im Flur auch so vor Augen. Ich sei auf dem Weg, sagte ich, würde sie aber bitten, mir vorab einige Zettel aus dem Thailändischen übersetzen zu lassen, die sie spätestens am nächsten Tag bekomme.

«Geht in Ordnung. Ich kümmere mich drum», sagte sie. «Schön, dass du zurückkommst.»

Sie hatte aufgelegt, ich atmete tief durch, und mein Blick fiel auf den Stapel Papier, den ich auf dem Tisch bereitgelegt hatte. Jetzt wäre Gelegenheit gewesen, mit meiner Geschichte zu beginnen. Ich setzte mich, mein Kugelschreiber lag zwischen meinen Fingern, die ersten Worte reihten sich aneinander. *Das Bewusstsein der Menschheit hat sich seit tausend Jahren nicht nennenswert entwickelt, sagt Filippo,* schrieb ich.

Wie anregend manche Gedanken sein konnten, solange man sie im Kopf mit sich herumtrug, und wie trostlos, wenn man sie in geschriebene Sätze goss! Es war Mittag, also entschied ich mich für eine Pause, nahm Abstand von diesem ersten Satz, stieg die Treppe hinunter und verließ das Haus Richtung Bahnhof. Es kam mir vor, als ob Licht, Geräusche und Gerüche mich zwischen den eng stehenden Häusern und über die plötzlich sich weitenden Plätze hinweg dirigieren würden. Nach wenigen Minuten überquerte ich den Canal Grande und stand vor dem Bahnhof, der mich vor fünf Tagen das erste Mal in die Lagune ausgespuckt hatte. Es wäre auch ein anderer Anfang denkbar, dachte ich. Das Bewusstsein der Menschheit hatte sich vielleicht in tausend Jahren nicht nennenswert verändert, aber meine Sicht auf mein Dasein war in fünf Tagen doch eine andere geworden. Am Schalter stand ich in der Schlange hinter einer Dame aus Detroit, die mich nach meiner Herkunft befragte und aufschrie, als ich Frankfurt erwähnte. Frankfurt, oh mein Gott! Fantastisch. Eine Sensation sei das. Noch nie im Leben habe sie mehr Spaß als in Alt-Sachsenhausen gehabt. Dann war ich an der Reihe und verlangte eine Fahrkarte nach Frankfurt für den nächsten Abend.

Sonne auf meinem Kopfkissen weckte mich. Ihre Wärme und die Wärme der Bettdecke machten ein Aufstehen unmöglich. Es wäre ein Verbrechen gewesen, an meinem Zustand absoluten Wohlbefindens auch nur die kleinste Veränderung vorzunehmen. Der Raum schmeichelte allen Sinnen. Ich spürte, wie sich ein debiles Lächeln über mein Gesicht ausbreitete. Im Spiegel brachen sich die Konturen des Fensters, und über mir prangte der Van-Gogh-Druck.

Meine Gedanken schweiften zurück in die Zeit, in der ich in abgedunkelten Seminarräumen Referaten lauschte und dabei auf projizierte Dias starrte. Auch der van Gogh war so ein Dia gewesen. Und ich musste an Berentz denken, der mir im Seminar gegenübergesessen und auf seine Art den Referenten verhöhnt hatte. Dabei war das gar nicht verkehrt gewesen, was der über das *Nachtcafé* van Goghs zu berichten wusste. Reiste man nach Arles, konnte man dieses Café tatsächlich entdecken, das dem Maler scheinbar als Vorlage gedient hatte. Die Täuschung bestand darin, dass das Café erst nach dem Gemälde gestaltet worden war. Eine Idee geschäftstüchtiger Unternehmer auf den Spuren van Goghs.

Aus dem Augenwinkel sah ich mein zerknülltes Hemd am Fußende meines Paradieses aus weißen Laken liegen. Meine Lider schlossen sich behaglich. Ich war froh, Lider zu haben. Ich stellte mir vor, wie es wäre, ununterbrochen sehen zu müssen, die starrenden Augen bedecken zu können. Hinter den Lidern waren die Augen jedoch immer offen, und dieser Gedanke, dachte ich, sollte mich doch beunruhigen. Den bösen Blick stellte ich mir vor als Augen ohne Lider. Das ewige, unnachsichtige und unmenschliche Sehen, dem nichts entgeht, das den Blick nicht abwendet, nicht bedeckt, nicht bedecken kann. Böse Menschen haben keine Lider, hieß deshalb auch eine alte Volksweisheit. Mitten hinein in meine behagliche Lähmung fiel irgendwo in meinem Hirn, ich hätte gesagt: ganz hinten rechts, ein Tropfen Unruhe, und ich verfluchte meinen Verstand, der mich gewöhnlich in den schönsten Momenten zu tyrannisieren begann. Über die Jahre hatte ich Strategien entwickelt, ihn zu ignorieren, zu übertönen oder auch zeitweise lahmzulegen, aber diesmal kam der Überfall zu überraschend und zwang mich, die Augen zu öffnen.

Aber es war kein Tropfen, es war ein Geräusch gewesen, das sich von den anderen Geräuschen vor meinem Fenster abhob. Es war ein ganz nahes und leises Geräusch, ein Rascheln, gewesen, das mich zwang, meinen Körper auf die Seite zu rollen. Ich sah Richtung Tür und dort einen Brief, den jemand unter der Tür durchgeschoben hatte. Warum nur, fragte ich mich.

Warum gönnte man mir nicht dauerhaft den Zustand des Wohlbefindens.

Ich beugte mich aus dem Bett, erreichte mit den Fingerspitzen den Umschlag, zog ihn zu mir heran, lies mich zurückfallen, riss ihn auf und las.

Lieber Herr Landau,

bei der Durchsicht meiner Venedig-Unterlagen ist mir diese Adresse in die Hände gefallen. Es ist ein Lokal, aber das Entscheidende ist, unser Kunsträuber hat es mir empfohlen, als ich bei ihm war. Ich habe ihn nach guten Spaghetti neri gefragt. Er hat einen Moment überlegt und dann erst einmal nichts zu schreiben gefunden. Das hat mich gewundert, aber ich habe nicht weiter darüber nachgedacht. Ich habe ihm einen alten Notizblock gegeben, den ich noch in meiner Mappe hatte, und er hat Name und Adresse des Lokals notiert. Vielleicht können Sie damit etwas anfangen. Ich selbst war leider nicht dort.

Viel Glück – und lassen Sie uns an Ihren Erfolgen teilhaben.

Herzlichst, Giffroy

Ich betrachtete den beiliegenden Zettel, der aus der schwungvoll abgerissenen Hälfte eines Blattes bestand und auf dem nichts als die Namen eines Lokals und einer Gasse notiert waren. Sie bezeichneten den Ort, den mir meine Mutter empfohlen hatte, und den Ort, an dem ich mich befand. Zans Restaurant. Die Postadresse auf dem Briefumschlag, die sich lediglich aus dem Namen des Stadtteils und einer Hausnummer zusammensetzte, war eine andere, aber auch sie bezeichnete letztlich nichts anderes als den momentanen Standort meines Bettes. Ich schloss die Augen, und ein unkontrolliertes Lachen schüttelte mich. Ich weigerte mich augenblicklich, an Zufälle zu glauben. Sonst ein großer Freund fataler Zusammenhänge, verließ mich mein Glaube an die Macht des Zufalls in diesem Moment. Weshalb hatte der Kunsträuber Carpi dem Kunsthändler Giffroy ausgerechnet Zans Lokal empfohlen?

Die Unruhe trieb mich ins Bad. Unter der Dusche fasste ich den Entschluss, dass nun Ordnung einkehren musste. Frierend in Unterhosen auf dem kalten Fliesenboden stehend, räumte ich das Zimmer auf. Als ich die Schranktür öffnete, um meine Tasche hineinzustellen, klebte an der Innenseite ein weiterer Zettel meines Vormieters. Untereinander geschriebene Worte. Eine Einkaufsliste vielleicht. Dafür hatte ich in diesem Moment wirklich keine Zeit. Bandhid musste warten. Ich warf meine Tasche auf ein Regalbrett und drückte die knarrende Schranktür wieder zu.

Sekunden später riss ich den Schrank wieder auf, den Zettel aus Giffroys Brief in der Hand. Das Blatt dort an der Tür war aus einem Spiralblock gerissen, wie die ausgefranste Oberkante verriet, und seine schräg abgerissene Unterkante passte exakt an das Stück Papier, das mir Giffroy geschickt hatte. Ein Fieberschub durchfuhr mich, und meine Hände wurden feucht. Ich zitterte, als ich die beiden Teile des Papiers zusammenführte, aber die Sache war eindeutig. Sofort musste ich zurück ins Bett. Mein Körper rief nach einer wärmenden Decke und mein Hirn nach horizontaler Lage, in der es weitaus besser funktionierte. Doch mein Verstand, der unzuverlässige Hund, hatte sich mit einem Mal verabschiedet. Immer wenn man ihn wirklich mal brauchte, verkroch er sich irgendwo.

Der Riss zwischen dem einen Stück, beschrieben mit den lateinischen Buchstaben der Restaurantadresse, und dem Gegenstück, angefüllt mit thailändischen Zeichen, war kaum noch sichtbar, nachdem ich meine Restaurierungsarbeiten mit attaccatutto abgeschlossen hatte. Es war vielleicht ein unglaublicher Zufall, dass ich in diesem Bett gelandet war, aber es konnte kein Zufall sein, dass Carpi dieses Lokal empfohlen hatte.

Ich sah auf den Zettel, der mir eine Reihe von Überlegungen einzuflößen vermochte. Giffroy hatte den Block aus seiner Tasche gezogen, als Carpi kein Papier fand, um bei ihrem Treffen die Restaurantadresse zu notieren. Dann trennte Carpi die untere Hälfte des Papiers ab und gab sie Giffroy, ohne jedoch den Block zurückzugeben. Eine Unaufmerksamkeit, die nicht zu seiner souveränen Erscheinung passte. Offenbar war er nervös in diesem Moment. Ich stellte mir die Szene im Palazzo vor, sah, wie Carpi bereits bei der Frage nach einem Restaurant ein wenig aus dem Konzept geriet, denn er war ja gar nicht in Venedig beheimatet, sondern lebte irgendwo, in Neapel, in Miami oder in Bangkok vielleicht. Er kannte sich überhaupt nicht aus in der hiesigen Gastronomie. Um jedoch keinen Verdacht aufkommen zu lassen, lächelte er freundlich, notierte die einzige Adresse, die er in Venedig kannte, und riss etwas fahrig die untere Hälfte des Blattes ab, um sie dem Sammler mit einer formvollendeten Geste zu überreichen und das Thema gleich wieder auf sicheres Terrain zu lenken. Auf die exquisiten Werke des Händlers, auf die – Dank sei den Russen und Asiaten – freundlichen Prognosen des Auktionsgeschäfts, oder die kunsttheoretischen Ausführungen von Giffroys Landsmann William Hogarth. Ich sah Carpi vor mir, wie er ausholte, ein nachdenkliches Gesicht machte und ‹Ist es nicht bemerkenswert› sagte. ‹Ist es nicht bemerkenswert, dass Hogarth die Schönheit als Vielfältigkeit definierte und damit das Gegenteil dessen propagierte, was heute als Schönheit angesehen wird?› Giffroy wird genickt und schon jetzt seinen Block vergessen haben, aber Carpi hatte sich die kleine Panne noch nicht verziehen und legte daher noch ein paar Sätze nach. ‹Das Interessante, das Unterschiedliche, das Abweichende entfaltet für Hogarth ästhetischen Reiz, nicht das Normierte. Das ist so einleuchtend, finden Sie nicht? Und doch gipfelt unsere gegenwärtige Auffassung von Schönheit in der Langeweile.› Spätestens jetzt hätte sich Carpi wieder gefangen und konnte mit einem charmanten Abschiedslächeln die Hand seines Geschäftspartners drücken. ‹Letztlich ist das Verbrechen schön, nicht die Harmonie›, konnte er Giffroy nun samtweich mit auf den Weg geben. Dieser Humor würde Giffroy gefallen. Er hatte etwas Komplizenhaftes, eine familiäre Wärme. Jetzt noch um die Rückgabe eines lächerlichen Schreibblocks zu bitten wäre äußerst unpassend gewesen.

So könnte es gewesen sein. Die Hälfte eines Blattes mit der Restaurantadresse befand sich nun in Giffroys Sakkotasche, der Block aber lag noch immer auf dem Tisch des Betrügers Ruggero Carpi. Doch warum war ihm die Adresse von Zans Lokal geläufig? Weil einer seiner Komplizen dort zur Tarnung für einige Wochen oder Monate gearbeitet hatte. Bandhid. Das Risiko, dass man ihn mit dem Kunstraub in Verbindung bringen würde, war gering. Außerdem würde er an einem der nächsten Tage ohnehin verschwunden sein. Wahrscheinlich saß Bandhid bei den Verhandlungen mit den Kunsthändlern im Nebenzimmer, hatte vielleicht den Kaffee gekocht, den Berentz serviert bekam, und konnte, falls etwas schieflief, über die kleine Sprechanlage herbeigerufen werden. Als er vom Palazzo zurück in sein Zimmer ging, hatte Bandhid den Block eingesteckt. Unterwegs auf dem Vaporetto, in einer Bar, oder auf diesem Bett sitzend, in dem ich nun lag, notierte er all die Dinge, die er bei seiner Abreise nicht vergessen durfte. Und dann vergaß er diesen Zettel, den er sich an die Innenseite des Schranks geheftet hatte. Bandhid hatte seine Sachen gepackt und war nach Bangkok gereist. Aber er war nicht so glatt wie sein Partner Carpi, er war fahrlässig und hatte eine Fährte hinterlassen, die ich nun aufnehmen würde. Es ging voran, ich setzte mich in einem Hochgefühl vor den Stapel Papier an den Tisch und zerknüllte das Blatt, auf das ich am Tag zuvor einen Satz notiert hatte, der mir nun unpassend erschien. Ich hatte einen neuen Anfang. Das Papier war wieder unberührt. Und jetzt war Gelegenheit, dieses Nichts zu stören. Indem ich es mit Worten überdeckte, würde ich ihm ein Ende bereiten. Ich würde dieses penetrante Nichts verschwinden lassen. Das Papier schwieg mich an, aber auch Schweigen konnte man überbewerten, wie schon Beuys im Hinblick auf seinen Kollegen Duchamp geschrieben hatte. Beuys hatte recht, das Schweigen von Marcel Duchamp war überbewertet worden. Das Nichts kann für den Moment durchaus wohltuend sein, aber es führt zu nichts. Etwas zu tun, zu sagen, zu schreiben, war dagegen ein lohnender Versuch. Selbst wenn das Geschriebene nur von der eigenen Unfähigkeit handelte. Auch über die Unfähigkeit zu schreiben war natürlich schon viel geschrieben worden, dachte ich mir. Über die Flucht zum Kühlschrank, die Verschwörungen der Außenwelt, den sägenden Gärtner, der das Denken sabotiert, die Gewalt des weißen Blattes Papier. Ich konnte mir Zeit lassen, ich hatte Zeit genug bis zum Abend, um etwas zu Papier zu bringen. Ich sah auf den van Gogh, das gelbe Nachtcafé unter tiefblauem Sternenhimmel, das, schon lange in diesem venezianischen Zimmer eingesperrt, einiges von seiner Leuchtkraft eingebüßt hatte, und stellte müßige Mutmaßungen darüber an, wie diese Reproduktion eines Bildes, das in der niederländischen Provinz hing, an diese Wand gekommen war. Das Blau hatte über die Jahre die Oberhand behalten, und die warmen Farben waren verblasst. Als Reproduktion war das Bild, mit dem sich van Gogh vor mehr als hundert Jahren die Stadt Arles einverleibt hatte, krank geworden und erregte mein Mitleid. Aber es störte mich auch in seinem Zustand der Auflösung, und ich musste an das kunsthistorische Seminar denken, in dem ich, an einem Hochsommertag hinter schwarzen Vorhängen schwitzend, im Dunkeln gemeinsam mit zwanzig Kommilitonen auf das Dia des Nachtcafés gestarrt hatte. Jemand hatte von schwarzen Schemen am Himmel gefaselt, und Reinhold Berentz konnte wieder einmal ein paar Lacher für sich verbuchen, als er, den Kommilitonen verspottend, etwas von apokalyptischen Reitern vor sich hin murmelte. Das war Jahre her, aber ich erinnerte mich jetzt wieder sehr genau daran und spielte mit dem Gedanken, das Bild in den Schrank meines Zimmers zu sperren, packte aber stattdessen das Papier zusammen und verstaute es in meiner Tasche. Ich wusste jetzt, dass ich schreiben würde, dieser Gedanke genügte für den Augenblick.

Als ich mich die steile Treppe hinunter zur Haustür geschlichen hatte, debattierten Zan und Franco gerade im Lokal, und ich nutzte die Gelegenheit, in der verwaisten Küche das Foto einzustecken, das mich mit seiner neu erworbenen, geheimnisvollen Bedeutung begleiten würde. Jetzt hatte ich einen Namen und ein Bild von einem Menschen. Doch die Spur zu den gestohlenen Kunstwerken bestand bisher nur aus einem Riss durch ein Blatt Papier.

Auf dem Weg zum Bahnhof faxte ich vom Postamt aus die thailändischen Texte an Rebecca und summte Kindheitsmelodien vor mich hin. Es ging mir gut. Ich würde die Betrüger aufspüren und die Erwartungen erfüllen, die mein Auftraggeber in mich gesetzt hatte. Und das Kopfgeld der Galeristen würde ich auch kassieren.

VI.

Lange genug hatte ich Zeit, meine Gedanken zu sammeln. Das Rattern des Zuges schläferte mich nur langsam ein. Ich bereute, dass ich Rebecca von meiner Rückkehr erzählt hatte. Lieber hätte ich sie mit diesem Mick erwischt, wie sie verquollen und in Unterwäsche kalten Kaffee trinkend in der Küche hockten, die Tassen in der Hand, weil sie auf dem Küchentisch keinen Platz zum Abstellen mehr finden konnten. Die schwarzen Bananen und der schimmelnde Frischkäse ließen sich nicht mehr abräumen, der Weg zu ihnen war durch einen überquellenden Aschenbecher verstellt, den man niemals zum Mülleimer hätte balancieren können, ohne Dutzende von Kippen in der Küche zu verstreuen. Also musste auf dem Tisch zwangsläufig alles so bleiben bis zum Ende der Zeit. Kaffeebecher ließen sich auch bequem in der Hand halten.

Ich nickte am Fenster meines Abteils mit der Gewissheit ein, dass die Übersetzung der Texte Bandhids mich ein großes Stück voranbringen werde.

Am Brenner war ich kurz wach, und mir fiel ein, dass ich Italien verließ, ohne mich noch einmal bei Filippo gemeldet zu haben. Ich würde ihn anrufen und mich für seine Unterstützung bedanken.

Als ich in Frankfurt angekommen die ausgetretenen Stufen in den dritten Stock hinaufstieg, blühte noch einmal das Chaos vor mir auf, das mich hinter meiner Wohnungstür erwarten würde. Rebecca würde bestenfalls eines meiner Hemden tragen, die ich vor meiner Abreise aus der Reinigung geholt hatte. Sie hätte sich frevelhaft an meiner Plattensammlung vergangen und sicher die Chansons von Barbara aufgelegt. Ich glaubte schon den Refrain von *Gottingen* zu hören. Meine Weinreserven wären restlos vernichtet und die letzte H-Milch leer. Besser wäre ich gleich noch in den Supermarkt gegangen.

Als ich den Schlüssel im Schloss drehte und die Türe leise mit dem Fuß aufstieß, schlug mir der Duft von frisch gebrühtem Kaffee entgegen. Ich stellte meinen Koffer ab und ging in die Küche. Rebecca saß in einem lindgrünen Kostüm am Frühstückstisch. Ihre akkurat gefeilten und rot lackierten Fingernägel, die frischen Brötchen, der einigermaßen fleckenfreie Küchenboden. Aber das war noch nicht alles, denn es gab außerdem einen Mann. Leuchtend blaue Augen auf der Höhe von eins achtzig, darunter einen Anzug, den ich sehr attraktiv fand, und zuunterst Lackschuhe Größe sechsundvierzig.

«Hallo, hallo! Ich bin Mick.»

Sprachlos nickte ich und rang mir ein Lächeln ab. Rebecca war aufgestanden und küsste mich auf beide Wangen, was sie noch nie getan hatte. Wie lange war ich weg gewesen? Fünf Jahre? Jeden Moment erwartete ich, dass blonde Putten in Matrosenanzügen und Rüschenkleidchen in die Küche kämen, um sich von Mama in den Kindergarten bringen zu lassen. Mick würde ihnen durch die Löckchen fahren und ihnen für den Abend das Video der kleinen Meerjungfrau versprechen. Nein, sagte ich mir. Es war vor einer Woche, dass ich diese Räume zuletzt gesehen hatte, und statt der Kinder huschten zwei winzige schwarz-weiße Katzen in die Küche und schlabberten wässrige Milch aus meiner Lieblingstasse.

Rebecca, die meinen erstaunten Blick auffing, strahlte und berichtete von Micks Heldentat, der die beiden süßen Geschwisterchen aus einer verschnürten Plastiktüte im Müll befreit hatte. Ich wandte mich an Mick und räusperte mich.

«Wie lange bleiben sie?»

Rebecca lachte laut auf und nahm meine Hand.

«Ihr könnt euch doch duzen! Mick ist gerade erst in mein Leben getreten, und ich hoffe, er bleibt eine Weile!» Ihre andere Hand begann seinen haarlosen Unterarm zu streicheln.

«Natürlich können wir uns duzen», sagte ich. «Ich spreche von den Katzen.»

«Oh, wir dachten, du liebst Tiere.»

«Wer hat das behauptet?»

Mick betrachtete mich betroffen und räusperte sich.

«Siehst du, Rebecca, wir hätten ihn fragen sollen. Niemand wird gern vor vollendete Tatsachen gestellt.»

«Von vollendeten Tatsachen kann hier nicht die Rede sein.»

Rebecca mischte sich ein, setzte ein Engelsgesicht auf und goss mir einen Kaffee ein.

«Lass uns nicht streiten», sagte sie und begann von ihrem Glück zu erzählen. Montag hatten sie sich in der Agentur kennengelernt, Dienstag war Mick zu ihr gekommen, Mittwoch hatte er eine Putzfrau engagiert, Donnerstag waren sie auf der Goethestraße shoppen gewesen und Mick hatte die Katzen befreit, Freitag hatten sie beschlossen zu heiraten. Was würde heute, am Samstag, in ihrem Leben passieren? Rebeccas alter Mitbewohner aus Studienzeiten würde nach Hause kommen und erkennen, dass er nur noch ein Fossil war. Dass die Geschichte ohne ihn weiterlief.

«Du nimmst es mir doch nicht krumm, dass ich immer so verschlafen war, wenn du angerufen hast? Wir waren eben jede freie Minute im Bett.» Micks anbiedernder Charme gab mir den Rest. Das war er also, der berühmte erste Eindruck, der sich so schwer nur noch korrigieren ließ. Ich war ungerecht, aber um Gerechtigkeit machte ich mir in diesem Moment keine Gedanken. Mir war sofort klar, dass ich Mick grundlos abstoßend fand. Und das war es also, wovon Rebecca geträumt hatte. Kein Katastrophenszenario hätte mich mehr aus der Fassung bringen können als das normale Leben in meiner eigenen Wohnung. War es ein Albtraum, aus dem ich gleich durch das abrupte Halten des Zuges aufwachen würde? Das blieb die einzig vernünftige Erklärung. Und in diesem Traum trat Mick mir in meiner eigenen Wohnung entgegen und schleuderte mir ein abfälliges ‹Wer sind Sie denn?› entgegen. Das drang so schnöselhaft an mein Ohr, dass ich die Verblüffung sehr genoss, als sein Nasenbein knackte und ich meine Faust wieder einfuhr. Er taumelte zurück, und das Blut tropfte auf den Kachelboden. Ich reichte ihm seine Jacke, und er wankte benommen ins Treppenhaus.

«Können wir etwas für dich tun?» Mick weckte mich besorgt aus meinen Tagträumen. «Du willst sicher erst mal ein wenig schlafen, oder?»

Ich nickte und ging in mein Zimmer. Es war eine Wohltat, die Tür hinter mir zu schließen. Hier war alles wie gewohnt. Ich setzte mich auf die Bettkante, dann griff ich zum Telefon. Filippo tat überrascht, von mir zu hören. Er dächte, ich bräuchte noch etwas Zeit, um die Überraschung zu verdauen, sagte er freundlich.

«Du hast mir sehr geholfen», antwortete ich.

Ob er mit seinen so guten Beziehungen noch etwas für mich erkunden könne? Warum nicht, dachte ich. Er versprach mir, herauszufinden, wann Bandhid das Land verlassen hatte und in wessen Begleitung.

Ich packte aus und versuchte mich an einer Chronologie der venezianischen Ereignisse. Am 28. Dezember, so stand es in den Unterlagen der Versicherung, dem Polizeibericht und dem Zeitungsartikel, den ich aufgehoben hatte, war der Betrug über die opulente Bühne gegangen. Bandhid hatte zwei Tage später seinen Dienst quittiert. Inzwischen war der 16. Januar. Ich hatte eine ganze Woche im Zustand der Konfusion verbracht. Rebecca sah zur Tür herein und nickte mir zu, als wollte sie mich ermutigen, das Endstadium einer unheilbaren Krankheit geduldig zu ertragen.

«Magst du dich nicht ein bisschen mit uns freuen?» Sie leuchtete noch immer. «Ist er nicht süß?»

«Er ist ein Schock für mich», flüsterte ich, denn Mick musste noch in der Küche sitzen.

«Aber Bob! Du bist ja völlig durcheinander. Das Leben geht weiter. Menschen verändern sich.»

Ich seufzte nur.

«Du darfst nicht die alten Maßstäbe anlegen», fuhr sie fort. «Du musst ab und zu neu Maß nehmen, wie ein Schneider, sonst zwängst du mich in Klamotten, die mir nicht mehr passen.»

«Was für Klamotten? Meinst du deinen Wolfspelz?», flüsterte ich. «Hast du dich wirklich verändert, oder hast du nur endlich deine Tarnung als unangepasste Wilde abgelegt? Du warst die ganze Zeit ein braves Schaf, stimmt's?»

Sie ließ mich kopfschüttelnd allein, und das war mir sehr recht, denn ich brauchte einen dumpfen, langen Tag im Bett.

VII.

Wie hätte es anders sein können. Die Gesichter waren lang bei der Concil-Versicherung. Ich kam mit leeren Händen. Weder hatte ich die Diebe gestellt, noch die Kunsthändler, alles langjährige, gute Kunden, als betrügerisches Quartett enttarnt. Beides wäre ihnen recht gewesen. Wichtig war nur, nicht zahlen zu müssen. Der Abteilungsleiter ging mit mir noch einmal die Versicherungssummen der Werke durch, und mir wurde schwindlig. Ich erinnere mich nicht mehr an die Zahlen, aber dass mir schwindlig wurde, weiß ich noch.

«Sie sind doch Experte», sagte er.

«Wofür?», fragte ich, als ich einmal tief durchgeatmet hatte.

«Na, für das Verschwinden.»

Ich betrachtete ihn das erste Mal etwas eingehender. Oft hatten wir uns noch nicht getroffen, und nie hatte ich das Gefühl gehabt, dass er mir etwas mitzuteilen haben könnte, das über Versicherungssummen hinausging. Auch Leute mit Krawatte soll man nicht unterschätzen, sagte ich mir einmal mehr. Das vergaß ich immer wieder. Doch jetzt sah ich von der Krawatte ab und entdeckte sehr vorlaute Augen hinter der schmalen Brille. Für einen Moment blitzte da ein herausforderndes Verständnis zwischen uns auf, als ob er erkannt hätte, dass ich ihn erkannt hatte.

Dann zog er ein Dossier hervor, und der Moment war ausgelöscht. Ich wusste, dass die Erinnerung an diesen Augenblick zwischen uns lebendig bleiben, aber zugleich auch, dass er sich nie wiederholen würde.

Das Dossier enthielt Unterlagen zu den Kunstsammlern. Giffroy, der Lukrativste, mit Kontakten zu den weltweit führenden Auktionshäusern, war seit zwei Jahrzehnten bei der Concil versichert. Er hatte bislang dreimal Schäden gemeldet. Zweimal hatte man anstandslos bezahlt, im Hinblick auf seine Kontakte, das dritte Mal aber, wie sonst eigentlich immer üblich, hatte die Versicherung prozessiert und überraschenderweise sogar recht bekommen. Giffroy, der Weltmann, der mehrere Sprachen fließend sprach und an den Universitäten von Paris, Padua und Bonn studiert hatte, war leer ausgegangen.

Perguson dagegen war eher der Geduckte, der sich bei Schäden, die bei ihm leider häufig vorkamen, immer auf einen außergerichtlichen Vergleich einließ und den Kontakt mit der Justiz mied, wohl auch, weil ihn die Versicherung, so wie mich, schon ein paarmal als Sachverständigen herangezogen hatte. Er galt als ausgewiesener Kenner italienischer Kunst des Barock, und seine Publikationen wurden in der Fachwelt viel diskutiert.

Dr. Winther war ein unbeschriebenes Blatt. Bislang hatte man es stets mit seiner Frau zu tun gehabt. Sie unterzeichnete die Policen und verhandelte hart, wenn es um Rabatte ging. Mehr war nicht zu erfahren.

«Wie schätzen Sie das Ehepaar Winther ein?», fragte mich der Abteilungsleiter. «Sie haben sie doch kennengelernt.»

«Er ist ein Hüne, sie ein Klassiker, wenn Sie verstehen. Er ist groß und kühl, sie zäh und frostig», sagte ich. «Perlen, Aktien, Armani. Die beiden müssen von Zeit zu Zeit in den Süden reisen, sonst würden sie aufgrund ihrer niedrigen Kerntemperatur zu Eis erstarren.»

Der Abteilungsleiter zog die Augenbrauen zusammen. Vielleicht hatte er sich meine Analyse anders vorgestellt.

«Zu Reinhold Berentz muss ich Ihnen wohl nicht viel sagen», wechselte er das Thema. «Den kennen Sie selbst.»

Wir klärten noch das weitere Vorgehen. Er ließ mir weitgehend freie Hand, was ich zunächst als Ausdruck umfassender Ratlosigkeit der Verantwortlichen deutete, doch dann, ich war schon fast an der Tür, lehnte sich der Abteilungsleiter an die Schreibtischkante und verschränkte seine Arme vor der Brust.

«Man kann einen Weg meistens in zwei Richtungen gehen. Sie haben verstanden, wie der Hase läuft.»

Wie sollte ich auf eine, sollte ich sagen: eine derart kryptisch banale Bemerkung reagieren?

«Ich hoffe, Sie verstehen, was ich damit sagen möchte», fügte er hinzu.

Jetzt nickte ich, was mir angemessen schien, stand kurz

darauf wieder auf der Straße, und meine Füße trugen mich ein paar Blocks weiter zu Reinholds Büroetage. Das Erste, was ich hörte, war die Stimme der Sekretärin, die einen gereizten Unterton nicht zu verbergen vermochte.

«Bitte, was soll ich tun? Erst die Gebrauchsanweisung lesen? Habe ich getan. Da steht drin, dass ich Sie anrufen soll. Ja genau. Ihre Nummer steht da.»

Ich wollte gerade vorbeischleichen, da klingelte mein Mobiltelefon, und ich eilte zurück zu den Aufzügen, um den Anruf in Ruhe entgegenzunehmen. Rebecca lachte schrill in der rauschenden Leitung.

«Deine Übersetzungen sind fertig! Das war mir ja peinlich. Schwule Erotikgeschichten und eine Liste von Worten, die für mich keinen Sinn ergibt. Die Übersetzerin hat mich vielleicht angeguckt.» Ich dankte ihr förmlich, aber ihr Lachen war nur durch die rote Taste zu stoppen. Als ich das Vorzimmer wieder betrat, gab mir die Sekretärin ein Zeichen, das wohl so viel hieß wie, ich solle ruhig hineingehen.

Reinhold strahlte wieder so, dass ich wegsehen musste.

«Na, mein Lieber! Schon zurück, da bin ich aber gespannt.» Er ließ sich in seinen Sessel sinken, gab mir mit dem Zuklappen seines Terminplaners das Signal, einen Rapport zu liefern, und verschränkte die Arme hinter dem Kopf. Während ich sprach, nickte er, nahm die Arme herunter, betrachtete seine Fingernägel, nickte wieder, bog eine Büroklammer auf und zu und nickte noch einmal. Als ich geendet hatte, orderte er über seine Sprechanlage zwei Tassen Kaffee. Na, das sei doch schon was! Er lachte so dreckig, dass sich mir die Nackenhaare aufstellten.

«Ein Kellner, der unseren Freund Carpi kennt und jetzt in Bangkok ist oder vielleicht ja auch in New York. Nein, ganz ehrlich, Robbie. Und ein mysteriöses Paar beim Packen im

Palazzo, na bitte.» Er spuckte die Konsonanten über den Tisch. «Und der Kellner hinterlässt Homosexgeschichten, also, da bist du doch in deinem Element. Nichts für ungut. Und jetzt?» Er war wieder ganz Qualle und sichtlich amüsiert, aber ich ließ mich nicht aus der Ruhe bringen und kam auf Frau Winther zu sprechen.

«Deine Kollegin», sagte ich, «hat noch etwas bemerkt, was ich nicht unterschlagen möchte. Nach ihrer Selbsteinschätzung habe sie ein untrügliches Gespür für Homosexuelle. Sie glaubt, dass Carpi unbedingt schwul sein müsse. So fein, so kultiviert, so höflich, das könne nur ein Homosexueller sein.»

Berentz schnaubte verächtlich.

«Ich frage mich, was die Schachtel dann für ein Männerbild hat? Grob, kulturlos, unhöflich? Die braucht nur mal wieder einen ... Ich sage dir jetzt was. Ich habe ein untrügliches Gespür für frustrierte Kühe.»

Ich wusste auch nicht, wie Frau Winther zu ihrem Männerbild gekommen war. Mit Berentz hatte sie meines Wissens nichts gehabt. Auch wenn ich ihre unter heterosexuellen Frauen verbreitete Einschätzung der Schwulen nicht teilte, bestand ja doch die Möglichkeit, dass Carpi homosexuell war. Vielleicht war Bandhid sein Lebensgefährte. Immerhin erfuhr ich bei dieser Gelegenheit, dass für Reinhold Berentz der Mann das Gegenteil des Schwulen darstellte. Der maximierte Archetyp des Mannes wiederum, so weit war mir seine Seelenlage vertraut, blieb für Reinhold Berentz Reinhold Berentz. Demnach durfte ich mich guten Gewissens als sein Gegenstück betrachten. Er hielt sich für erfolgreich, witzig, unwiderstehlich, rational und sexy. Ich musste in seinen Augen einfach der perfekte Versager sein.

«Aber ja. Ich will mehr, Baby! Machen wir weiter. Kann's kaum erwarten, das zweite Kapitel zu hören!»

Ich hatte vergessen, die Versicherung um einen neuen Abzug

des Phantombildes zu bitten, und daher ursprünglich vorgehabt, Reinhold danach zu fragen, brachte es aber nicht fertig. Ich glaubte bereits seine Worte zu hören: ‹Und nicht gleich wieder liegen lassen, Robbie-Darling.›

Also schwieg ich und ging zur Tür. Ich lächelte noch der Sekretärin zu, die die Augen verdrehte und in den Hörer flötete.

«Ja, das ist nett, verbinden Sie mich mit der Technik.» Ich winkte ihr zu und rief den Aufzug. «Guten Tag, es geht um meinen Anschluss, der freigeschaltet werden soll ...» Es war jetzt ein verzweifelter Ton in ihrer Stimme. Gleich würde sie weinen, dachte ich. «... und dazu gibt es doch sicher einen besonderen Code. Ach, Sie verbinden mich mit der Technik. Ich denke, Sie sind die Technik.»

Wenig später stand ich wieder auf der Straße, blickte nach Osten Richtung Bangkok, nach Westen Richtung New York und beschloss, erst mal zu duschen.

Auf meinem Bett lagen die Übersetzung, die Rechnung für die Übersetzung, auf der die Katzen schliefen, und ein Gruß von Rebecca, die mir viel Vergnügen bei der Lektüre wünschte. Ich betrachtete zunächst die untereinander notierten Wörter auf dem halben Blatt, das ich für eine Einkaufsliste gehalten hatte. Bangkok - Telefon - Ziffern - Animalisch - Wärme - Apartment - Kiste - Couch. Das, gestand ich mir ein, ließ sich nicht ohne Weiteres verstehen. Ich ließ die Worte einen Moment wirken und ging dann in die Küche, um einen Blick in den Kühlschrank zu werfen. Dann las ich das, was Rebecca als Erotikgeschichte angepriesen hatte. Nach den ersten zwei Seiten wurde mir heiß, und ich zog meinen Pullover über den Kopf. Im Unterhemd, das nicht ganz den Außentemperaturen angemessen war, lag ich auf der Matratze und tauchte ein in eine Welt entfesselter Leidenschaften. Als ich geendet hatte, rief ich am Computer alle verfügbaren Flüge nach Bangkok ab. Es war wirklich unvermeidbar, dass ich meine Recherchen dort fortsetzte, denn falls Carpis Komplize Bandhid nach Bangkok geflogen war, wie Zan und Franco gesagt hatten, dann war möglicherweise auch Carpi selbst dort. Außerdem klang Bangkok gut. Bang Kok, sprach ich vor mich hin. Bang. Kok. Bis das Telefon klingelte. Es war Rebecca, die nach ihrem Mick fragte.

«Ist Mick schon zu Hause?»

«Wer soll wo sein?»

«Ob mein Mick schon zu Hause ist, wollte ich wissen!»

«Oh, du meinst deinen Typen, der ist grade mit gebrochener Nase zur Tür raus. Hat eine ziemliche Sauerei hinterlassen. Überall Blut. In der Küche, im Flur, auf der Treppe.»

«Was redest du da?»

«Man sollte manchmal nicht zu viele Worte machen und auch mal zuschlagen. Das macht das Leben leichter, klärt Positionen und spart Zeit.»

«Bist du noch ganz klar?»

«Er war übrigens auch der Meinung, er sei hier zu Hause. Jetzt hoffentlich nicht mehr.»

«Du bist irre!» Sie hatte aufgelegt, bevor ich eine Chance bekommen hatte, die humoristische Note meiner Gewaltfantasien zur Geltung zu bringen. Ich zog mich ganz aus und stieg unter die Dusche, die so heiß wie gerade noch erträglich auf mich niederprasselte. Eine der Katzen balancierte auf dem Wannenrand. Jetzt klingelte das Telefon wieder. Meine nasse Spur führte durch die ganze Wohnung, aber der Einsatz wurde ausnahmsweise belohnt. Es war Filippo.

Ich zündete mir eine Zigarette an, während er mir erklärte, Bandhid Cole sei tatsächlich unter seinem Namen nach Bangkok geflogen. Ohne Anschlussflug. Immerhin bestand die Möglichkeit, dass er noch da war. Zudem seien rund hundert

Italiener in der Maschine gewesen, drei Amerikaner, ein Deutscher. Außer Bandhid noch fünf Thailänder und acht Chinesen. Danke, genug. Ein Ruggero Carpi sei nicht mitgeflogen, aber das hätte ich mir sicher schon gedacht.

Was für einen merkwürdigen Beruf ich da hätte, sagte Filippo unvermittelt.

Das sei nicht mein Beruf, antwortete ich.

Immerhin würde ich damit sicher mehr Geld verdienen als mit dem Verfassen von Artikeln über Südtiroler Bergkapellen für patriotische Heimatgazetten.

«Auch das ist nicht mein Beruf.»

Irgendwann müsse ich ihm mal erklären, was ich eigentlich gelernt hätte.

Ich begann zu frieren, dachte nach, ob es noch eine lohnende Erwiderung geben konnte. Zu meinen Füßen bildete sich eine Lache. Ich hörte, wie Rebecca die Tür aufschloss. Ich hörte, wie sie ihre Tasche auf das Sofa schleuderte.

Leider müsse ich Schluss machen, sagte ich Filippo. Er wünschte mir noch einen schönen Abend, denn er konnte nicht sehen, was auf mich zukam.

«Du musst Schluss machen! Genau das wollte ich auch grade sagen!» Ihre blonde Mähne wirbelte durchs Zimmer, und ihr Blick glitt verächtlich an mir herunter. «Du spinnst wohl.»

«Ich habe deinen Mick für einen Einbrecher gehalten. Er kam so überraschend in die Küche.»

Sie war so geladen, dass ich diese neue Seite an ihr noch etwas auskosten wollte, also drückte ich meine Zigarette in der Spüle aus und fuhr fort.

«Das gibt seinem hübschen Durchschnittsgesicht vielleicht ein bisschen Charakter, wenn er Glück hat.»

Ich musste lachen, und lachend lief ich ins Bad, um mich endlich abzutrocknen. Rebecca hatte sich in einen Karpfen verwandelt, der unsanft aus seinem Element gerissen worden war und nach Luft schnappte. Aufgeregt zappelnd folgte sie mir.

«Na ja, immerhin hätte es so sein können», rief ich ihr zu, während ich mir ein Handtuch um die Hüften wickelte. Sie starrte mich an und begann ebenfalls zu lachen. Erst leise, dann lauter und schließlich so, dass es ihr Schmerzen bereiten musste. Unterbrochen wurde sie nur vom Klingeln an der Tür. Sie rannte durch den Flur und öffnete, um Mick in die Arme fallen zu können, doch draußen stand meine Mutter. Die Einladung zum Abendessen hatte ich ganz vergessen.

«Was gibt es denn?» Mit einem Seufzer fiel sie auf den Küchenstuhl und sah sich um. Rebecca sank, erschöpft von ihrem Lachanfall, auf den zweiten Stuhl, und die Frauen sahen sich für einen Moment in die Augen, bevor ihre Blicke sich gleichzeitig auf mich richteten.

«Ja, was gibt es denn?», hörte ich Rebecca als arg verzögertes Echo.

Ich tat mir, lediglich mit einem Handtuch bekleidet, leid, diesen Schlangen ausgeliefert zu sein, die überlegten, welchen Teil von mir sie zuerst verschlingen sollten. Langsam öffnete ich den Mund, holte tief Luft und schloss ihn wieder. Meine Mutter hatte ihre Handtasche abgestellt und wartete auf eine Antwort. Ich sah aus dem Fenster, dann auf den Tisch, überlegte, was außer Oliven im Kühlschrank sein könnte, und öffnete wieder den Mund. Doch Rebecca kam mir zuvor.

«Ich hol uns was beim Chinesen, ja?»

Meine Mutter sagte nichts, erhob sich und verschwand im Bad. Rebecca nahm ihre Schuhe und zog noch eine Grimasse, bevor sie zur Wohnungstür ging. Was sollte ich tun, es war einfach nichts Essbares im Haus. Das konnte schon mal vorkommen. Ich nutzte die Gelegenheit für einen Anruf bei Reinhold Berentz. Er war gleich persönlich am Apparat. Wenn ich das

Kopfgeld nicht aufs Spiel setzen wollte, sollte ich ihn auf dem Laufenden halten, sagte er.

«Ich werde einen Abstecher nach Bangkok machen, damit wir weiterkommen», erklärte ich ihm so eloquent, wie es mir in meiner Verfassung möglich war. Und er ermutigte mich mit einem leutseligen «Nur zu!».

«Zehn Millionen Einwohner? Da wünsche ich viel Spaß, Robbie!» Berentz war bester Laune, offensichtlich wirklich hervorragend versichert. Aber das kümmerte mich jetzt nicht. Er sparte sich weitere Ratschläge, und ich wertete das als Zeichen seines Vertrauens. Für meinen Geschmack geriet mir mein Dank etwas zu herzlich, aber Berentz hatte ohnehin schon aufgelegt.

Meine Mutter kam zurück in die Küche und verlangte ein Glas Wein, dann begann ich meine Kindheitserinnerungen an Amsterdam zu erzählen.

«Filippo ist ein guter Mensch», sagte sie, als ich geendet hatte. «Er hat sich immer für dich interessiert, hat mich jedes Jahr angerufen und nach dir gefragt und doch respektiert, dass ich nicht wollte, dass er dich kennenlernt, solange dein Vater lebt, denn natürlich habe ich Filippo nie als deinen Vater gesehen. Genauso wenig wie du selbst. Aber jetzt ist dein Vater tot. Jetzt ist alles anders. Und du hast Filippo sehr gefallen. Er ist stolz auf dich.»

Das konnte ich mir vorstellen. Das passte zu meinem Bild von ihm, dem Venezianer, der vor einer Generation meine Mutter geschwängert hatte. Der konnte stolz sein. Stolz als Möglichkeit der Aneignung. Er betrachtete mich tatsächlich als seinen Sohn, ganz so, als habe er etwas Maßgebliches zu mir beigetragen.

«Ich werde alles daransetzen, nie so zu werden und so auszusehen wie Filippo», sagte ich. Sie schüttelte milde lächelnd den Kopf, als wolle sie sagen: zu spät.

«Dass du nicht so werden willst wie er», sagte sie dann, «ist doch ein sicheres Zeichen, dass er dein Vater ist.»

Sie hatte recht, so etwas hatte ich bei dem Vater, mit dem ich aufgewachsen war, nie gedacht. Es war nicht nötig gewesen, so etwas zu denken, es bestand keine Gefahr, dass ich so werden würde wie er. Erst jetzt fiel mir auf, wie wichtig ungedachte Dinge sein können. Meine Mutter sah mich an.

«Filippo ist Literaturagent, hat er dir das erzählt? Von ihm hast du deine Begabung zum Schreiben.»

Dann trank sie ihr Glas aus und begann zu erzählen. Wir waren in den ersten drei Jahren meines Lebens tatsächlich zu meiner Tante gefahren. Allerdings nicht nach Amsterdam, wo sie auch damals schon lebte, sondern nach Venedig, wo sie ein kleines Apartment gemietet hatte. Bei Filippo konnten wir nicht wohnen, denn der hatte Frau und Sohn zu Hause. Die Scheidung war zwar in Aussicht, aber noch nicht vollzogen, daher musste Diskretion gewahrt werden. Als er sich endlich getrennt hatte, war auch die Beziehung zwischen Filippo und meiner Mutter längst beendet. Filippo lebte inzwischen seit mehr als einem Vierteljahrhundert unverheiratet, der Sohn aus seiner Ehe hatte irgendwo in Kalifornien studiert, seine Frau wollte nichts mehr von ihm wissen, aber einsam war er mir deshalb nicht vorgekommen. Das Ungebundene passte zu ihm.

Ich versuchte, mir meine Tante in Venedig vorzustellen. Sie hatte von der Affäre meiner Mutter gewusst und war erregt von diesem Abenteuer, an dem sie teilhatte, indem sie dreimal im Jahr aus Amsterdam angereist kam, um mich zu hüten.

Ob der Mann, den ich immer als Vater betrachtet hatte und der es für mich auch immer bleiben würde, etwas geahnt hatte von den Dingen, die in der Lagune vorgegangen waren? Meine Mutter war zu einer glänzenden Show fähig, aber um diese Show Jahr um Jahr zu verlängern, dazu gehörte eine Kunst der

Verstellung, von der ich nicht zu träumen wagte. War mein Vater nie misstrauisch geworden? Ich hatte verlernt, mich zu erinnern, das Wissen um die Vergangenheit war in meinem Elternhaus nie als besonders sinnvoll angesehen worden. Wozu sollte man sich mit Dingen befassen, die vorbei waren?

«Offiziell waren wir immer in Amsterdam bei deiner Tante», sagte meine Mutter noch einmal. «Dir dürfte es mit drei Jahren ja nun wirklich egal gewesen sein, ob du in der Nordsee oder in der Adria planschst.»

Ich betrachtete sie und ließ die Worte vorbeiziehen. Warum waren die Dinge so platt. So einfach ließen sich Geheimnisse entzaubern.

«Robertchen», sagte sie, «vergiss doch den ganzen Kram. Es geht um das Jetzt! Es geht darum, was jetzt entsteht zwischen dir und Filippo. Du solltest den Kontakt auf keinen Fall abreißen lassen. Fahr wieder hin, besuche ihn. Bei Zan hast du dich doch sicher gut aufgehoben gefühlt.»

«Bei Zan? Ihr seid per Du?»

«Wir waren dort immerhin Stammgäste. Und seit wann nennst du Kellner beim Nachnamen?»

«Er hat ein bequemes Zimmer über dem Lokal im Angebot», sagte ich, «und guten Fegato alla veneziana.»

«Hat er dir keine schönen Augen gemacht?», fragte sie. «Früher hat er jedem hübschen jungen Mann schöne Augen gemacht.»

«Zan ist ...»

«... aber das merkt man doch!», stieß sie verwundert hervor.

Dann kam Rebecca mit Styroporschachteln und kippte den Inhalt auf drei Teller. Wir saßen, aßen und aßen. Meine Mutter fand es gar nicht so schlecht. Selbst beherrschte sie einige schmackhafte Standards, war aber darüber hinaus keine große Köchin und, was Nahrung betraf, ziemlich anspruchslos. Es war ein Grundzug ihres Charakters, Dinge an ihrem eigenen Vermögen zu messen. Mit Politikern hatte sie großes Nachsehen, mit Sportlern war sie dagegen erbarmungslos, denn sie selbst hatte in ihrer Jugend Pokale beim Turnen gewonnen. Das war wohl auch der Grund, warum sie mich mit meinem Vater zum Fußball geschickt hatte. Meine Begeisterung sollte geweckt werden. Sie hatte es immer gut mit mir gemeint und hätte sich für mich eine Sportlerkarriere vorstellen können, aber ich habe aus meinen durchaus vielversprechenden Anlagen nie etwas gemacht, und sie hat sich damit abgefunden. In meiner Küche aß sie nun knusprige Ente mit Wasserkastanien, lobte die geheimnisvolle Würzmischung und lächelte mich an.

«Immer wenn ich dich in letzter Zeit treffe, bist du auf dem Sprung», sagte sie.

«Der gestresste Weltreisende», pflichtete Rebecca bei, «er muss sich noch ein bisschen an das neue Leben gewöhnen, aber ich glaube, es tut ihm gut.»

«Gut aussehen tut er jedenfalls.»

«Das finde ich auch, er drohte ja hier zu versauern. Ein paar Abenteuer sind genau das, was er jetzt braucht. Schauen Sie nur», wandte sich Rebecca an meine Mutter, «er hat jetzt wieder dieses wilde Flackern in den Augen, das ich so sexy fand, als ich ihn kennengelernt habe.»

Meine Mutter sah mich an, schob sich die letzte Gabel in den Mund, legte ihre Hand auf Rebeccas Arm und kaute eine Weile.

«Ich weiß, was du meinst», sagte sie schließlich.

VIII.

Der fatale Hang der Thailänder zu lauter Musik ließ mich um Viertel nach sechs hochfahren. Das Lebensmittelgeschäft gegenüber hatte den Volksmusiksender gewählt. Der Himmel war dunstig auberginefarben.

Als ich am Abend zuvor völlig übermüdet in das Hotel eingecheckt hatte, das *Reno* hieß, wie dieses Kaff im amerikanischen Westen, erwartete mich bereits eine Nachricht von Berentz an der Rezeption. Diesmal hatte ich mein Mobiltelefon nicht dabei, und ich würde mir auch in diesem Land kein neues zulegen. Etwas länger als nötig taxierte ich den zerknitterten Zettel, den mir die Rezeptionistin gereicht hatte. Berentz wünschte mich zu sprechen. Dass es so schnell gehen würde, hatte ich nicht gedacht. Wollte er mich kontrollieren? Ich starrte auf den blanken Boden der Lobby und winkte schließlich der Rezeptionistin, die sich diskret abgewendet hatte. Für das Telefonat und alle weiteren Behelligungen seinerseits würde ich Berentz eine Spesenrechnung schreiben. Ich wählte und wartete, ließ mich verbinden und hatte ihn nach Sekunden in der Leitung.

Obwohl jovial wie immer, schien mir seine Sattheit gestört. Er war verunsichert, das spürte ich bis in die stickige Lobby am andern Ende der Welt.

«Wie ich vorankomme?» Ich imitierte sein dröhnendes Gelächter. «7000 Meilen in zehn Stunden. Nicht übel, was?»

Er war nicht zu Scherzen aufgelegt.

«Ich will es dir ganz ehrlich sagen. Dein Auftraggeber, die Concil, will die Kunst wiederbeschaffen, damit sie nicht zahlen muss. Ich dagegen will die Täter. Du kennst mich, die Kunst interessiert mich wenig, aber Leute, die versuchen, mich zu bescheißen, sollen nicht so einfach davonkommen. Verstehst du.»

«Das frisst an deinem Ego, dass dich einer über den Tisch gezogen hat, das bist du nicht gewohnt.»

«Das hast du messerscharf erkannt, Robbie. Also bring mir die Kerle, lieber tot als lebendig.»

«Ich tue, was ich kann», sagte ich, und Berentz fand zu seinem gewohnten Ton zurück.

«Versuche etwas mehr zu tun, mein Lieber.»

Danach war ich zu Bett gegangen.

Die Volksmusik war verstummt, aber ich war wach. Also schlug ich den Weg zum Pool ein und sah zu, wie die Sonne langsam aufging. Links eine Brandwand, rechts ein Parkhaus, geradeaus die Station des Sky Trains, von der nun Popmusik herüberdrang. Rundum Beton. Ich war glücklich und überflog noch einmal die elf Seiten, die Bandhid hinterlassen hatte. Es löste ein Kribbeln des Trivialen in mir aus, das mich zugleich amüsierte und abstieß, erregte und das unangenehme Gefühl von Übersättigung zurückließ. Ich breitete das Handtuch aus und betrachtete meinen Körper, dann suchte ich Seite eins und begann zu lesen:

Natürlich hatte Rick seiner Innenarchitektin einen Wohnungsschlüssel gegeben, damit die auch zur Tat schreiten konnte, wenn er in der Kanzlei arbeitete, aber er war doch vor allem neugierig, was sie mit seinem Schlafzimmer vorhatte, und deshalb wartete er und sah durch die Glasfront seines Apartments über das Häusermeer von Bangkok. Diesen Ausblick hatte schon mancher bewundert, aber dennoch war keiner lange geblieben. Und Rick war es ganz recht gewesen so. Jetzt lag ein langes gähnendes Wochenende vor ihm, und ihm fiel nichts anderes ein, als einfach weiterzuarbeiten. Das sollte er als Alarmsignal verstehen, dachte Rick. Er ließ sich auf die Couch fallen und langte nach dem Telefon, um eine Pizza kommen zu lassen, dann tigerte er durch die mit ebenso kalten wie teuren Dingen ausgestattete Wohnung, doch er begegnete immer wieder nur seinem eigenen hellhäutigen und angenehm modellierten Körper in den Spiegelungen der Glas- und Edelstahlobjekte.

Ich unterbrach kurz die Lektüre, um einen Schluck Wasser aus der großen Plastikflasche zu nehmen, die mir in dieser Stadt als ständiger Begleiter unentbehrlich schien. Zwischen den Fassaden dröhnte ein Zweitakter, der wohl versuchte, eine der oberen Etagen des angrenzenden Parkhauses zu erreichen, aber ich konnte ihn nicht entdecken. Dann fuhr ich mir ein paarmal durch die Haare, um meine Kopfhaut und damit die Grenzen meines Kopfes zu spüren, und las weiter.

Als der Portier durchklingelte, um den Pizzaboten anzukündigen, hatte Rick bereits eine Flasche Burgunder entkorkt. Er ging zur Tür und öffnete sie einen Spalt weit. Der Aufzug gleich gegenüber seiner Wohnung summte leise, und die roten Ziffern flackerten, bis sie den 24. Stock anzeigten. Als die silberne Tür auseinanderfuhr und den Blick auf den Pizzaboten freigab, hätte Rick am liebsten die Wohnungstür wieder zugeworfen und sich von innen dagegen gestemmt. Ihn traf beinahe der Schlag, und nur mit Mühe konnte er eine völlige Entgleisung seiner Gesichtszüge verhindern. Die geballte Ladung animalischer Schönheit, von der er seinen Blick nicht mehr wenden konnte, schickte ihm ein Lächeln, das ihm den Rest gab. Rick hatte den Eindruck, in seine Wohnung zurückzutaumeln wie nach einem gezielten Kinnhaken, und er stammelte die Bitte, den Karton in die Küche zu bringen, während er sich auf die Suche nach Kleingeld machte.

Er durchwühlte seine Taschen und ließ seinen Lieferanten nicht aus den Augen, der die Pizza abgestellt hatte und nun auf die Stadt hinunterblickte. Sein geschmeidiger, muskulöser Körper zeichnete sich unter dem schlichten weißen Shirt ab, und die glänzenden, wachen

Augen schweiften durch den Raum, bis sie Rick packten. Solche Pizzaboten sollten verboten werden, dachte er. Selbst der haarsträubendste Prozess hatte ihn nicht in solche Konfusion gestürzt, und selbst die absurdesten Zeugen, denen er in zehn Jahren Berufsleben begegnet war, hatten ihn kaltgelassen und waren von seinen gefürchteten Formulierungen seziert worden. Jetzt aber fühlte er sich hilflos wie ein Kind. Mit einer atemberaubend weichen Geste voll femininer Eleganz strich sich sein Gegenüber wie abwesend über die perfekt gewölbte Brust und betäubte Rick mit einer weiteren Salve seines Lächelns.

«Möchtest du ein Stück Pizza?», fragte Rick und erntete ein Strahlen perfekt weißer Zähne, gefolgt von einem leichten Kopfschütteln.

«Vielleicht ein Glas Wein?», versuchte er es noch einmal, doch wieder vergeblich. «Was möchtest du dann?», wagte Rick einen letzten Versuch. Als der Pizzabote ein wenig Luft holte und Rick seine sanfte und tiefe Stimme hörte, spürte er, wie sein Puls sich noch einmal beschleunigte.

«Mein Geld», sagte dieses überirdische Wesen, das Ricks Apartment mit unendlicher Wärme durchströmte und nur ein Götterbote sein konnte. Er war unglaublich jung und zugleich von einem entwaffnenden Selbstvertrauen.

«Ich will mein Geld», wiederholte die Stimme, «und dich, wenn ich darf.»

Bei dem Wort Geld dachte ich für einen Augenblick an mein ausstehendes Honorar und die Concil-Versicherung, die es ganz und gar nicht billigen würde, dass ich meine Zeit mit Softpornografie verbrachte. Sofort fühlte ich mich gut und las die Geschichte mit besonderem Vergnügen zu Ende.

Bevor Rick noch seine Stimme wiederfand, stand diese Samtkatze vor ihm und ließ die Hand durch Ricks dunkelblondes Haar gleiten. Er fühlte, wie unter der Berührung seine Knie zu zittern begannen. Seine Erregung entging dem Panther nicht, der mit seinen geschwungenen vollen Lippen Ricks Wange streifte und seine Zähne vorsichtig in den

Hals schlug, den Rick ihm willenlos darbot. Das leise Stöhnen, das Rick entfuhr, entfesselte dieses Wesen, das erst vor wenigen Minuten in sein Leben getreten war. Überall spürte Rick nun die zarten und festen Hände, die seinen Körper erkundeten und in einen einzigen großen Rausch verwandelten. Mit einer schnellen Bewegung streiften sie ihre Shirts ab, und Ricks Zunge glitt über die glühenden Muskeln unter dunkel schimmernder Haut. Er spürte seinen Herzschlag in den Lenden, als er diesem Gedicht männlicher Vollkommenheit den Gürtel löste. Sie schwelgten verloren in einem See animalischer Lüste und rollten über den dichten Flor des sahnefarbenen Teppichs, bis sich die Grenzen ihrer Körper verloren hatten. Rick sah auf die erhitzte Perfektion ungezügelter Wildheit herab und tauchte seine Zunge in den Nabel, der sich ihm entgegenstreckte. An seinem Hals pochte die pralle Hitze des fleischgewordenen Verlangens, das seine Lippen nun umschlossen und damit einen unterdrückten Schrei und ein Erbeben auslösten, das den ganzen Körper unter ihm überflutete. Der Orkan in ihm drängte tosend nach einer erlösenden Verschmelzung, sein Mund fand die leicht geöffneten Lippen, die ihn erwarteten, sein Blick drang tief in die halb geschlossenen Augen, die in andere Welten voll endloser Lust abgetaucht waren. Dieses Geschöpf der Wildnis umklammerte ihn mit einer Kraft, die Rick den Atem raubte. Sie wirbelten herum, und Rick spürte die fremde Hitze, die sich pulsierend zwischen seinen Beinen ausbreitete und in rasenden Wellen eins wurde mit ihm. Er war überwältigt von der Vollkommenheit dieser Kraft, die Sanftmut und Aggression vereinte und mit jedem ihrer schwingenden festen Stöße seine Gefühle der Explosion entgegentrieb.

Aus den Augenwinkeln sah er seine Innenarchitektin, die im Halbdunkel des Flurs lehnte und sie entspannt betrachtete. Sie war nicht allein, sondern in Begleitung eines Mannes, der eine große Kiste zu seinen Füßen abgestellt hatte. Rick schloss die Augen, denn er wollte jetzt von einer Fata Morgana dieser Art nicht gestört werden. Die

Lust, die in immer schnelleren Rhythmen jede Zelle seines Körpers eroberte, duldete keine Ablenkung. Er vernahm nur noch das Stöhnen über sich und das Stöhnen, das aus ihm selbst drang und unter der Übermacht des besessenen Fremden, mit dem er verschmolz, zu immer lauterem Schreien wurde, bis die Flammen ihr Innerstes in flüssige Glut verwandelt hatten.

Die Innenarchitektin saß nun auf der Couch und zog die Augenbrauen hoch, während der Athlet, der zum Kistentragen geboren schien, hinter ihr stand und applaudierte.

Mit geschlossenen Augen stellte ich mir dieses Apartment vor, in dem man gut ohne Schlafzimmer auskommen konnte und von dem aus sich der Blick über die Wohnungen, Geschäfte und Büros von Millionen weitete. Dann sah ich auf die Skyline Bangkoks, und mein Blick verlor sich zwischen halb fertigen, fertigen und schon wieder in Ruinen verwandelten Wolkenkratzern.

Als sich die Straßen belebten, führte mich mein erster Weg in eines der zahlreichen Internetcafés an der Sukhumvit Road. Ich ging zu Fuß über Betonbrücken und entlang kleiner Geschäfte, die sich zwischen den gigantischen Einkaufszentren festgesetzt hatten. Auf der Hauptstraße verstand man noch Englisch, aber hundert Meter links oder rechts davon war in den Garküchen selbst das Wort *Chicken* unbekannt, wie ich bald erfahren musste. Im Moment war es noch zu früh für Chicken. Ich betrat ein Internetcafé, setzte mich vor eines der summenden Geräte und bestellte einen Kaffee, der mich wieder ganz in der Realität verankerte. Was war das für ein Anruf gewesen gestern Abend? Was trieb Berentz, mich in Bangkok anzurufen, was sollte diese plötzliche Ehrlichkeit? Er wusste, dass ich in den Jahren unserer Bekanntschaft keinen Moment geglaubt hatte, er könnte Kunst lieben oder schätzen. Warum musste er mir das ausgerechnet jetzt von Frankfurt aus ins ferne Asien nachrufen? Wenn Berentz eine Wahrheit aussprach, konnte sie nur dazu dienen, hinter ihr eine Lüge zu verstecken.

Ich saß vor der Tastatur des Computers und nippte an meinem Kaffee. Über den Bildschirm hinweg sah ich durch den ganzen Laden bis hinaus auf die Straße. Den Lärm draußen hörte ich nicht, denn aus den Boxen des Cafés drang thailändische Rockmusik. Ich lächelte der jungen Frau hinter dem Tresen zu und deutete mit meinen Zeigefingern auf meine Ohren, um ihr anzudeuten, wie schön es wäre, wenn man die Lautstärke drosseln könnte.

«Blackhead», lächelte sie zurück. «You like it?»

Ich nickte, und sie brachte mir das Cover der CD an meinen Platz. Als sie sich wieder umwandte, sah ich einen Roy Lichtenstein auf der Rückseite ihres T-Shirts. What? Why did you ask that?, fragte ein Mann mit entsetzt aufgerissenen blauen Augen und buschigen Augenbrauen, ein wahnsinniger Wissenschaftler oder der Künstler selbst: What do you know about my image duplicator?

Nach einem kurzen Blick auf meine Hände, die über der Tastatur des Computers im Internetcafé schwebten, entschloss ich mich, nicht mit den Tätern zu beginnen, nach denen Berentz verlangte, sondern mit der Kunst, die ihn nicht interessierte. Was waren das für Werke, die die Kunsthändler geliefert hatten? Existierte da eine Gemeinsamkeit, die mir noch nicht aufgefallen war? Nein, die schien es nicht zu geben, es handelte sich um eine wahllose, wenn auch farbenprächtig schillernde Mischung durch die Jahrhunderte und Nationen. Alles deutete auf vollkommene Beliebigkeit. Berentz hatte ein *Jane Avril*-Porträt beigesteuert, das Toulouse-Lautrec 1883 auf Karton gemalt haben soll, ferner ein *Capriccio mit Mole, Bogen und stürmischer See*, Guardi um 1770, und einen *Schweinehirten* von Boldini aus dem Jahr 1864. Drei Ölgemälde fragwürdiger Provenienz. So etwas stammte von Dachböden in Genua oder aus Schweizer Privatsammlungen. Ich konsultierte das weltweite Datennetz, bis mir schließlich doch noch eine Gemeinsamkeit der drei Bilder auffiel. Sie galten allesamt als verschollen. Sie waren in glaubwürdigen Quellen inventarisiert, aber seit Jahrzehnten oder Jahrhunderten nicht mehr gesehen worden. Verbrannt, verschimmelt, verkannt, vergessen. Und jetzt waren sie alle bei Berentz wieder ans Licht gekommen.

Berentz, dachte ich. Lichtenstein, dachte ich. Picture Maker, dachte ich. Und dann fiel mir das *Nachtcafé* von van Gogh wieder ein, das über meinem Bett in Venedig gehangen hatte und das dem Gastronom in Arles als Vorlage für sein Café gedient hatte. Dort hatte sich die Wirklichkeit van Goghs Fantasie angepasst. Warum sollte das nicht auch andernorts passieren?

Mir drängte sich, während ich von meinem Platz aus hinaus auf die Sukhumvit Road sah und an Arles dachte, ein Verdacht auf, den ich nicht mehr abschütteln konnte. Was, wenn Berentz die Bilder nach den Beschreibungen in alten Dokumenten hatte anfertigen lassen? Er hätte nicht die Verzeichnisse zu den Werken erstellt, sondern die Werke zu den Verzeichnissen. Auch deshalb konnte sein Interesse an einer Wiederbeschaffung so gering ausfallen. Was verschwunden bleibt, wird man als Fälschung nicht mehr erkennen können.

Auf diese Theorie gönnte ich mir einen zweiten Kaffee und verließ ohne Ziel das Internetcafé, um mich durch Trubel und Staub treiben zu lassen.

Den Nachmittag verbrachte ich mit Shopping bis zur Depression. Dann nahm ich im Siam Center einen weiteren Kaffee und beobachtete einen Maler, der in seinem Laden Kopien von allem anfertigte, was man ihm brachte. Unterschiedslos malte er Rubens und Courbet nach Postkarten, und wenn man ihm sein

Hochzeitsfoto vorlegte, malte er auch das. Was würde er wohl sagen, wenn man ihm die Postkarte einer monochrom blauen Leinwand brachte? Ich könnte ihm auch das Foto von Bandhid Cole zeigen, es zwei Quadratmeter groß reproduzieren lassen und es vor dem Eingang aufstellen, bis ihn jemand erkannte oder bis er selbst vorbeikam. Früher oder später, hatte ich den Eindruck, kam hier jeder vorbei. Wenn ich ihn gefunden hätte, würde ich ihn fragen, warum Berentz so nervös war.

Obwohl ich nur Bruchstücke seines Lebens kannte, ein kleines Fragment seiner Geschichte, eine Fotografie, seine Handschrift und einige seiner sexuellen Fantasien, ertappte ich mich bei dem Gedanken, dass ich für Bandhid sofort mehr Vertrauen aufbringen würde, als ich für Reinhold Berentz jemals übriggehabt hatte.

Ich lief zurück zum Hotel, das für asiatische Geschäftsleute nicht repräsentativ genug war, in dem aber noch einige andere Europäer wohnten. Nach einem Bier am Pool ging ich auf mein Zimmer, packte meinen Koffer aus und inspizierte die Klimaanlage. Das Bett war angenehm hart und der Raum auf dreiundzwanzig Grad heruntergekühlt.

Bandhid Cole und Ruggero Carpi fuhren in einem thailändischen Langschwanz-Boot durch den Regenwald nach Norden. Es war so still, dass sie sich nicht verstehen konnten. Sie brüllten sich an, aber man hörte nichts. Dann wurde mir klar, dass nur ich nichts hörte, denn die Stille war in Wahrheit ein ungeheurer Lärm, der von dem Motor neben mir ausging. Ich steuerte das Boot nach Norden, hinaus aus dem Dschungel in eine Eiswüste. Die beiden schien das nicht zu stören, sie ignorierten mich und die Landschaft. Aber es wurde kälter, und ich kannte unser Ziel nicht. Als ich aufwachte, fror ich. Es war fünf Uhr früh, schlaf- und mutlos griff ich nach dem Handtuch und verließ mein Zimmer. Der Flur war nur vom Notlicht erhellt, und am Pool war ich wieder allein mit mir und der Sky-Train-Musik.

Ich brauchte einen Plan. Reinhold Berentz sollte ich zur Rede stellen. Doch damit musste ich bis zum Nachmittag warten, sonst würde ich ihn in Frankfurt aus dem ersten Tiefschlaf wecken. Eine verlockende Idee zwar, aber nicht die richtige Taktik für eine geschäftliche Befragung.

In der Zwischenzeit streunte ich durch Bangkok. Die Massen aus mobilem Blech begeisterten mich. Die Sonne erhitzte die Betonschluchten, und bereits nach wenigen Hundert Metern lief mir der Schweiß über Gesicht und Körper. Inmitten der aufgeheizten Stadt tauchte immer wieder der König auf. Große Pappwände kündeten von seiner scheinbar immerwährenden Regentschaft. Es war kaum zu glauben, wie wenig eitel man als König sein konnte. Wie war es möglich, dass jemand dieses Männchen mit Nikonkamera um den Hals und Kassengestell auf der Nase als gottähnlich verehrte? Wie konnte er sich so im ganzen Land plakatieren lassen? Diese Plakataktion war die offensichtliche Folge einer demokratischen Schizophrenie. Es war, als sähe man es auf jedem seiner traurigen Konterfeis: Das Parlament hatte ein Gesetz verabschiedet, das den König über das Gesetz stellte. Kassengestell und Nikon waren die Spätschäden. Wer konnte und durfte es wagen, den König zu kritisieren, seine Erscheinung infrage zu stellen? Er war zur Einsamkeit verurteilt, und niemand sagte ihm, dass er gut daran tue, den Ramsch von der Nase zu nehmen und seine Verkleidung als japanischer Tourist ein für alle Mal aufzugeben. Aber die Thailänder schien das nicht zu stören. Sie zollten den Pappwänden Respekt, während ich in ihrem Schatten ausruhte und den Stadtplan zurate zog. Meine Füße begannen zu schmerzen, aber ich schleppte mich doch noch in die überdachten Gänge eines Marktes, auf dem ich Amulette für größere geistige Klarheit, für stärkere Potenz und gegen geldgierige Verwandte kaufte. Danach war ich so erschöpft, dass ich mich in ein klimatisiertes Taxi fallen und zurück ins Hotel bringen ließ.

Eine letzte Ausflucht unter die Dusche gestattete ich mir noch, bevor ich Reinhold Berentz anrief. Ich störte ihn in einem Meeting, und er war zunächst wortkarg.

«Darf ich dir fünf Minuten deiner wertvollen Zeit stehlen?», fragte ich und setzte gleich nach, um ihm meinen Verdacht zu erläutern. «Ist es nicht ein Zufall, dass alle drei Gemälde, die du Carpi gezeigt hast, lange Zeit als verschollen galten?»

Berentz schwieg.

«Ich sehe das so», setzte ich nach, «dir konnte nichts Besseres passieren, als dass man dir diese drei Bilder gestohlen hat. Was für ein glücklicher Zufall für dich, dass die Versicherung ohne jede Möglichkeit, ihre Echtheit noch einmal zu prüfen, nun den Preis der Originale zahlen muss.»

Berentz schwieg noch immer.

«Oder ist es gar kein Zufall? Handelst du möglicherweise so oft mit Fälschungen, dass es ein ärgerlicher Zufall gewesen wäre, wenn die Diebe ausnahmsweise Originale bekommen hätten?»

Glaubte er vielleicht, ich könne unser Gespräch aufnehmen? Oder ein anderer könnte irgendwo mithören? Berentz war vorsichtig. Als er sich schließlich entschloss, doch etwas zu entgegnen, war seine Selbstgefälligkeit verflogen, es schwang leichte Erregung in seinen Worten.

«Clever, mein Lieber. Aber du solltest nicht rausfinden, woher die Bilder stammen, sondern wohin sie gekommen sind.»

«Um sie zu finden, sollte ich zunächst davon überzeugt sein, dass sie überhaupt ...»

«... existieren. Sei unbesorgt, es gibt diese Bilder.»

«Aber du bist besorgt, dass ich sie finden könnte.»

Berentz räusperte sich, dann seufzte er, bevor er, wenn auch mit gedämpfter Stimme, zu dem Ton zurückfand, den ich von ihm gewohnt war.

«Wir haben der Kunstwelt Werke zurückgegeben, die sie für immer verloren glaubte. Willst du mich deshalb verurteilen? Das Original ist nur etwas für denjenigen, der keine Ahnung von Kunst hat und sich deshalb an großen Namen festklammern muss. Eine gute Erfindung dagegen ist doch wirklich reizvoll. Das hier ist mehr als Fälschung, denn niemand hat eine Leinwand nachgepinselt, sondern nur die Beschreibung einer Leinwand. Und selbst wenn das juristisch gesehen Fälschungen sein sollten, ich finde es sensationell.»

«Das ist Ansichtssache.»

«Alles ist Ansichtssache, Robbie, aber diese Ansicht hat Tradition. Schon im Barock gab man durchaus einer Kopie, die das Original übertraf - und das ist ja keine Seltenheit -, gern mal den Vorzug. Es war ein römischer Kunstkenner, ich habe seinen Namen gerade vergessen, der meinte sogar, eine gute Kopie sei immer besser, denn sie biete mehr: die Einfälle des Künstlers und obendrein noch, als Zugabe sozusagen, die Brillanz des Kopisten. Aber wem sage ich das! Du bist ja selbst vom Fach, wenn du dich auch dem Barock nicht gerade mit Leidenschaft gewidmet hast.»

«Was möchtest du mir sagen?», unterbrach ich seine Ausführungen.

«Ich will sagen, dass selbst du noch nicht ausgelernt hast, mein Lieber. Kann ich dir irgendwie helfen? Du willst mich doch nicht erpressen? Sag mir, Robbie, was kann ich für dich tun?»

«Du könntest mir sagen, wer seinerzeit das Gutachten erstellt hat, das diese Bilder als Originale auswies?»

Ich hörte ihn in der Stille denken.

«Es war Perguson.»

«Ach», sagte ich. «Wieso erfahre ich das jetzt erst?»

«Woher soll ich das wissen? Es wäre Aufgabe der Concil gewesen, dir das zu sagen.»

Natürlich hatte er recht. Für einen Moment hatte ich tatsächlich vergessen, dass Berentz nicht mein Auftraggeber war. Die Versicherung hätte mich informieren müssen, aber dort war der Tatsache, dass Perguson auch für Berentz gearbeitet hatte, offenbar keine Bedeutung beigemessen worden. Perguson tauchte in der Kunstwelt immer wieder einmal da auf, wo man es am wenigsten erwartete, aber für einen Galeristen galt er als einigermaßen vertrauenswürdig.

Berentz hatte offenbar inzwischen sein Meeting verlassen und war mit dem Telefon in einen ruhigeren Raum gegangen.

«Bitte glaube jetzt nicht an ein Komplott», sagte er. «Der Mistkerl Perguson hat mit der Sache in Venedig nichts zu tun. Das ist vielleicht ein Typ, der hin und wieder hilfsbereit ist, aber ein Coup wie der, der da gelaufen ist, das ist eine Nummer zu groß für ihn.»

Der Mistkerl Perguson, für den die Sache in Venedig eine Nummer zu groß ist. Das klang wie aus einem amerikanischen Serienkrimi, aber trotzdem hatte ich ein erstes Mal seit unserem Wiedersehen das Gefühl, dass die Stimme von Reinhold Berentz nicht verlogen klang.

Mit einem Tuk Tuk ließ ich mich zum Dinner ins Hilton bringen. Zwischen den Karossen vor dem Portal ignorierte man das knatternde Dreirad und hielt mir erst die gläserne Tür auf, als es sich wieder davongemacht hatte. Ich nahm Platz mit Blick auf einen idyllischen Hain aus Palmen und Bambus. Der attraktive Pianist lächelte mir zu und erzeugte sehnsüchtige, entspannende Klänge. Zu *Somewhere over the Rainbow* erhob sich eine thailändische Großfamilie vom Nebentisch und erreichte unter gegenseitigen Demutsbekundungen den Ausgang. Wenn man ein Vermögen für mittelmäßige Weine ausgeben wollte, war man hier richtig. Die Gläser waren gewienert, die Tischdecken blendend weiß, doch was der französische Maître anschleppte, war übel. Er wusste das, und sein Blick war eine Mischung aus der Bitte um Nachsicht und unverhohlenem Mitleid. Mit jedem Gang wurde der Abgrund, der zwischen dem Anspruch des Hotels und der Wirklichkeit seiner Küche lag, größer. Ich aß langsam mein Kaninchen auf, um beschäftigt zu sein. Der Wunsch, von der fesselnden Stadt für zwei Stunden Abstand zu nehmen, hatte mich ins Hilton getrieben, doch mir war klar, dass ich auf einem Plastikhocker in einer Garküche ganz nah am warmen Pflaster der Metropole ein besseres Essen bekommen hätte. Nur den Mann am Klavier hätte es nicht gegeben, aber vielleicht sollte ich ihn dorthin entführen. Er sah nicht aus wie Bandhid, aber als er wieder lächelte, musste ich doch an die Fotografie denken, die ich in meiner Jackentasche trug. Mir wurde warm, ich erwiderte das Lächeln, bestellte die Rechnung und ging, um der Unruhe freien Lauf lassen zu können, die mich befiel.

An der nächsten Ecke winkte ich wieder einem Dreirad und ließ mich in die Silom Road fahren. Die ersten Stände des Nachtmarkts wurden ausgepackt, und es fanden sich bereits Touristen ein, die ernsthaft an der Echtheit einer Calvin-Klein-Jeans und einer Zwanzig-Dollar-Rolex zweifelten und beharrlich mit einem Verkäufer debattierten. Ich ließ mich durch die engen Gassen treiben, vorbei an Reisetaschen und Hemden, Huren und Silberschmuck, dann bog ich in die kleine Soi 4 ein. Die kurze Sackgasse beherbergte eine Reihe von Bars, vor denen Rudel lächelnder Jungs damit beschäftigt waren, die Passanten auf die Terrassenplätze zu lenken. Ich ließ mich von ihnen einfangen und trank ein Singha Beer. Lichterketten und blinkende Lampen, Lichtreklamen und Monitore, die das Innenleben der Diskotheken auf die Straße projizierten, leuchteten von allen Seiten. Die Tische vor den Bars waren gut gefüllt mit Ausländern, einige in Gesellschaft von Einheimischen. Es gab viel zu beobachten, und die Lufttemperatur war ideal, um nur das Allernötigste an Kleidung zu tragen. Diese Luft war eine Einladung an die Körper. Etwa die Hälfte der Gäste war ihr gefolgt und zeigte sich in gebräunter Haut über mühsam modellierten Muskeln, die nun wie selbstverständlich präsentiert wurden. Vor der Bar gegenüber saß ein junger Europäer, blass und überaus schläfrig. Er trank wie ich aus der Flasche und sah sich um, als ob seine Person nachträglich in den Film eingebaut worden wäre, der gerade lief. Er war dünn und schön. Und da er immer öfter für kurze Augenblicke, dann auch für Minuten hinter seiner Flasche einnickte, konnte ich ihn immer direkter, länger und unverfrorener betrachten.

Um Mitternacht ging ich hinüber auf die andere Straßenseite. Nur aus Gründen des Perspektivwechsels. Irgendein Bier war dort seit einigen Minuten im Sonderangebot. Das verkündete eine Tafel, die einer der Kellner gerade aufgehängt hatte. Der blasse Junge war inzwischen wieder zu sich gekommen. Er sah mich direkt an. Als wolle er seinen Blick entschuldigen, lehnte er sich etwas vor, um in einem mir fremden Englisch eine vertrauliche Mitteilung zu machen.

«Na hallo, wer bist du denn? Und ich dachte, Velociraptoren sind ausgestorben. Früher, da waren sie hier überall, hier, wo jetzt die Autos fahren und Ramsch verkauft wird. Ich mag euch, ihr seid meine Lieblinge.»

Ich nickte und hielt seinem Blick stand, bis er hinzufügte: «Natürlich ist die Ähnlichkeit nur oberflächlich.»

Ich trank weiter Singha und redete mir ein, Bandhid würde

vielleicht irgendwann vorbeikommen. Meine Stärke war es nicht, Menschen nach Fotos zu identifizieren, aber ihn würde ich erkennen. Sein Bild war mir längst eingebrannt. Und bis dahin konnte ich mich mit dem Jungen beschäftigen, der offenbar aus Irland kam und leider überhaupt nicht wie irgendein Tier aussah, nicht einmal wie eines, das noch bis heute auf unserem Planeten zu Hause war. Ich dagegen war in seinen Augen aus der Welt der Fossilien wieder zum Leben erwacht. Sein Kompliment schmeichelte mir, ich war immerhin ein animalisches Wesen, das er mochte. Gemocht zu werden löste bei mir in den meisten Fällen Wohlbefinden aus. In diesem Punkt war ich sehr einfach. Und vielleicht hatte er sogar recht mit seiner intuitiven Einschätzung, dass ich aus einer anderen Zeit stammte. Zumindest fühlte ich mich nicht mehr ganz jung, aber das lag auch daran, dass ich, im Unterschied zu den meisten, die nach mir kamen, mit Namen wie Bob Marley und Willy Brandt noch etwas anzufangen wusste. Sie waren Gestalten aus meiner frühesten Kindheit. Für den Iren war sie längst Geschichte, wenn er überhaupt je von ihnen gehört hatte. Er war ganz damit beschäftigt, mich weiterhin als eine seltene Tierart zu betrachten. Sein Forscherblick versuchte in meinen Augen die Welt der Kreidezeit aufzuspüren. Einer der kellnernden Jungs brachte ein weiteres Bier, dann noch eines, und als sich die Bar leerte, war ich so weit, in Gesellschaft des Iren aufzubrechen. Auf dem Heimweg erzählte er mir von den Tagen, Wochen und Monaten, die er in Bangkok, seinem Bangkok, wie er etwas albern immer wieder sagte, verbracht hatte. Er war verliebt in die Stadt. Erinnern kann ich mich rückblickend vor allem an den Moment, als ich das Schlüsselloch meines Hotelzimmers mehrfach verfehlte. Aber auch das hielt den Iren nicht davon ab, die Nacht mit einem äußerst seltenen Raubtier zu verbringen.

IX.

Beim Frühstück ging es mir hervorragend. Phil war erfüllt von sanfter und leidenschaftlicher Begeisterung für sein Lieblingsreptil. Auf seine Nachfrage hätte ich ihm daher fast die Wahrheit über meinen Auftrag in Bangkok erzählt. Seine Zuneigung war so voller unkontrollierter Emotionen, dass ich mir wünschte, mein Geheimnis mit ihm teilen zu können. Nach dem Kaffee bot ich ihm den Zimmerschlüssel an, den er aber freundlich ablehnte – er müsse in sein Hotel, bevor der neue Tag zu ereignisreich werde. Erst müsse er das Gestern in seinem Tagebuch fixieren und damit Raum für Neues schaffen, bevor er das Heute beginnen könne.

«Sonst kann es passieren, dass die Tage nachträglich in Unordnung geraten», sagte er. Ich nickte, denn das war für mich eine alltägliche Erfahrung. Er nahm meine Hand, betrachtete sie, drückte seine Lippen auf ihre Knöchel und ging. Am Nachbartisch ließ sich ein Paar über die mangelhafte Qualität von Berliner Bier aus, und ich suchte das Weite, durchstreunte die Hotelhalle und machte mich auf die Suche nach einer Telefonauskunft. Sie führte zu keinen neuen Erkenntnissen. Mein Bandhid war nicht aufzuspüren. Warum hatte ich Phil nicht das Bild von dem Mann gezeigt, dessen Spur ich verfolgte? Vielleicht hätte er ihn gekannt, dachte ich. Ich musste lächeln, denn natürlich wurde mir sofort klar, warum ich die Fotografie an ihrem Platz in meiner Jacke belassen hatte. Ich wollte den neuen Liebhaber nicht sofort eifersüchtig machen, ihn nicht mit Fotografien von Männern konfrontieren, die mir vielleicht mehr bedeuteten als er. Natürlich sollte Bandhid ausschließlich mein berufliches Interesse gelten, aber ich gestand mir ein, dass meine Neugier andere Regionen erreicht hatte. Ich war mir nicht sicher, ob ich das vor Phil verbergen konnte.

Gerne hätte ich den Tag am Pool begonnen, und ich sah, als ich auf mein Zimmer kam, das Badehandtuch einladend auf der Bettkante liegen. Aber ich musste mich disziplinieren und ernsthaft an die Arbeit gehen. Mein Weg führte mich ins Babylon der Gegenwart. Es lag nicht mehr im Zweistromland, sondern etwas abgelegen in einer kleinen Straße der Bangkoker Neustadt. Ich tauschte die feuchte Hitze der Außenwelt gegen die feuchte Hitze dieses Sauna-Palastes, der den Fremden mit einer Halle aus schwarzem Marmor und steinernen Athleten empfing. Semiramis hatte hier keinen Zutritt mehr, und die Sprachverwirrung der Männergesellschaft hatte in den vergangenen dreitausend Jahren scheinbar so überhandgenommen, dass sie die Lösung darin gefunden hatte, zu schweigen. Etwas lächerlich kam ich mir vor, als ich mit dem Foto von Bandhid an den Tresen trat. Nur mit einem Handtuch um die Hüften hielt ich das Bildchen dem Barkeeper und den asiatischen Gästen unter die Nase, doch wo der Mann hinter dem Tresen noch interessiert geschaut hatte, bevor er den Kopf schüttelte, fühlten sich seine Gäste spürbar belästigt von der Gegenüberstellung. Niemand kannte Bandhid. Das war in einer Stadt mit zwölf Millionen Einwohnern absolut glaubwürdig. Ich brachte das Foto zurück in meinen Schrank und beschloss nachzudenken. Als Erstes testete ich die Undurchdringlichkeit des Dampfes in der Sauna, und später schloss ich irgendwo die Augen.

Ich war auf einem Schwarzen eingeschlafen. Wovon ich aufwachte, blieb mir verborgen, entweder war es das leise Schnarchen an meinem Ohr oder der Herzschlag, den ich in seinem Oberarm spürte. Der Körper fühlte sich sehr weich an, bestand nur aus entspannter Muskelmasse und lächelte mit geschlossenen Lippen. Ich lag da und roch diesen angenehmen Körper, der in so dunkle Haut verpackt war. Dann ahnte ich, was mich geweckt hatte. Es war der Blick eines Mannes, der durch den Türschlitz der Kabine, die für einige Minuten, vielleicht auch für Stunden unsere Kabine gewesen war, hereinschaute. Mein erster Gedanke: Welche Intensität muss ein Blick haben, der es fertigbringt, mich aus dem Schlaf zu reißen. Der Mann verschwand, noch bevor ich ganz zu mir kam. Ich wollte hier für immer liegen bleiben. Träumte von einem Jägerschnitzel und eiskaltem Bier. Wenn die Concil-Versicherung sehen könnte, auf welche Art ein weiterer Tagessatz im Dunst aufging! Bei dem Gedanken, meine Auftraggeber ließen mein Treiben überwachen, musste ich lächeln. Man säße im Konferenzraum in Frankfurt, läse die Berichte, sehe die Fotos, vielleicht gäbe es sogar eine Video-Liveschaltung in Echtzeit. Über jeden meiner Schritte wäre man im Bilde.

Und was würde Berentz sagen? Ich kicherte in mich hinein, und die Vibrationen meines Bauchs ließen das leise Schnarchen unter mir verstummen. Ganz gleich, was die Concil denken würde, könnte sie mich sehen, es war kein schlechter Ort zum Denken, an dem ich mich befand. Diesem verschrobenen Vogel Perguson traute Berentz keinen großen Coup zu, aber was war mit Berentz selbst? Es waren vielleicht nicht nur die Kopien, die ihm Sorge bereiteten, er selbst konnte den Betrug arrangiert haben. Er kassierte doppelt. Einmal für ziemlich wertlose Kopien, die er sich selbst hatte stehlen lassen, und noch einmal für die abgelieferten Originale seiner Kollegen, die er irgendwann an zwielichtige Kunden am offiziellen Kunstmarkt vorbei weiterverkaufen würde. Von mir als Detektiv war er auf so amüsante Weise angetan, weil er mich einfach für unfähig hielt. Daran hatte sich nichts geändert. Wahrscheinlich amüsierte er sich täglich aufs Neue über die Vergeblichkeit meiner Bemühungen. Ich lauschte auf die Geräusche des Wassers und nackter Füße außerhalb der Kabine, dann löste ich mich vorsichtig vom Körper unter mir. Als ich zu meinem Schrank zurückkehrte, um Babylon ergebnislos hinter mir zu lassen, steckte ein Zettel in der Spindtür. Ich sah mich um, ohne etwas Verdächtiges zu bemerken, und faltete ihn auseinander.

Mo Chit, 6 pm stand dort.

Während ich mich anzog, dachte ich über die Botschaft nach. Die Unterhose, die Hose, Socken und Schuhe. Aus den Augenwinkeln beobachtete ich andere Männer, die vor ihren Schränken stehend andere Männer aus den Augenwinkeln beobachteten. Ich zog mein Hemd über, schloss den Schrank ab und ging. Ein Wörterbuch würde ich jetzt brauchen oder einen Dolmetscher. Als ich den Sky Train sah, fiel mir ein, wo ich Mo Chit gelesen hatte. Es war eine Endstation dieser eiskalt klimatisierten Züge, die hoch auf brachialen Betonstelzen zwischen den Häusern dahinschwebten. Ich warf einen Blick auf die Uhr.

Mo Chit. Beton rechts, alles auf endgültige Weise unfertig. Ein schlammfarbener Tümpel links. An der Bushaltestelle eine Horde uniformierter Pennäler, die klebrige Limonade aus kleinen Klarsichtplastiktüten durch Plastikhalme einsog. Sonst nichts. Ich sah mich um. Bis auf die Wachposten leere Bahnsteige, einige Fahrgäste, die schnell das Weite suchten. Ich ging hinüber auf die andere Seite der Station. Es war wenige Minuten nach sechs. Was wollte ich hier? Ich setzte mich, sah in alle Richtungen, ließ zwei Bahnen passieren, sodass die Uniformierten mich schon etwas genauer ins Auge fassten.

Sollte ich die Station verlassen, um mich dort draußen in dieser ungemütlichen Gegend zu verlieren? Noch einmal betrachtete ich die Uniformierten und verglich sie, in Gedanken und ohne Übereinstimmungen festzustellen, mit dem Foto in meiner Brusttasche, dann fuhr ich zurück ins Hotel. Ich hatte sehr schlechte Laune.

Diesmal war es mein eigener Atem, nicht der eines Fremden, der mir das Gefühl geborgener Schwerelosigkeit gab. Geräusche des Dschungels erfüllten die Luft, der Bambus wucherte auf beiden Seiten des schmalen Pfades, und Bandhid nahm meine Hand, um mich festzuhalten. Dann presste er seine Lippen auf meine Fingerknöchel, sah mich forschend an und sagte: «Im Dschungel gibt es viele Antworten.» Er ging weiter, ich lauschte auf die lärmenden Kreaturen ringsum, beäugte die mir fremden Gewächse und betrachtete die geschmeidige Gestalt, die schneller und schneller voranschritt. Ohne sich umzudrehen, vollendete er den Satz. Seine Stimme wurde eins mit dem Wuchern und Toben ringsum: «Viel mehr Antworten als Fragen.» Ich wusste im Traum, dass ich träumte, und wollte nicht aufwachen, denn das Abenteuer, das sich in meinem Kopf abspulte, während mein Körper in einem bequemen Bett lag, genügte mir. Als ich dennoch zu mir kam, dachte ich nichts mehr, stand auf, streckte mich und sah in den Badezimmerspiegel, um mich für einen zweiten und offensiveren Ausflug in die Silom Road zu präparieren. Wer war dieser Mann, der sich in meinen Träumen festgesetzt hatte? Nachdem ich die Ringe unter meinen Augen taxiert hatte, wusch ich mir eine Schicht aus Schweiß und Staub aus den Poren. Die Haare standen wirr über dem müden Gesicht, dessen oberflächliche Bräune nichts Gesundes hatte.

In der Silom Road war alles wie am Abend zuvor. Was vermutlich bedeutete, es war alles wie immer. Ich setzte mich auf meinen Platz, bestellte ein Singha und sah in die Runde. Als der Kellner kam, zeigte ich mein Foto. Aber er schüttelte lächelnd den Kopf. Irgendwann, am Ende der dritten Flasche, erschien Phil. Er zog, als Zeichen, dass er mich gesehen hatte, die Augenbrauen hoch und setzte sich auf seinen Platz in der Bar gegenüber. Nachdem meine Flasche geleert war, ging ich an den Tresen und befragte alle Kellner, die mir über den Weg liefen. Nur bei einem einzigen weckte das Bild Interesse. Wer das sei, wollte er wissen. Mein verlorener Liebhaber? Ohne zu denken, sagte ich Ja.

«Ich mache mir Sorgen um ihn», sagte ich.

«Warum suchst du ihn in Bangkok?»

«Er ist Thailänder.»

Der Kellner nahm Bandhid noch einmal in seine zarten Finger und sah mir in die Augen.

«Bist du sicher?» Zusammen mit dieser Frage reichte er mir das Foto und eilte weiter, um sein am Tresen gefülltes Tablett nach draußen zu tragen. Ich sah auf Bandhids Gesicht und musste feststellen, dass ich mir darüber lange keine Gedanken mehr gemacht hatte. Natürlich war ich nicht sicher. Es gab, seit ich meine Wohnung verlassen hatte, seit ich die Zeitung zugeschlagen hatte, aus der ich beim Frühstück Rebecca vom Kunstraub in Venedig vorgelesen hatte, keine Gewissheiten mehr. Ich ging auf die andere Seite der Gasse und setzte mich zu Phil. Er nickte mir zu, nahm erst einen Schluck aus der Flasche und dann meine Hand. Er sah traurig aus.

«Ich habe den ganzen Tag geschrieben. Es gab so viel zu schreiben.» Er sah mich direkt an, und ich fragte mich, was mir zu den vergangenen vierundzwanzig Stunden eingefallen wäre, hätte ich mich auf das archivarische Wagnis eingelassen und begonnen, Tagebuch zu führen.

«Es gab so viel», wiederholte er, und sein Blick glitt langsam über meinen Körper, als wolle er das Geschriebene noch einmal auf seinen Wahrheitsgehalt prüfen.

Die Nacht brachte langsam erträgliche Temperaturen mit sich. Daran lag es vielleicht, dass ich mich entschloss, auch Phil das Bild zu zeigen, das mich bis in die Träume verfolgte. Ich sagte nichts, aber vielleicht war gerade das verräterisch. Ich legte das Foto vor ihn auf den Tisch, er betrachtete es und wandte sich dann an mich.

«Was sind das für Leute?»

«Ich dachte, du kennst vielleicht einen von ihnen.»

Er sah noch mal hin und schüttelte den Kopf wie alle anderen vor ihm.

«Was willst du von ihnen?»

«Es geht um den Typ in der Mitte», sagte ich und glaubte, mich damit verraten zu haben. Phil nickte, als sei das ohnehin klar gewesen.

«Sieht aus, wie ich mir einen Hunnen vorstelle», murmelte er.

«Er ist in einen Kunstraub verwickelt, und ich suche ihn deshalb.»

Phil zeigte nun für eine Minute keine Reaktion mehr, bevor er mir das Foto zurückgab. Wenn er nun wusste, dass es da noch einen anderen gab, dachte ich, dann kannte er jetzt wenigstens ein Bild von ihm. Ohne Abbild blieben andere viel bedrohlicher. Eine Fotografie konnte ein wenig besänftigen. Aber das Bild, das sie lieferte und das lediglich Gesichtszüge nachzeichnete, vermochte nie ganz zu beruhigen. Es war Fragment und schwieg darüber, wie jemand sprach, roch und sich bewegte. Ich lachte aus meinen Gedanken auf, denn außer dieser Fotografie kannte auch ich von Bandhid nicht mehr als eine zerfetzte Trivialgeschichte und einen vagen Duft, der sich in Bettlaken verfangen hatte.

«Wenn ich ihn sehe, dann sage ich es dir», sagte Phil nun. «Wir können aber gleich einmal einen Ausflug machen, wenn du willst. Ich habe mich mit der Frau aus einer Galerie angefreundet. Sie soll gut sein. Die Galerie. Du kannst sie fragen. Die Frau.» Ohne meine Antwort abzuwarten, kippte er sein Bier hinunter und stand auf.

Nach einer knappen Stunde standen wir vor einem umzäunten Einfamilienhaus. Es musste Mitternacht sein, und alles war dunkel, aber Phil fand zielsicher einen Weg, die Kette des Tors zu öffnen, denn das Vorhängeschloss war wohl mit Absicht nicht eingerastet worden. Wir überquerten den kleinen Stellplatz, auf dem ein Sportwagen parkte, und stiegen in einem offenen Treppenhaus in den ersten Stock. Die Treppe war mit Regalen voller Bücher zugestellt. Phil klopfte zweimal links an eine Tür, und wenig später stand eine Frau vor uns, die mir Phil als Malee vorstellte. Sie hatte schon geschlafen und machte keinen Hehl daraus, lächelte aber durch den Türschlitz, strich sich eine Haarsträhne aus dem Gesicht und ließ uns eintreten. Sie war jung, viel mehr war nicht von ihr zu sehen, denn sie hatte sich in eine Art Tuch gewickelt, das ihren Körper völlig einhüllte und die Konturen ihrer Figur verunklarte. Barfuß ging sie voran. Hinter der kleinen Küche öffnete sich ein langer Raum, in dem sie eine Kerze anzündete. Auf dem Boden entlang den Wänden stapelten sich weitere Bücher in drei Reihen, sodass nur wenig Platz für einen Esstisch und eine Sitzecke blieb. Die Bücherberge bewegten sich im flackernden Licht der Kerze, und Malee kam mit einer Flasche Wein schlafwandelnd aus der Küche. Wir ließen uns mitten in dieser Literaturlandschaft nieder und tranken etwas, dann erklärte Phil mein Anliegen. Malee griff nach der Fotografie, die inzwischen durch so viele Hände gegangen war, hielt sie hinter die Kerze und nickte nach einer Weile.

«Ja, ich habe ihn gesehen», sagte sie, ohne den Blick zu heben.

Dann stand sie auf, holte eine zweite Kerze und betrachtete die Fotografie noch eindringlicher.

«Und den da auch», sagte sie und legte ihren Finger auf Zan.

Sie reichte mir die Fotografie, und ich versuchte zu einer gewissen Sachlichkeit zurückzufinden. Phil kam mir zuvor.

«Du kennst den Mann links?»

«Er war zweimal in unserer Galerie. Vor einigen Monaten. Ich denke, er ist es. Der andere war einmal in seiner Begleitung.»

Die Art, wie sie das sagte, ließ keine Zweifel zu.

«Und was wollte er?», fragte Phil. Malee lehnte sich zurück. Er habe sich für vieles interessiert, wollte Auskünfte über einige Künstler und Auktionen, kommende Ausstellungen und Preisentwicklungen.

Fast schon etwas lästig sei er gewesen, wenn sie das sagen dürfe. Interesse am asiatischen Kunstmarkt im Allgemeinen, an wichtigen Sammlern und Museen, Newcomern und Kunstpreisen habe er gezeigt. Er habe auch ein Bild gekauft, sie könne also leicht seinen Namen ermitteln.

«Das wäre mir eine große Hilfe», sagte ich, denn ich wünschte mir wenigstens einmal letzte Gewissheit.

«Kommt doch morgen in die Galerie.» Sie drückte mir ihre Karte in die Hand, und ich verstand das als dezente Aufforderung aufzubrechen. Ich dankte ihr für den Wein, und zwei Minuten später standen wir wieder auf der dunklen und ausgestorbenen Straße.

Nach einigen Runden im Pool mit Blick auf Parkhaus und Sky Train kam ich zur Ruhe. Phil saß neben mir auf dem Beckenrand und ließ die Beine ins Wasser hängen. Erst jetzt sah ich die Tätowierung, die sich über dem untersten Wirbel und dem

Bund seiner Badehose erhob. Ein Einhorn, das mir in der Dunkelheit der Nächte entgangen war. Die Hufe stemmten sich auf seinen runden Hintern, und es blickte erhobenen Hauptes aus Phils zartem Körper hinaus in die Welt. Die Luft war warm, und die Luft, die zwischen unseren Körpern stand, war noch ein wenig wärmer. Ich fühlte mich übermüdet und wünschte mir nichts mehr, als endlich schlafen zu können. Vorsichtig berührte ich Phils Schulter, und er sah mir in die Augen, von denen er meinen Wunsch nach Schlaf ablas. Auf dem Weg ins Zimmer schleppte ich mich dann doch noch an die Rezeption. Sollte ich die Versicherung informieren? Aber was sollte ich ihr sagen? Ein venezianischer Kneipier hat den asiatischen Kunstmarkt für sich entdeckt. Und weiter? Ich sollte mir erst selbst einen Reim auf diese neuen Fakten machen, bevor ich das Reimen anderen überließ. Dennoch rief ich Berentz an, weil ich wissen wollte, ob er Zan kannte. Ich bereute es sofort.

«Was für eine Frage! Woher sollte ich ihn kennen?», prustete er los.

«Das genau war ja meine Frage, denn ...»

«Nein, ich kenne ihn nicht. Aber er wird mich kennenlernen, glaub mir!»

«Bitte unternimm nichts Voreiliges!» Es war eine fatale Idee gewesen, Berentz zu informieren, ich würde ihn nicht bremsen können. «Ich möchte ganz sicher sein», versuchte ich zu beschwichtigen. «Vielleicht sollte ich auch noch mal nach Venedig fahren, bevor wir wirklich in Aktion treten.»

«Na, du strapazierst mich ja auf allen Gebieten, mein Bester», kam es durch die Leitung.

«Und wo wir grade beim asiatischen Kunstmarkt sind», ignorierte ich seine Bemerkung, «hier gibt es ja an jeder Ecke fingerfertige Kopisten, wenn ich mich in den großen Malls umsehe. Hast du vielleicht hier deine Machwerke anfertigen lassen?»

«Also gut», hörte ich ihn so nah, als ob wir das Haustelefon benutzen würden, «es gibt keinen Grund, warum ich dir nicht vertrauen sollte, oder?»

«Meinst du?»

«Aber ja, Bob, das meine ich. Hör zu! Es waren Fälschungen, die ich in Venedig dabeihatte, und das haben die Diebe inzwischen auch gemerkt. Vorgestern haben die mich angerufen. Sie drohen jetzt damit, diese Fälschungen an die Polizei zu schicken. Verstehst du? Ist das nicht lächerlich?» Berentz war wirklich erregt. «Sie wollen mich ruinieren, verstehst du? Die haben mir zwei Wochen gegeben, um ihnen Originale zu liefern. Die haben noch nicht genug, die wollen mich fertigmachen. Die wollen mich wirklich abzocken!»

«Du lässt dich von Dieben erpressen, weil sie mit der gestohlenen Ware nicht zufrieden sind?»

«Was soll ich machen?», kam es mit einem schweren Seufzer zurück.

«Lass es drauf ankommen», sagte ich. «Wenn sie die Fälschungen wirklich an die Polizei schicken, wem wird man glauben? Dir oder den Gangstern?»

«Wer weiß? Versicherungen sind auch Gangster. Die verstehen sich bestimmt bestens untereinander. Und denk an meinen guten Namen!»

Ich musste unwillkürlich lachen, und nach einem Augenblick irritierter Stille stimmte Berentz in mein Lachen ein. Dann legte er auf.

Ich zahlte und ging auf mein Zimmer. Es brannte nur die Nachttischlampe, Phil lag auf dem Bett und sah mir zu, wie ich mich meiner Kleider entledigte, wie ich eine Dusche nahm, wie ich mir die Zähne putzte. Wortlos und ernst. Als ich mich dann zu ihm auf die Matratze fallen ließ, löschte er sofort das Licht. Jetzt, wo ich nur noch Schemen wahrnahm, hörte ich seine Stimme, die so klang, als spreche er von mir abgewandt in eine Zimmerecke.

«Du hast dich so verändert, seit wir uns kennen», drangen seine leisen Worte herüber. «Was ist mit dir? Ich verstehe dich nicht mehr. Liebst du mich noch? Sag mir, liebst du mich noch?»

Einen Moment herrschte lähmende Stille, dann warf ich mich herum, als hätte mich ein Schwarm Moskitos angegriffen. Panisch tastete ich nach dem Lichtschalter. Was faselte der da? War ich nur von Wahnsinnigen umgeben?

Als der Raum in gleißendes Licht getaucht wurde, sah ich Phils Lächeln ganz nah vor meinem Gesicht. Er kauerte vor mir und legte seine Hand auf meinen Mund. Meine Augen waren aufgerissen, die Haare auf meinen Armen aufgerichtet.

«Ganz ruhig», flüsterte er. «Ich wollte nur mal hören, wie es klingt, wenn man sich vorstellt, zehn Jahre verheiratet zu sein.»

Er küsste seine Hand auf meinem Mund, dann sah er mir in die Augen. «Und ich wollte sehen, ob ich dich mit wenigen Worten wieder hellwach bekomme.» Er zog die Hand weg, gab mir aber keine Gelegenheit, etwas zu erwidern.

X.

Als ich aufwachte, war ich alleine. Es war halb zehn, und vor dem Fenster glühte längst die Sonne. Ich wühlte in meinem Gepäck nach Papier und saß kurz darauf schreibend auf dem Bett. Davon hätte ich gern ein Foto gemacht, wie ich schreibend in Bangkok auf meinem Hotelzimmerbett saß. Was ich schrieb, könnte man auf dem Foto nicht sehen, aber die Tatsache an sich war, jedenfalls für mich, schon bemerkenswert. Ich hatte niemand gekannt, bevor ich Phil traf, der wirklich ernsthaft Tagebuch schrieb, doch bei ihm wirkte das so natürlich, dass es mich neugierig gemacht hatte.

Er sitzt auf seinem Bett, in einem Pappbecher einen süßen Kaffee vor sich, und seine Hand reiht die Gedanken zu Linien aus Zeichen, die von den Lippen vertont die vergangene Nacht zum Klingen bringen. Er schreibt über uns, schrieb ich über Phil und rief mir seinen Duft in Erinnerung. Ich konnte ihn vor mir sehen, wie er sich räkelte und ab und zu die Augen zusammenkniff, aber unbeirrt Seite um Seite seines Tagebuchs füllte. Wir beide saßen in Bangkok und schrieben, das erschien mir wie ein Wunder. Ich nahm ein neues Blatt und blickte zurück auf den ersten Tag in dieser Stadt.

Der fatale Hang der Thailänder zu lauter Musik ließ mich um Viertel nach sechs hochfahren. Das Lebensmittelgeschäft gegenüber hatte den Volksmusiksender gewählt. Der Himmel war dunstig auberginefarben. Mit diesen drei Sätzen würde ich meine Geschichte beginnen, dachte ich.

Ich war also angekommen in Bangkok. Auch mein Körper hatte sich mit der neuen Zeit abgefunden. Zwei Tage hatte er noch Widerstand geleistet, aber jetzt zeigte er Einsicht und fügte sich in den Rhythmus. Wollte mein Körper in Bangkok sein, war es an ihm, sich zu arrangieren. Ich nahm eine Dusche, einen schnellen Kaffee und brach auf, um die Galerie zu suchen.

«Wo ist Phil?», fragte mich Malee, als ich eintrat.

«In seinem Hotel», sagte ich.

«In welchem Hotel denn?»

Ich zuckte mit den Schultern, und sie lächelte nachsichtig. Dann kam eine Dame aus dem Hinterzimmer und schleppte einen Ordner herbei.

«Das ist meine Mutter», sagte Malee, und auch die Dame lächelte. Sie war die perfekte Geschäftsfrau und ohne Zweifel noch jünger als ihre Tochter. Ihre lackierten Nägel eilten über die Zeilen der Papierbündel, bis sie abrupt verharrten. Malee beugte sich vor und nickte. Dann holte sie einen weiteren Ordner, und die Nägel ihrer Mutter setzten sich erneut in Bewegung. Nach einer Minute lag eine Quittung mit Zans vollständigem Namen auf dem Tisch – Giovanni Sanmichele las ich über seiner opulenten Unterschrift – und ein Foto des erworbenen Bildes. Ich erkannte den grinsenden Dämon aus der Trattoria in Venedig sofort wieder. Selbst auf der kleinen Reproduktion schien er mich noch zu verhöhnen, als habe er persönlich mich in die Irre geführt und am anderen Ende der Welt stranden lassen.

«Ich habe das nur für Phil getan», flüsterte Malee. «Wir sind sonst absolut diskret. Aber er hat mir von dir erzählt. Und dass du Hilfe brauchst.»

Ich muss sie ein wenig verblüfft angesehen haben, denn sie war kurz davor, noch etwas hinzuzufügen, aber sie lächelte stattdessen nur.

«Was würdest du tun, wenn du einen Menschen in Bangkok finden wolltest?», fragte ich sie.

«Eine Annonce aufgeben», war ihre charmante Antwort. «Oder einen Detektiv engagieren.»

Ich dankte ihr, ging in eine Garküche ein paar Häuser die Straße runter und bestellte eine Suppe, denn mein Magen hatte mich zweimal laut angeknurrt. Als die Schale vor mir stand, sah ich Phil aus der Galerie treten und auf mich zuschlendern. Sein schmaler heller Körper, der alle anderen überragte, federte bei jedem Schritt auf seinen großen Füßen. Er trug eine weite Armeehose und ein schneeweißes, frisch gebügeltes Hemd. Ich sah auf meine Suppe und hoffte, er würde vorbeigehen, aber er hatte mich bereits bemerkt und auch gemerkt, dass ich ihn bemerkt hatte. Er setzte sich zu mir, strich sich durch seine ungezähmten Strohhaare und fragte, ob er sich setzen dürfe. Ich wusste nicht, ob ich ihn sehen wollte, und schwieg.

«Du hast deine Informationen bekommen?»

«Ja», sagte ich.

«Aber was sind die wert?»

Phil sah mich fragend an.

«Malee hat mich grade erst angelogen. Wie soll ich ihren Informationen trauen, wenn sie mir im selben Moment Lügen über dich erzählt?»

Er schüttelte den Kopf.

«Sie hat nicht gelogen. Sie hat dich gefragt, wo ich bin.»

Das sei nun wirklich keine Lüge. Er sah sich nach einer Bedienung um und wandte sich dann wieder an mich.

«Sie hat dir nur nicht gesagt, dass sie wusste, wo ich bin. Malee ist sehr diskret. Das war ihre Art herauszufinden, wie gut du mich kennst, wie viel du schon von mir weißt. Ich wohne hinter der Galerie in einer Kammer und helfe im Geschäft aus. Wenn ich in der Galerie sitze, habe ich genug Zeit zu schreiben.»

Sollte ich das glauben? Schon wieder war ich vor die Aufgabe gestellt, selbst zu entscheiden, was wahr war und was nicht. Als läge es nur an mir, als hätte ich eine neue Macht, die Dinge und Ereignisse zu erfinden. Ich wollte nach Hause. Dort würde ich meinen Frieden suchen. Doch dann fielen mir Rebecca und Mick ein, die mein Heim vielleicht längst in ein Flitterwochenparadies verwandelt hatten. Ich würde dennoch fahren. In Frankfurt hätte ich zumindest reale Gegner, gegen die ich antreten könnte, nicht diese Phantome, die mich sonst überall umlagerten.

«Es gibt immer mehrere Wahrheiten», sagte Phil, als habe er meine Gedanken mitverfolgt.

«Wirklich? Ist dir das gerade erst aufgefallen?»

Er spürte meinen Spott und war beleidigt, versuchte aber, es sich nicht anmerken zu lassen. Seine Suppe kam, und er dankte der Köchin.

«Es gibt übrigens auch immer mehrere Lügen», sagte ich.

«Du bist so ... so negativ», sagte er leise. «Warum eigentlich? ‹Es gibt immer mehrere Lügen›, warum sagst du das? Das ist doch auch nur eine von mehreren Wahrheiten.»

Bis auf Weiteres hätte ich nichts zu tun in Bangkok. Es gab also keinen triftigen Grund, nicht nach Hause zu fliegen. Mit Phil fuhr ich in mein Hotel. Die Nachricht, die ich dort vorfand, bestärkte mich. Wir waren bereits auf dem Weg nach oben, als die Rezeptionistin hinter mir hergelaufen kam, um mich noch einmal an den Tresen zu bitten. Ich kehrte um, und Phil ging vor aufs Zimmer. Als ich den Tresen erreichte, stand die Rezeptionistin schon wieder dahinter und reichte mir ein Stück Papier. Unverzüglich wollte mich die Versicherung sehen. *Unverzüglich* stand in unbeholfenen Lettern auf dem Zettel, dessen Text offenbar durchs Telefon buchstabiert worden war. Ich wendete das Blatt, aber es blieb bei der knappen Botschaft.

Der zuständige Abteilungsleiter hatte mich also mitten aus dem deutschen Morgengrauen heraus angerufen, und sein Ton war eindeutig. Langsam stieg ich die Treppe zu meinem Zimmer hinauf, bemerkte erstmals die Pflanzen in Plastiktöpfen auf den Treppenabsätzen, überquerte den gefliesten Flur und öffnete die Zimmertür. Phil sah mich an.

«Noch eine Lüge?», fragte er.

«Ich muss zurück», sagte ich und begann schon meine Kleider in den Koffer zu werfen. Phil sagte nicht viel. Er sah mir zu und vergrub seine Hände in den Hosentaschen. Die Hose saß tief, aber die Taschen waren noch tiefer. Ich sah ihn über meinen Koffer hinweg an und wunderte mich, dass nicht nur seine Hände, sondern auch noch die halben Unterarme in diesen Hosentaschen Platz fanden.

«Ich kümmere mich um die Tickets und hole meine Sachen», sagte er schließlich.

«Du kümmerst dich um die Tickets und holst deine Sachen?», fragte ich, «wolltest du nur mal hören, wie die Worte klingen, wenn man sie ausspricht?»

«Nein», sagte er. «Warum bist du so hart?»

Ich klappte den Koffer zu und stellte ihn auf den Boden. Und er legte mir seine flache Hand auf die Brust.

«Ich möchte mitkommen. Ich will nach Hause, aber nicht sofort. Ich will mich auf den Weg machen, mich dem Zuhause annähern, wieder unterwegs sein, vorwärts zurück, verstehst du, dahin, woher ich gekommen bin.»

So viele Worte hatte er in meiner Gegenwart noch nicht zusammenhängend herausgebracht; ich war beeindruckt. Den Wunsch, nach Hause zu fahren, teilte ich ohnehin, und seine Gesellschaft war angenehm einsilbig, also sprach nichts dafür, ihn zurückzuweisen. Ich legte den Kopf in den Nacken, presste für einige Sekunden die Handflächen auf mein Gesicht und fühlte meinen warmen feuchten Atem, der sich zu beiden Seiten der Nase seinen Weg zu den Augenhöhlen suchte. Dann verschränkte ich die Hände hinter dem Kopf und sah Phil an. Antworten wollte ich noch nicht. Eher etwas Zeit gewinnen. Schnelle Entschlüsse wirken tatkräftig, männlich, souverän, mit Schnelligkeit war leicht zu imponieren, aber ein schneller Entschluss konnte nur auf Gefühl und Glück bauen, und für Gefühl und Glück war ich der Falsche. Nachdenken wollte ich in diesen Minuten aber auch nicht, deshalb trieb ich Phil in die Zimmerecke zwischen dem laufenden Fernseher und der Klimaanlage und fiel über ihn her. Die Begeisterung für seine Haut, für das Vibrieren seines Körpers, seinen Pulsschlag machte mich zu seinem andächtigen Urtier. Das Licht Marilyn Mansons aus der Bildröhre zuckte über diese Haut. *Sometimes I feel I've got to,* bellte es aus der mit Resopal verkleideten Kiste, *get away, I've got to get away,* und Phils feine Haare an den Oberschenkeln schimmerten in der Kälte böser Kuscheltiere. Meine Zunge erkundete seine Kniekehlen *from the pain that you drive into the heart of me.* Meine Zähne schlugen direkt oberhalb seines linken Knies in sein zartes Fleisch, dann noch mal sehr vorsichtig in seine Unterlippe. Kaum hatte ich ihn aufs Bett gezogen, wurde mir klar, dass das nur der Text eines Countrysongs sein konnte, denn *the love we share seems to go nowhere* musste die Klage eines einsamen Südstaatlers oder sonstigen Cowboys sein. Phils Augen glommen, als wolle er mich in die Flucht schlagen, *I've lost my lights, I toss and turn, I can't sleep at night.* Oder als wolle er mich zu einem zweiten Angriff herausfordern. *Once I ran to you, now I'll run from you,* hinter mir der blasse Maniac, vor mir mein Schatten auf Phils Körper, makellos *this tainted love you've given,* makellos sein Mund, der sich tonlos bewegte, *don't touch me please,* hinter dem seine Zähne aufblitzten, *I cannot stand the way you tease,* der Worte formte ohne einen Sinn. *I love you though you hurt me so.* Ganz leicht berührten seine Haare mein Gesicht, als ich ihm meine Lippen auf die Stirn presste, seine Arme schlossen sich hinter meinem Rücken zusammen, *now I'm going to pack my things and go.* Als unsere Ohren aneinanderlagen, um sich zu belauschen, war nichts mehr zu hören als die Stimme aus dem Fernseher. *Touch me baby, tainted love, touch me baby, tainted love, touch me baby, tainted love.*

Natürlich war ich es, der bei allen Passkontrollen auseinandergenommen wurde. Meine Haut war nicht weiß genug, um unbelästigt zu bleiben. Dazu die dunklen Augen, die schwarzen Haare, Haare auch auf den nackten Unterarmen und eine leicht gebogene, gefährliche Nase, das waren schon Argumente für eine Sonderbehandlung. Aber seit einigen Tagen wusste ich ja, wem ich das zu verdanken hatte. Der deutsch-italienischen Freundschaft. Zufällige Routinekontrolle nannte die Polizei offiziell das, was bei meiner Ankunft ablief. Der Zufall, der mich traf, war ein treuer Gast.

«Dürfen wir einmal in Ihren Koffer sehen», hieß es freundlich, «haben Sie ihn selbst gepackt? Haben Sie ihn zu irgendeinem Zeitpunkt unbeobachtet gelassen?» Ich musste lachen. Der Beamte, der seine Kontrollformeln herunterleierte, konnte unmöglich denken, dass ich zwölf Stunden lang mit einem Röntgenblick vom Sitz 37 C aus meinen Koffer im Gepäckraum des Flugzeugs beobachtet hatte. Aber ein Blick in sein Gesicht sagte mir: Er konnte ohnehin unmöglich denken. Deshalb war er hier.

Phil wartete geduldig jenseits der Barrieren. Er war eine Lichtgestalt, und ich war neugierig, wie mein Engel Rebecca auf ihn reagieren werde.

Als ich wieder zu ihm stieß, versuchte ich mich an einem freundlichen *Willkommen in Deutschland* und küsste ihn, doch er zog mich rasch weiter zu den Rolltreppen, die hinunter zum Tiefbahnhof führten. Ihm war die ganze Situation unangenehm. Er fühlte sich unwohl in der totalen Überwachung des Flughafens. Als wir wenige Minuten später in die Halle des Hauptbahnhofs traten und die hetzenden Massen sahen, spürte ich nichts als eine große Gleichgültigkeit. Was taten all diese Leute hier? Ich hatte nicht das Gefühl, dass sie sich Zeit nahmen, darüber nachzudenken. Wie langweilig war es, all dem zuzusehen. Ein langweiliger Film, der keinen Anfang und kein Ende, keine Dramaturgie und keine Hauptdarsteller besaß. Szenen besondere Bedeutung zu geben, indem man sie in Zeitlupe dehnt, war im Film beliebt, dachte ich. Die Dehnung der Zeit machte das Geschehen wichtig, so wie manche Menschen betont langsam sprechen, um ihren Worten Wichtigkeit zu verleihen. Hier am Bahnhof hatte ich dagegen das Gefühl der Beschleunigung. Die Zeit lief schneller als sonst und machte die Anonymität noch bedeutungsloser. Wie langweilig war doch die Masse der Menschen, und wie schön war es, sich für einen einzelnen zu begeistern. Phil sah mich an, während er durch die Eingangshalle dahinglitt. Er besaß das Talent, die Zeit außer Kraft zu setzen, das bewunderte ich, das liebte ich, diese magische Fähigkeit wollte ich beschützen.

Draußen in der Kälte vor dem Bahnhof zeigte ich ihm das steinerne Männerpaar, das Seite an Seite auf dem Dach saß, die Hand des einen auf dem Knie des anderen. Und gemeinsam blickten sie erstarrt auf die Stadt, die vor ihnen Jahr um Jahr dichter in den Himmel wuchs.

In meiner Wohnung war gerade eine polnische Putzfrau damit beschäftigt, letzte Spuren einer Renovierung zu beseitigen. Der Flur schimmerte fliederfarben, die Küche in sonnigem Gelb, das Bad himmelblau. Ich ging direkt zu Mick, der in der Küche saß und das Sonntagsblatt las.

«Schön, nicht?», sagte er. «Wir konnten dich nicht erreichen, aber Rebecca sagte, Grün sei deine Lieblingsfarbe.»

Ich ließ meinen Koffer fallen und stieß die Tür zu meinem Zimmer auf. Zartes Reseda schlug mir entgegen.

«Und wer bist du?», hörte ich Mick aus der Küche, als müsse er sich als Grundschullehrer mit seiner neuen Klasse vertraut machen. Aber Phil antwortete ihm nicht. Er hatte einen Instinkt für Arschlöcher und war zudem des Deutschen nicht mächtig. Ich ging zurück in die Küche und bot Phil einen Stuhl an, nahm mir Kaffee und setzte mich zu ihm.

«Gefällt es dir nicht?» Mick sah über seine Zeitung.

«Ist Rebecca da?», fragte ich.

«Sie schläft noch. Sie arbeitet zu viel. Sie ist ja so engagiert.»

«Das ist übrigens Phil», antwortete ich.

«Nett, dich kennenzulernen, Phil, verstehst du mich?»

«Wieso kommt die Putzfrau am Sonntag? Habt ihr überhaupt keinen Respekt?», fragte ich.

«Sie ist zwar polnisch, aber nicht katholisch», begründete Mick ihren Einsatz, während ich Phil auf den Mund küsste und hinüberging zu Rebeccas Zimmer.

«Was tust du?» Mick war alarmiert. «Sie schläft noch.»

Ich schlug mit der Hand gegen die Tür und ging hinein.

«Das glaube ich nicht», hörte ich Mick hinter mir. Der Smartie war ehrlich besorgt und setzte sich in Bewegung, um Rebecca beizustehen.

Wie sie sich freue, dass ich wieder da sei, ob Mick schon Kaffee gekocht habe, wie mir die neue Farbe gefalle, was ich erlebt hätte, und so erholt!

«Stehst du unter Drogen?», fragte ich sie. Mick war hinter mir aufgetaucht und füllte den Türrahmen.

«Vielleicht ist es die Liebe, wer weiß?», war ihre Antwort. Dabei warf sie Mick ein Lächeln zu, reckte die Arme in die Luft, warf ihre Haare zurück und legte sich einen *Wonderbra pure* an, den ich noch nie an ihr gesehen hatte.

Die Wohnung sei zu klein für vier, sagte ich.

«Für vier?»

«Ja, für vier. Und wenn dann der Nachwuchs und die Putzfrau noch da sind und die Katzen bleiben, dann ist sie endgültig überbelegt», erklärte ich ihr in ruhigem Ton. Mick trollte sich wieder, nachdem sein Beschützerinstinkt mit einem Augenzwinkern Rebeccas beruhigt worden war. Kaum waren wir allein, sah sie mich sehr ernst an.

«Was redest du da, Bob?» Ihre Stirn legte sich in Falten. Ich hatte eigentlich den Eindruck, mich klar artikuliert zu haben, aber Rebecca sah mich an, als mache sie sich große Sorgen um den Gesundheitszustand eines dementen Onkels.

In der Küche erprobte Mick inzwischen sein Business English an Phil, der ihm, wie mir schien, mit besonders breitem irischem Akzent antwortete. Ich gesellte mich zu ihnen, aber nur, um die Gelegenheit abzupassen, Phil in mein Zimmer zu lotsen. Als mir das gelungen war, begann ich ihn auszuziehen. Seinen dicken Wollpullover, unter dem sich die Hitze seines Körpers staute, seine Schuhe und die schwarze Armeehose, die er noch immer trug. Vor dem Fenster schneite es vereinzelte Flocken, die in Trance zur Erde schwebten, um sofort wieder von der Straße zum Himmel gewirbelt zu werden. Ich ging noch mal zurück in die Küche, holte zwei Becher heißen Kaffee und entledigte mich dann meiner Kleider, um zu schlafen, Kaffeegeschmack im Mund, den Duft von Phils Körper in der Nase und seine Haut auf meiner Haut. Mir kam es in seiner Nähe wieder so vor, als liege jedem Jagdtrieb nicht das Verlangen nach Nahrung zugrunde, sondern das Bedürfnis nach Schönheit. Sehnsuchtsvoll einverleibt, befriedigte sie für den Moment alle Sinne, bis der Trieb aufs Neue erwachte. Unsere Kultur war nicht ganz so radikal wie die der Leoparden und Wölfe, die sich die Anmut einer Gazelle oder eines Rehs aneignen, indem sie sie reißen, oder an der Ästhetik einer Schafherde teilhaben, indem sie sie dezimieren, dachte ich, aber mir war diese tiefe Sehnsucht nicht fremd, und ich fühlte die Grenzen meines Körpers verschwimmen. An meinem Ohr schnurrten die Motoren von zwei Pelzwesen, die zufrieden schienen, solange sie nicht wussten, dass es noch eine Terra incognita unvorstellbaren Ausmaßes für sie gab. Nur langsam begannen sie zu ahnen, dass hinter der Wohnungstür noch eine Welt lag. Jede der

Türen in unserer Wohnung eröffnete einen neuen Raum, der ihnen inzwischen aber längst vertraut war, nur diese eine Tür, die Tür nach draußen, an der sie immer wieder schnupperten und gegen die sie ihre winzigen Pfoten stemmten, blieb ihnen verboten. Warum, so mussten sie sich fragen, war ausgerechnet dieser eine Raum tabu?

Als ich aufwachte, saß Phil an meinem Computer. Ich sah ihm zu, wie er mit verblüffender Gewandtheit Dinge auf den Bildschirm brachte, die ich noch nie zuvor gesehen hatte. Das Licht des Bildschirms erhellte sein Gesicht, seinen Oberkörper und verband ihn mit dem Computer. Ich sah ihm zu, bis er sich umwandte.

«Du bist wach?»

«Ja, ich bin wach.»

«Ich liebe Computer. Ich habe immer welche um mich gehabt, seit ich denken kann. Wenn man in Hefte schreibt, ist das etwas ganz anderes. Es ist anstrengend und geht langsam. Deshalb schreibe ich auch nur mein Tagebuch mit der Hand, da ist es gut, wenn es langsam geht.»

Er tippte letzte Befehle, und der Bildschirm erlosch. Schlafen konnten wir nicht mehr und zogen stattdessen noch einmal durch die Stadt. Betrunkene Skandinavier knieten im Rinnstein, in den Eros-Centern herrschte reger Betrieb, in einer Pissecke zwischen *Solid Gold* und *Real Platinum* lehnte ein orientierungsloser Messegast und sah herunter auf seinen Schwanz, den er vielleicht schon seit Minuten oder Stunden in der Hand hielt, während zwei Junkies im Eingang eines ehemaligen Pelzladens ihre Hunde kraulten. Aber die Zeil war bereits bis auf letzte Nachtgestalten leer gefegt und die Puppen in den Schaufenstern in der Überzahl. Durch die Tor-Ruine in der mittelalterlichen Stadtmauer gelangten wir in die alte Judengasse, die nach der totalen Zerstörung im Stil der Nachkriegszeit wieder aufgebaut worden war. Eine spanische Cantina, ein Porno-Video-Verleih, ein Gewürzgeschäft, das selbst in der Nacht bis auf die Straße duftete, und die Gedächtnistafel für die verschwundene Synagoge waren die Attraktionen dieses Winkels. *Hier stand die Hauptsynagoge, welche von Nazi-Verbrechern zerstört wurde*, hieß es auf dem schlichten Stein. Die Täter waren in deutlichen Worten benannt, aber eine Synagoge hatte es an dieser Stelle nie gegeben, wie ich aus dem Heimatkundeunterricht wusste. Und doch hatte die Tafel nicht immer gelogen, denn ihre Wahrheit lag nur einige Hundert Meter entfernt, wo sie einst an prominenter Stelle von den Siegern über die Nazi-Verbrecher angebracht worden war. Die Lüge bestand in der Verbannung der Tafel an einen unauffälligen Ort. Der Stein des Anstoßes musste weichen, seine Worte blieben aber die gleichen und sprachen von nun an die Unwahrheit. Phil ließ seinen Finger über die eingegrabenen Zeilen gleiten, dann wandte er sich nach links, und ich folgte ihm auf den großen leeren Platz, benannt nach einer Polizeistation, die ebenfalls nicht mehr existierte. Jede unserer Bewegungen wurde aufgezeichnet von Überwachungskameras, die ihre Bilder an verborgene Zentralen lieferten. Dort saßen menschliche Wesen und betrachteten uns, während wir auf diesem leeren Platz standen und die Schilder lasen: Zu Ihrer eigenen Sicherheit werden Sie überwacht. Ich versuchte Phil diese Worte zu übersetzen, aber da ich sie selbst nicht verstand, blieb auch Phil ihr Sinn verborgen. Er sah sich um, versuchte vergeblich, den Kameras zu entkommen und sich in ihre toten Winkel zu flüchten.

«Du machst dich verdächtig», sagte ich. «Man könnte glauben, du hast etwas zu verbergen.»

Sein erschrockener Blick brachte mich zum Lachen, und während wir weiterzogen, fragte ich mich, wie weit die Bäume hier ihre Wurzeln ausstrecken konnten, bevor sie auf den Hohlraum der Untergrundbahn stießen.

XI.

Die Sekretärin war auf ihrem Platz und winkte mich nur mit ausladender Geste durch in das angrenzende Büro, denn sie war mit zwei Telefonhörern beschäftigt. Berentz hatte die Zeit seit meinem letzten Besuch genutzt, den Raum zu erweitern und in ein Dunkelbraun zu hüllen, aus dem an allen Wänden schreiend bunte Gemälde hervorstachen. Er selbst stand in einer Ecke und rauchte. Die Fensterfront hatte sich zu einem äußerst schmalen Lichtschlitz verjüngt, der offenbar ebenfalls ein Kunstwerk war und den er mir stolz als seine neueste Erwerbung präsentierte. Er ging voran durch den Schlitz und forderte mich auf, ihm zu folgen. Ich war erstaunt, dass er hindurchpasste. Wir gelangten auf einen winzigen Balkon, von dem aus man in die Tiefe sehen konnte. Mir wurde klar, dass ich mich in einem Bunker mit dicken Betonwänden befand, und ich verstand das Glücksgefühl meines Auftraggebers angesichts dieser Neuerwerbung, dieses einzigen Lichtblicks in seiner Sammlung. Dann forderte Berentz mich auf hinunterzuspringen.

Ich schüttelte diese wirren Tagträume ab, die mich im silbern schimmernden Aufzug befallen hatten, und trat, einen Espresso in meinen Adern, durch die Glastür. Die Sekretärin war auf ihrem Platz und winkte mich nur beiläufig durch in das angrenzende Büro, denn sie kniete vor einer Dreifachtelefondose und überlegte, welche Möglichkeiten es gebe, zwei Stecker in drei Steckdosen unterzubringen.

Berentz hatte die Zeit seit meinem letzten Besuch genutzt,

sich ein Bärtchen auf der Oberlippe wachsen zu lassen, das mir einen Brechreiz verursachte. Das ist sicher übertrieben formuliert, aber mir fällt kein anderer Ausdruck für das Gefühl ein, das sein Anblick in mir auslöste. Berentz lag mit diesem Bärtchen auf dem Boden und atmete nicht mehr. Sein Gesicht war blau, und er kam mir aufgedunsen vor. Die Fenster waren mit eleganten Rollos verhängt, die üblicherweise tagsüber hochgezogen waren. Ich trat auf ihn zu und war so sprachlos wie er selbst. Ich fühlte mich eingemauert und unfähig zu reagieren. Dann kam die Sekretärin mit zwei Tassen Kaffee, die sie filmreif fallen ließ.

Wenig später war der Raum mit Polizisten angefüllt. Es dauerte nur Sekunden, bis die Beamten verstanden hatten, dass ich Berentz so, wie sie ihn jetzt sahen, aufgefunden hatte. Und es dauerte keinen halben Tag, bis klar war, dass er dort schon etwa zehn Stunden gelegen hatte. Zwei Minuten dauerte es, bis ich den ersten skeptischen Blick auf mir ruhen fühlte, und nur wenig länger, bis ein Katalog an Fragen abgespult wurde. Danach stellte sich die Situation folgendermaßen dar: Die Sekretärin pflegte jeden Tag erst kurz nach neun das Büro von Berentz zu betreten, wenn sie die Termine des Tages bestätigt und Kaffee gekocht hatte. Vorher war er allein und studierte die internationalen Nachrichten, die sich stets über Nacht in seinem Computer anstauten. An diesem Morgen war alles so wie immer gewesen, wenn man die Perspektive der Sekretärin zugrunde legte, denn für Berentz war natürlich bereits seit Stunden alles anders als sonst.

Was ich hier so früh gewollt habe, fragte mich stattdessen der Mann, der sich als Hauptkommissar Deckert vorgestellt hatte.

«Berentz treffen», sagte ich.

«Und warum?»

«Ich ermittle für die Concil-Versicherung in einem Betrugsfall, und Herr Berentz war einer der vier Geschädigten. Außerdem kenne ich ihn seit Studienzeiten. Und um ehrlich zu sein, habe ich gleich einen Termin bei der Versicherung und wollte mich vorher mit Herrn Berentz besprechen.»

Hauptkommissar Deckert war ein draller Blonder Mitte fünfzig. Er sah mich an und spitzte die Lippen, was ungefähr so aussah, als schicke sich jemand an, die Luft aus einem Luftballon zu lassen.

«Ein Betrugsfall ...»

«So ist es», sagte ich. «Er ist in Venedig über den Tisch gezogen worden.»

«Venedig ...», murmelte der Kommissar, und «die Italiener». Dann nagelte er mich mit seinem Blick fest. «Sie wissen sicher Bescheid. Ich meine, über die Erfolge der Baglioni und der Borgia im Umgang mit Arsenik, Blausäure und Strychnin. Wenn ich mich richtig erinnere, hatte die Republik Venedig sogar einen Generalvergifter in ihren Diensten. Kommen Sie gerade aus Venedig?»

«Nein», sagte ich, «aus Bangkok.»

«Und Sie glauben, das macht die Sache besser?»

Obwohl alle sehr geschäftig waren, herrschte weitgehende Stille im Raum, und die Worte des Kommissars blieben nicht ungehört. Ein Fotograf, der über der Leiche kniete, sah mich an und schmunzelte, aber mein Humor war das nicht.

«Wir werden bald wissen, ob Herr Berentz etwas zu sich genommen hat.» Mit diesen Worten wandte er sich abrupt seinen Leuten zu und gab knappe Anweisungen, dann legte er mir nahe, erreichbar zu bleiben. Es gebe mit Sicherheit weitere Fragen. Ich nickte und versuchte diesen Kauz zu durchschauen, der sich nun mit einer Frau von der Spurensicherung unterhielt, die manieriert ihre in Plastik verpackten Finger in der Luft räkelte.

«Deckert mag Sie», sagte der Fotograf, der nun mit seiner Arbeit fertig war, leise zu mir. «Er hat seine besondere Art, Sympathie zu bekunden, keine Frage», fügte er noch hinzu, während er seine Tasche über die Schulter warf und ging. Ich beobachtete den Kommissar, der, die Hände hinter dem Rücken verschränkt, vor einem Regal stand, Ordner betrachtete und dann blitzschnell zu mir herumschnellte, als habe er meinen Blick gespürt.

«Gibt's noch was?»

Bevor ich antworten konnte, betrat die Sekretärin mit einem Wassereimer das Büro und versuchte unnötigerweise und vergeblich, wie mir schien, den Teppich von der Kaffeelache zu säubern. Mehrere Anwesende stürzten zu ihr, um sie zu bremsen. Mein Blick fiel auf den altmodischen Kalender mit Ledereinband, der auf dem Schreibtisch des Toten lag und in den er handschriftlich mit schwarzer Tinte seine Termine eingetragen hatte. Er war bislang unbeachtet geblieben. Ein leichtes Zittern durchfuhr mich bei dem Gedanken, ihn einzustecken, aber ich nutzte die Unruhe im Raum und griff zu. Als meine Hand ihn umschloss, fühlte er sich angenehm an und glitt mühelos in meine Tasche. Dann schlich ich zu den Aufzügen. Ich schämte mich, als sich die Türen geschlossen hatten, dass ich an das Kopfgeld dachte, das Reinhold in Absprache mit seinen Kollegen ausgesetzt hatte.

Bei der Versicherung konnte ich nun tatsächlich mit Neuigkeiten aufwarten.

«Fühlen Sie sich der Sache noch gewachsen?», fragte der Abteilungsleiter. «Zu wirklichen Ergebnissen sind wir bisher ja nicht gekommen.»

«Da werden wir wohl noch etwas tiefer schürfen müssen»,

entgegnete ich. «Es wird täglich vertrackter, aber der Dschungel wird sich bald lichten, das habe ich im Gefühl.»

Er seufzte, als ich ihm ankündigte, nochmals nach Venedig reisen zu müssen. Meine Antwort war ein mitfühlendes Schulterzucken. Doch ganz tief in mir funkelte das Abendlicht über der Lagune. Ja, ich wollte wieder hin, ich freute mich auf alles, was Venedig zu bieten hatte.

«Meinen Sie, mir macht das Spaß?», fragte ich.

Der Abteilungsleiter legte seinen Kopf ein wenig schief und sah mich an.

Zu Hause traf ich auf Phil, der mit Rebecca und Mick in der Küche saß.

«Die Polizei war hier», sagte Rebecca.

Phil war blass und kaute an seinen Fingern, Rebecca war zutiefst verstört und Mick ehrlich entrüstet. Ob über die Umgangsformen der Polizei oder über mich, konnte ich auf die Schnelle nicht sagen. Mick hatte sich wegen eines Zahnarzttermins den Tag freigenommen und war allein gewesen, als die Beamten mein Zimmer durchsuchten. Nur kurz hatte er sie aus den Augen gelassen, um Rebecca in der Agentur zu alarmieren. Sie waren gründlich gewesen, aber doch irgendwann wieder abgezogen. Phil war wenig später mit Einkäufen für ein ausladendes Frühstück zurückgekehrt. Als er in die Küche kam, war der Sturm vorbei. Phil starrte ins Leere. Rebecca hielt Micks Hand, Mick konnte kaum sprechen.

«Wer ich sei, wollten die wissen.» Seine Stimme zitterte. Womöglich hatten die Beamten ihn für meinen Lebensgefährten gehalten, schoss es mir durch den Kopf. Das konnte ich nicht auf mir sitzen lassen. Aber jetzt galt es zunächst einmal, den zweiten Schritt nicht vor dem ersten zu tun. Ich erzählte, was am Morgen vorgefallen war, und bestrich dabei Semmeln mit Frischkäse und Marmelade.

Phil wollte sofort ausziehen, und ich konnte ihn verstehen. Hausdurchsuchungen deutscher Polizei waren ihm nur aus amerikanischen Nazi-Filmen bekannt und sollten in seinen Augen auch besser nur in Hollywood stattfinden. Wir warfen einige Kleider in meinen Koffer, Zahnbürsten und zwei Flaschen Rotwein, ich rief ein billiges Hotel um die Ecke an und bestellte ein Zimmer, um dort vor weiteren unerwarteten Übergriffen der Staatsmacht sicherer zu sein. Dann schob ich eine Tiefkühlpizza in den Backofen. Während die spärlichen Käsekrümel auf dem Teig zerschmolzen, steckte ich den Kalender aus dem Büro von Berentz in den leeren Pizzakarton und deponierte ihn im Eisfach unseres Kühlschranks.

An der Rezeption des Hotels wurden wir bereits von einem freundlichen Inder erwartet, der seine ebenmäßigen und weißen Zahnreihen freilegte, als er Phil den Schlüssel in die Hand drückte. Ob wir einen Wunsch hätten. Wir verneinten, und er wünschte uns einen angenehmen Aufenthalt. Meine Abneigung gegenüber Hotelbetttagesdecken im Allgemeinen und manchen Hotelbetttagesdecken im Besonderen hatte bereits auf Phil abgefärbt. Bevor wir uns begegnet waren, hatte er offenbar wenig Gedanken an Überwürfe verschwendet, nun aber war es das Erste, was er in den Schrank schloss. Danach wusch er sich sogar die Hände.

Das Laken war ziemlich weiß und einladend. Ich nickte ihm zu und streifte meinen Pullover über den Kopf. Hotelzimmer, dachte ich. Wo konnte man besseren Sex haben? Ich zog Schuhe und Socken aus und sank aufs Bett. Ich war müde und schlief sofort ein. Als ich von meinem Mobiltelefon geweckt wurde, war es drei Uhr nachmittags. Hauptkommissar Deckert erwartete Verständnis für die Hausdurchsuchung, die keine unmittelbar belastenden Indizien erbracht habe. Er bat mich dennoch, zu einem Gespräch aufs Revier zu kommen. Phil saß neben mir auf dem Bett, sah mich erschrocken an und schüttelte, obwohl er den genauen Sinn des Gesprächs sicher nicht verstanden hatte, aufgeregt den Kopf.

«Nein», sagte ich in den Hörer. Keine Zeit. Keine Lust. Kein Geld. Keine Notwendigkeit für mich. Stattdessen räkelte ich mich auf dem Laken. Zwei Flaschen Rotwein warteten. Der Fernseher lief, um das Tropfen des Wasserhahns und die Geräusche aus den Nachbarzimmern zu übertönen. Phil war aufgestanden und stand nun nur mit einem T-Shirt bekleidet vor dem Badezimmerspiegel. Eine Zahnbürste kreiste über seine Zähne. Und ich hatte gedacht, nur in Deutschland gebe es die Doktrin, sich die Zähne in kreisenden Bewegungen zu putzen. Sein Blick brach sich im Spiegel und fiel auf mich. Ich sah, wie weißer Schaum vor seinem Mund stand, und hörte durch diesen Schaum hindurch seine Stimme.

«Was tun wir eigentlich hier? Ist das alles nur wegen der Kunst?»

«Wegen der Kunst und wegen der Fälschungen», rief ich hinüber. Er putzte weiter Zähne.

«Es gibt doch sicher Fälschungen, die auch so was wie Kunst sind?»

Ich schwieg und schloss die Augen. Warum wollte er gerade jetzt über diesen Kram reden? Ich wollte nicht länger auf ihn warten, sah jedoch, wie er, die Linke auf den Rand des Waschbeckens gestützt, um sein Gesicht so nah wie möglich betrachten zu können, in den Spiegel blickte.

«Und ist nicht jede Kunst auch Fälschung?»

Woher sollte ich das wissen? Hatte ich Lust, Fragen dieser Art zu erörtern? Schweigen wäre eine Möglichkeit, doch Phil putzte sich weiter die Zähne, und solange er vor dem Spiegel stand, konnte ich ebenso gut reden.

«Vorspiegelung falscher Tatsachen, vorsätzliche Täuschung, das ja», sagte ich. «Kunst erzählt dummes Zeug. Sie behauptet, es gebe so etwas wie die Hölle, oder sie verwirrt uns mit immer neuen Stilen. Manchmal schmeichelt sie uns oder gaukelt uns mit ihren Innovationen vor, dass sich etwas Bedeutendes in der Welt ändert», sagte ich. «Aber Fälschung, wieso ist Kunst Fälschung?»

Ich drehte mich auf den Bauch und griff nach der Weinflasche. Phil spülte sich den Mund, hielt die Hände unter das warme Wasser und sah wieder in den Spiegel.

«Kunst ist immer nur Abklatsch, hinkt der Realität hinterher. Das meine ich», sagte er. «Und wenn sie mal visionär ist, dann ist sie doch höchstens Modell für irgendwas, aber auch Modelle sind nur traurige Versuche, etwas anschaulich zu machen, das hinterher dann doch ganz anders aussieht.»

Er drückte seine nassen Hände auf sein Gesicht, und ich tat so, als ob ich in das Rauschen des Wassers hinein eine Antwort gegeben hätte. Ich mochte nicht weiter argumentieren und empfand es zugleich als liebenswert, wie Phil mir mit seiner Argumentation beweisen wollte, dass er sich über Kunst seine Gedanken machte. Ich sah diese, von ihm aus dem Nichts gegriffene Debatte plötzlich als ein Angebot, mir ein Partner zu sein, mir Aufmerksamkeit zu schenken im Fühlen und im Denken.

«Hast du etwas gesagt?», fragte er.

«Nein, ich habe nichts gesagt.»

Ich goss Wein ein und stellte die Flasche auf den Fußboden neben das Bett.

«Du hast doch alles gesagt.»

Phil lächelte.

«Ja», flüsterte er und fletschte dabei die Zähne. «Fälschungen sind lustiger als Kunst. Sie nehmen sich nicht so wichtig und machen sich einen Spaß daraus zu behaupten, selbst Kunst zu sein.»

Auf allen vieren kroch er nun langsam vom Fußende des Bettes zu mir herauf und spielte dabei Nosferatu, dessen langfingriger Schatten über die Wand kroch und der gleich seine Zähne in meinen Hals schlagen würde. Ich riss die Augen weit auf, reichte ihm ein Glas Rotwein und schaltete den Fernseher ab. Nachdem er ausgetrunken hatte, nahm ich ihm das Glas ab. Als er wieder den Mund öffnete, drückte ich ihm ein Kissen aufs Gesicht. Er sank nach hinten, stellte sich tot, und ich breitete die Bettdecke über unsere Körper, um ihn wieder zum Leben zu erwecken.

Gerade als ich, eingehüllt in den Duft, den ein atemloses, triebhaftes Besäufnis verbreitet, wieder eingeschlafen war, stand Polizei im Zimmer. Ich war kurz zusammengefahren, hatte mich aber dann wieder auf das Bett zurückfallen lassen und mein Gesicht in einem Kissen vergraben. Ein Anklopfen der Polizei musste mir in meinem schweren Schlaf entgangen sein, also waren sie mit dem Zweitschlüssel eingedrungen. Phil war nicht mehr neben mir. Die Polizei hatte ihm Kleider gereicht und ihn in gebrochenem Englisch aufgefordert, sich anzuziehen. Erst Minuten später, so kam es mir vor, Phil war offenbar aus dem Zimmer gebracht worden, packte mich eine Hand an der Schulter, und eine zweite legte mir hinter meinem Rücken Handschellen an. Dann wurde ich hochgezogen, und einer der Uniformierten warf mir meine Hose aufs Bett, die ich wortlos ansah. Nackt saß ich auf der Bettkante, die Hände auf dem Rücken gefesselt, die Hose neben mir auf der schweren Bettdecke, die sich am Fußende auftürmte. Ich fühlte nichts, sah mich vielmehr selbst wie auf einer Fotografie. Vielleicht gab es in diesem Moment noch viele weitere Betrachter, aber sie hielten die Fotografie für Realität. Ich sah mich dagegen als Teil eines dieser unkontrollierbaren alten Fotos, die immer wieder auftauchen konnten, massenhaft verbreitet oder als Unikate in Kisten schlummernd. Dort auf ihren Auftritt wartend. Ich hatte den Eindruck, dass ich gerade jetzt so eine Kiste geöffnet hatte, eine Fotografie herauszog und mich fragte, wie sich jeder Betrachter gefragt hätte, was im nächsten Moment passieren werde. Doch die Fotografie konnte darauf keine Antwort geben.

Es dauerte eine Ewigkeit, bis ich auf dem Revier Hauptkommissar Deckert gegenübersaß. Niemand außer Rebecca und Mick konnte unser Versteck verraten haben. Ich malte mir die Rache aus, die über sie hereinbrechen würde, wenn ich erst wieder auf freiem Fuß wäre. Deckert hüstelte und ließ mir einen Kaffee bringen.

«Für wen halten Sie sich eigentlich, Robert Landau?» Wirklich eine gute Frage, dachte ich und nahm einen Schluck vom lauwarmen, bitteren Sud aus einer angeschlagenen Eintracht-Tasse.

«Wir haben bei unserem Besuch in Ihrer Wohnung verschiedene Lebensläufe Ihrer Person in ausgedruckten Bewerbungsunterlagen und in Ihrem Computer gefunden. Lassen Sie uns doch damit beginnen.»

Natürlich, dachte ich, meine Lebensläufe! Wie sollte ich das diesem Polizisten, der sich für so klug hielt, erklären?

«Also, verehrter Robert Landau, Sie sind sich nicht ganz einig darüber, was Sie gelernt haben und was Sie tun. Sehe ich das richtig?»

Damit hatte Deckert grundsätzlich recht.

«Einmal», so fuhr er fort, «sind Sie achtundzwanzig, einmal

achtunddreißig. Stimmen tut beides nicht, wie Sie vermutlich wissen.»

Ich lächelte entschuldigend. Konnte ein Polizist verstehen, wie unwichtig Daten und Orte und Tätigkeiten werden konnten, wenn es darum ging, in der großen Unübersichtlichkeit zu überleben? Es war mir bislang immer einigermaßen erfolgreich gelungen, meine Biografie den gerade angesagten Fixpunkten einer Modelllaufbahn anzupassen. Meine Kindheit hatte ich wahlweise in Casablanca oder Triest verbracht, je nachdem, ob ich mir ein eher abenteuerlich verwegenes oder literarisch verklärtes Image geben wollte. Ich jobbte zwei Jahre als Tierpfleger im Londoner Zoo, um Mitte der Achtziger einer der letzten Beuys-Schüler zu werden, dafür machte ich mich gerne einmal ein paar Jahre älter, als ich tatsächlich war. Auf einer Vernissage hatte Beuys mir immerhin ein Autogramm auf einen Gipsfuß gegeben, den ich damals nach einem Unfall am Beckenrand des Enkheimer Freibades tragen musste. Mein Studium finanzierte ich mir als Lkw-Fahrer und verschwieg nicht, dass ich kurzfristig als Callboy und Drogenkonsument zu scheitern drohte. Die Lkw-Fahrer-Geschichte hat ihre Wirkung noch nirgendwo verfehlt. Politische, karitative, künstlerische und intellektuelle Instanzen waren dafür sehr empfänglich und ausnahmslos voller Bewunderung. Die Abhängigkeit von Rauschmitteln dagegen diente dem menschlichen Aspekt, der notwendigen Ehrlichkeit, auch zu den schwachen Augenblicken der eigenen Existenz zu stehen. Nach dem Entzug begann mein Durchbruch als Eventconsulter, Artchallenger und Performist. Mein Wohnsitz war seitdem Berlin und New York, aber ich dachte immer öfter daran, diese Orte durch Madrid und Moskau zu ersetzen.

Wie sollte ich dem Kommissar erklären, dass diese Art der Selbstfindung in der Kunstwelt durchaus üblich war? Sie diente als Vorstufe der Mythenbildung. Ich rief mir noch einmal die Details meiner letzten Biografie ins Gedächtnis: Als die Zahl der Meisterschüler von Joseph Beuys inflationär zu werden drohte, war ich schließlich auf Gadamer-Schüler umgeschwenkt und hatte mich wieder fünf Jahre jünger gemacht. Mir gefiel *Wer bin ich und wer bist du?*, der Titel eines Kommentars, der wohl von Gadamer stammte. Außerdem waren im Bereich der Philosophie die lästigen Fachdiskussionen weitaus seltener, da dort, im Unterschied zur Kunst, nicht jeder der Meinung war, eine Meinung haben zu müssen.

«Wollen Sie mir etwas sagen, Landau?» Deckert wurde ungeduldig.

«Ich glaube nicht, dass Sie mich verstehen könnten.»

«Den Eindruck habe ich auch.»

«Eine Frage hätte ich allerdings: Ist es denn strafbar, sich zum eigenen Vergnügen Lebensläufe zu erfinden?»

Deckert würde so schnell nicht nachweisen können, wie weit ich meine Erfindungen gestreut hatte. Er räusperte sich und blätterte in einer Akte. Dann sah er mich an und schüttelte den Kopf.

«Tun Sie, was Sie wollen, aber es trägt nicht dazu bei, Sie glaubwürdiger zu machen.»

Mein Gähnen empfand er offenbar als Affront, denn er schlug den Aktendeckel zu und verließ seinen Schreibtisch, um hinter meinem Rücken auf und ab zu gehen. Ich sah weiter auf den nun leeren Platz vor mir und versuchte, mich unbefangen zu geben.

«Ich hätte noch eine zweite Frage: Wo ist Phil?», sagte ich.

Der Kommissar verharrte, und ich spürte seinen Blick, der jede meiner Zuckungen registrieren würde.

«Er glaubt, Sie hätten mit seiner Entführung nichts zu tun. Er sitzt nebenan. Aber Sie kennen ja sicher das Stockholm-Syndrom, die Verbrüderung von Tätern und Opfern. Wobei die Verbrüderung bei Ihnen ja deutlich über das Ziel hinausgeschossen ist.»

«Über welches Ziel?», fragte ich.

«Also Sie leugnen nicht, von seiner Entführung gewusst zu haben. Das ist doch schon ein erster Schritt.»

Ohne genau zu wissen, wovon er sprach, war mir sofort klar, dass ich vor diesem Polizisten auf der Hut sein sollte. Er hatte nichts in der Hand, aber er war offenbar gewillt, auch Nichtgesagtes in seine Ermittlungen einfließen zu lassen, wenn er glaubte, damit der Wahrheitsfindung zu dienen.

Wie es Phil in der Zwischenzeit erging, konnte ich nur ahnen. Er saß im Nebenraum, getrennt von mir durch eine Scheibe und eine geschlossene Jalousie, und wurde befragt wie ich. Die Rollen waren jedoch klar verteilt. Da er das Opfer war, kam ich nur als Täter infrage. Bei ihrer Hausdurchsuchung waren sie in meinem Zimmer auf seinen Pass gestoßen.

«Dass Sie, lieber Herr Landau, nichts mit dem Tod von Reinhold Berentz zu tun haben, ist schon schwer zu glauben, immerhin starb er ausgerechnet in der ersten Nacht, die Sie wieder in Frankfurt verbracht haben, aber dass Sie nun behaupten, nichts von der Entführung Philipp McCallans zu wissen, ist gradezu absurd.»

Deckert war ungehalten. Warum glaubte er mir nicht einfach? Hatte Phil etwa behauptet, von mir entführt worden zu sein? Ich dachte zurück an unsere Begegnung in Bangkok, an die Art, wie er mich angesprochen, wie er mich begleitet, wie er mich auf eine Spur gebracht hatte. Ich erinnerte mich daran, wie er sich mir geradezu aufgedrängt hatte. *Ich besorge die Tickets und hole meine Sachen*. Das etwa waren seine Worte gewesen, als es um meine Abreise ging. War ich blind? War ich in eine Falle getappt?

Vorübergehend landete ich in einer Art Zirkustierkäfig, da ich mich weigerte, weiter mit Kommissar Deckert zu reden. Es roch nach Desinfektion, aber ich war in amüsanter Gesellschaft, denn links von mir führte ein Junge spannende Selbstgespräche über die Beziehung zu seiner Mutter, immer wieder in unflätigen Ausbrüchen und Aggressionsschüben eskalierend, die ihn an den Gitterstäben seiner Zelle rütteln ließen. Ein typischer kleiner Randalierer, wie ihn die Polizei gerne mal in ihren Katakomben verprügelte. Rechts ein Bankangestellter, nur minimal derangiert, der so tat, als sei er nicht da. Die Möglichkeit, einmal in einer Ausnüchterungszelle zu landen, schien ihm offenbar so jenseits aller Vorstellungen, dass er einfach abwartete, bis der Albtraum vorüber war.

Ich warf mich auf die Pritsche, die die gesamte Zellenbreite einnahm und die gesamte Ausstattung ausmachte, und schloss die Augen. Das Neonlicht blieb ausgesperrt, und es war nur noch die Stimme des Jungen, die zu mir drang. An den Geruch hatte ich mich längst gewöhnt. Bis ich auch die Stimme nicht mehr wahrnehmen würde, konnte nur noch eine Frage von Minuten sein. Leider kann der Mensch Nase und Ohren nicht zuklappen, wie es einige Tiere beherrschten, aber die menschlichen Fähigkeiten der Gewöhnung und der Ignoranz machen dieses Defizit glücklicherweise wieder wett. Vermutlich beruhen Gewöhnung und Ignoranz sogar auf der fehlenden Fähigkeit des Ohren-und-Nase-Zuklappens, dachte ich. Dennoch ertappte ich mich dabei, wie ich meinen Revolver zog. Ich griff nach der Waffe und zielte zwischen den Gitterstäben hindurch auf die Stimme, dann senkte ich das kalte, schwere Eisen und betrachtete den schönen, geraden, schnörkellosen Lauf. Der Schuss, der sich fast lautlos löste, wurde von mehreren Gitterstäben abgelenkt und versetzte sie in Schwingung. Die Töne ließen die Stimme verstummen, und ich steckte mir die Waffe vorn in die Hose, wie ich es gewohnt und wie es mir aus Gangsterfilmen vertraut war. Dann, als ich sie an meinem Körper spürte, fragte ich mich, woher die Waffe kam. Mir fiel ein, dass ich sie in einem Handgemenge eingesteckt hatte. Sie war einem alten Mann, bevor er in den Kanal stürzte, entglitten. Ich hatte ihn mit einem Paddel am Hinterkopf getroffen. An mehr konnte ich mich nicht erinnern. Es blieb mir auch keine Zeit, denn es kam ein Uniformierter und öffnete das Gitter vor meiner Nase. Ungehalten, dass er mich gehen lassen musste, wies er mir mit einem kurzen Ruck seines Kopfes den Weg nach oben.

Phil hatte sich abgewandt. Er saß mit dem Rücken zu mir hinter Glas und sprach mit einer jungen Frau, die ihm konzentriert lauschte und seine englischen Worte an den Kommissar auf Deutsch weitergab. Ich versuchte vergeblich, ihre Lippen zu lesen und Deckerts Gesicht, das keine Regung zeigte. Einmal sah mir die Dolmetscherin direkt in die Augen. Es war ein Blick voll Erstaunen, der tief eindrang und die Neugier in mein Hirn pflanzte, aber kein Urteil sprach. Ich notierte mir in Gedanken diesen Blick, mit dem eine Geschichte ihren Anfang nehmen konnte. Eine Liebesgeschichte zwischen zwei Planeten, dem Planet des Verbrechens und dem Planet der Gesetzeshüter. Gern hätte ich erfahren, warum man mich heraufgeholt hatte, aber das Wartenlassen gehörte offenkundig zur Strategie. Der Polizist, der mich bewachte, schloss die Jalousie vor der Scheibe und entzog mir das Bild dahinter. Er wollte eine Unterschrift unter ein Papier. Wahrscheinlich sollte ich mein Todesurteil unterschreiben, und ich unterschrieb, denn ich hatte bemerkt, dass die Waffe nicht mehr in meinem Gürtel steckte. Meine Träume begannen mir lästig zu werden. Hatte ich Phil entführt? Ich konnte mich nicht erinnern. Soweit ich wusste, war er freiwillig mitgekommen.

Es dauerte ewig, dann schob sich Deckert herüber.

«Die Obduktion hat ergeben, dass Herr Berentz an einem Herzinfarkt gestorben ist. Und ihr Freund da drüben hält Sie tatsächlich nicht für seinen Entführer. Sie können gehen.»

Phil hinter der Glaswand hatte etwas erzählt, das mit meiner Erinnerung übereinstimmte: unsere Begegnung in Bangkok. Auf eine Entschuldigung Deckerts wartete ich umsonst, er war nicht der Typ, der sich entschuldigen konnte, aber Phils Umarmung vor den Augen des Kommissars entschädigte mich sofort.

«Mein Vater nimmt sich so wichtig», sagte Phil draußen. «Tut mir leid.»

Ich sah ihn etwas verständnislos an, und er fuhr mir durch die Haare.

«Ich bin vor zwei Monaten ohne Kommentar abgereist, und er war wohl gleich der Meinung, ich müsse entführt worden sein. Er hat da irgendeine Polizeiaktion losgetreten. So ist er nun mal. Und alles nur, weil er Whiskey in Flaschen füllt! Deshalb fühlt er sich so wichtig. Was für ein Mann!»

Phil hatte mit ihm telefoniert und lachte nun.

«Stell dir vor, den Polizisten, der mich mit ihm verbunden hat, hat mein Vater für einen ausländischen Terroristen gehalten!» Er presste sich seine Hände aufs Gesicht, und sein Gelächter wurde zu einem Gurgeln. «Alles, was ich gesagt habe, hielt er für eine erpresste Erklärung. Ich konnte ihn nicht davon überzeugen, dass mir nicht gerade irgendein Vermummter eine Knarre an den Kopf drückt. ‹Wo bist du?›, hat er ununterbrochen gefragt. ‹Halten sie dich gefangen?›, hat er gefragt. ‹Haben sie dir etwas angetan?› Ich habe nur zurückgefragt: ‹Wer soll mir was angetan haben?›»

«Muss ein eigenwilliger Typ sein, dein Vater.»

Phil nickte.

«Ich konnte ihn nicht davon überzeugen, dass ich mich auf

einer deutschen Polizeistation befinde. Schließlich ist mir nichts anderes übrig geblieben, als ihm die Adresse und Telefonnummer zu geben. Er hat sich dann tatsächlich von der irischen Botschaft bestätigen lassen, dass alles seine Richtigkeit hat.»

Um seinen Sohn wieder zu einem vollwertigen und lebensfähigen Menschen zu machen, hatte er angekündigt, ihm eine Kreditkarte zuzustellen, wogegen Phil nichts einzuwenden wusste. Kleinlich war der alte McCallan nicht. Whiskeyfabrikant hin oder her, die Freude über den wiedergefundenen Sohn war größer als sein Ärger.

Und Phil und ich, wir waren frei, aber ich spürte den Blick von Deckert auf mir ruhen, als wir durch die Glastür auf die Straße traten und Phil mit einem Satz die Sichtbetonstufen hinter sich ließ.

«Die Glaswände und Glastüren sind dafür da, damit bei der Polizei heute alles demokratisch und transparent zugeht, richtig?»

Ich nickte, denn ich wollte Phil jetzt nichts von den Arrestzellen im Keller erzählen. Auch nichts von Ausländern, die, nachdem ihnen deutsche Polizisten Handschellen angelegt hatten, plötzlich und unerwartet gestorben waren. Ich wollte jetzt nichts als meinen Kopf auf sein tätowiertes Einhorn legen. Wir streunten durch die Stadt, und ich bewunderte die Schwerelosigkeit, die von Phils Körper ausging, und das Amüsement, das er ausstrahlen konnte, wenn er deutsche Wortbildungen, die er entdeckte, zum Besten gab.

«Abholserviceschalterpersonal», sprach er sehr konzentriert vor sich hin. Dann deutete er lachend auf ein vertrocknetes Stück Wiese, in das jemand ein Schild mit der Aufschrift *Rasenneueinsaat* gerammt hatte. Ich nahm ihn in den Arm, legte meinen Kopf vorerst an seine Schulter und spürte noch immer die Vibrationen seines lachenden Körpers.

Hinter dem Parkhaus Konstablerwache hatte ein erstes Eiscafé seine Tische vor die Tür gestellt; unter Heizpilzen saß allein eine korpulente Dame und löffelte einen Spaghettibecher. Wir kauerten uns an den Nachbartisch und tranken Espresso. *Allein unter Heizpilzen*, dachte ich, das wäre ein schöner Romantitel.

XII.

«Wir haben uns solche Sorgen gemacht!» Rebecca war aufgesprungen und zur Tür gelaufen, als sie den Schlüssel im Türschloss hörte. Mick schob uns zwei Gläser Wein hin und war bemüht, mit einem gelben Feuerzeug, auf dem nur drei blaue Buchstaben standen, die Kerzen anzuzünden. Das war seine Vorstellung von Entspannung, was mich nicht überraschte. Ich hätte am liebsten mit einem Stoß alles zerstört, die Kerzen vom Tisch gefegt, den Rotwein an die Wände gespritzt, als bleibendes Mahnmal für die Verräter, mit denen ich unter einem Dach lebte. Ich sah Mick so hasserfüllt an wie möglich, empfand aber doch nur eine große Müdigkeit, wenn ich diesen Mann betrachtete, der Rebecca in wenigen Tagen ihres wunderbaren chaotischen Charakters beraubt hatte. Ein Liberaler. Ein Ichweißnichtwas. Ein Nichts. Mir wurde heiß vor Wut. Diese Selbstgerechtigkeit und Anmaßung. Ein Staatsbürger, der sich zu benehmen weiß, der für seine trüben Ideale von Freiheit, Reichsein und Zufriedenheit alles verraten würde. Ich hörte schon wieder sein Nasenbein knacken und sah das Blut in den Rotwein spritzen.

«Sie haben das Telefon kontrolliert. Die letzte Nummer, die angerufen worden war, das war euer Hotel.» Mick hob sein Glas und prostete mir zu. Das Telefon! Mir wurde bei voller

Fahrt der Wind aus den Segeln genommen, und in der plötzlichen Flaute war mein Kopf so leer, dass Micks Worte ewig nachklingen konnten. Kein Verrat, nur die eigene Dummheit. Die letzte Nummer, die Nummer von unserem Hotel. Rebecca und Mick hatten nichts gesagt, ich selbst hatte die Polizei auf meine Spur gebracht.

Ich sprach nicht viel an diesem Abend. Der Rotwein floss so lange durch meine Kehle, bis ich seine Wirkung auch in den Beinen spürte, dann erhob ich mich, wünschte eine gute Nacht und ging an meinen Schreibtisch. Ich zog nicht ernsthaft in Erwägung, den Computer anzuschalten, aber hinlegen wollte ich mich auch nicht. Die Angst vor den Turbulenzen des Alkohols in meinem Kopf war zu groß. Es war Phil, der mich eine Stunde später weckte und mich zu sich aufs Bett zog. Er versuchte mich auszuziehen, gab aber schnell auf und löschte das Licht. Ich konnte mich nicht erinnern, jemals so schwer gewesen zu sein. Hundertfünfzig Kilo, schätzte ich. Jeder Körperteil hatte das doppelte Gewicht angenommen und ließ sich nur noch mit Mühe von der Matratze heben. Ich sang ein Loblied auf den Schlaf, noch nie hatte ich so gelungene Zeilen formuliert, aber ich war nicht mehr fähig, sie zu notieren. Bis zum Morgen würde ich sie mir merken und dann frisch niederschreiben.

Durch die Fensterläden fielen Streifen farbigen Lichts ins Zimmer, und ich führte meine träge Hand zur Brusttasche meines Hemdes. Ich fand die Fotografie von Bandhid und überlegte, wie sie dort hingekommen war. Es musste der Alkohol gewesen sein. Mein Herz fühlte ich durch sie hindurch schlagen und dachte dabei an meinen Auftrag, an Kunst und Phantome. Dann zog ich die Fotografie heraus und betrachtete sie im Zwielicht.

«Sich treiben zu lassen, ist der größte Luxus, den es gibt», murmelte ich. Bandhid wurde zu einer Gestalt, die fast ungreifbar über den Globus tourte. Vielleicht kam man auf der Jagd nach ihm immer zu spät.

Mein Lieber, dachte ich beim Frühstück, zu dir komme ich später. Ich zog die große Tasse Milchkaffee unter der Zeitung vor, sodass sich das Papier endgültig mit der Erdbeermarmelade vereinen konnte. Ich war früh auf, Phil schlief steinern, Rebecca war noch im Bad, und auf der anderen Seite des Tisches herrschte zunächst betretenes Schweigen. So hatte ich es gern. Aber schon bald griff sich Mick den Allerwelts-Teil und lachte leise, um mich neugierig zu machen. Gut, ich würde mich mit ihm befassen. Ich senkte also meine Titelseite und sah hinüber zu dem geduschten Karstadtmodel, das schon so bedrohlich ausgeschlafen, gesund und frisiert war. Würde man auf die Idee kommen, für die Marsbevölkerung einen Werbespot zu drehen, um ihnen die Harmlosigkeit und Attraktivität der Erdenbewohner näherzubringen, dann wäre Mick dafür die richtige Besetzung.

«Leg los!» Er spielte den konzentriert Abwesenden und hob, scheinbar gefesselt vom Vermischten, den Kopf.

«Bitte?»

«Leg los, hab ich gesagt.»

Er tat beleidigt, räusperte sich aber und begann zu lesen. Seine Geschichte handelte von einem Goldfisch, der in einen Küchenmixer geraten war. *Es sollte Kunst sein,* vermutete die Presse, denn der Mixer stand in einem Museum in Dänemark. Das Schicksal des traurigen Tiers teilten neun Artgenossen in neun weiteren Mixern, und als die Polizei am Tag nach der Eröffnung der Ausstellung – denn um eine Ausstellung handelte es sich – durch aufgebrachte Tierschützer alarmiert wurde, kam ihre Hilfe schon zu spät. Zweimal war bereits das Angebot wahrgenommen worden, den Mixer in Gang zu setzen. War es Sadismus, die Faszination an der Todesmaschinerie, war es das Gott-Spiel oder blanker Zynismus? Beim ersten Mal war es vielleicht sogar der Unglaube, dass es sich um wirklich funktionstüchtige Küchenmixer handelte. So oder so. Die Geschichte war der passende Einstieg für die anstehende Beerdigung meines Studienfreundes.

Mick wurde mir kurzzeitig sympathisch. Was für eine Geschichte, dachte ich. Ich schielte hinüber zu unserem Küchenmixer und stellte ihn mir als Aquarium vor. Wie sah die Welt von drinnen aus? Wann würde jemand den Mixer einschalten, in dem ich mich gerade tummelte? Und wie sollte es jetzt weitergehen? Sollte ich nicht versuchen, aus eigener Kraft aus meinem Mixer zu entkommen? Mir gefiel dieses Bild, und zugleich kam es mir kindisch vor.

Rebecca räumte das Bad und zog sich zurück, sodass ich freie Bahn hatte. Ich ging hinüber, drehte den Hahn der Badewanne auf, prüfte die Temperatur, drückte den brüchigen Gummistöpsel in den Abfluss und ging zurück in die Küche.

«Schöne Geschichte», sagte ich und begann mich auszuziehen. Jedes Kleidungsstück, dessen ich mich entledigte, stopfte ich sofort in die Waschmaschine. Mick ignorierte mich. Als ich nur noch meine Unterhose trug, nahm ich noch einmal einen Schluck Kaffee und gähnte.

«Schöne Geschichte, findest du nicht?» Ich zog die Unterhose aus, warf sie in die Trommel und drückte das Bullauge, durch das man die Rotation der Wäsche beobachten konnte, mit dem Fuß hinter ihr zu. «Und wie soll es weitergehen?»

Mick fühlte sich genötigt, von seinem Blatt aufzusehen, und betrachtete mich stumm. Ich sah nach dem Badewasser; es war viel zu kalt, und ich zog den Stöpsel wieder heraus. Der Strudel über dem Abfluss hielt meinen Blick gefangen, und mir fielen die genialen Gedanken der vergangenen Nacht wieder ein, mein Loblied auf den Schlaf, oder besser, mir fiel ein, dass ich mir vorgenommen hatte, dieses Loblied im Gedächtnis zu behalten, aber es war natürlich nicht mehr da. Ich drückte den Stöpsel wieder in den Abfluss und drehte den Hahn für heißes Wasser auf, stieg in die Wanne und spürte die einströmende Hitze auf meinen Lenden, während Schultern und Füße nach wie vor in kühlem Wasser ruhten. In der Küche hörte ich das Rascheln der Zeitung, Geschirrklappern und weitere Geräusche, die Micks Aufbruch ankündigten. Die Tür der Spülmaschine, der Deckel des Brotfachs, der Lichtschalter. Dann, Mick musste schon an der Wohnungstür gewesen sein, klingelte das Telefon. Dreimal, viermal. Mick ging dran und kam ins Bad, um mir den Hörer zu reichen. Ich sah ihn forschend an, aber sein Ausdruck blieb ein Fragezeichen. Es war Eva, eine Kommilitonin und ehemalige Gespielin von Reinhold Berentz, die die Todesanzeige in einer Zeitung gelesen hatte. Ich erinnerte mich nur noch dunkel an Eva, am deutlichsten sah ich ihre Haarfarbe vor meinem inneren Auge. Eva wollte Details. Sie wollte Klatsch. Und sie wollte eine Begleitung zur Beerdigung.

Ich gab ihr die Adresse des Kommissariats, wo sie mich auflesen konnte, denn ich wollte noch einmal zu Deckert. Mein Termin bei der Polizei machte sie umso neugieriger.

Phils Lust, nach Hause zu fahren, war nach dem Erlebnis mit seinem Vater erst einmal geschwunden. Und mein Vorschlag, stattdessen direkt nach der Berentz-Beerdigung mit mir nach Venedig zu kommen, kam ihm sehr gelegen.

Doch zunächst schien es mir hilfreich, den lauernden Kommissar zu besänftigen. Wir durchquerten die Stadt und standen gegen Mittag in seinem Büro. Er beugte sich über den Schreibtisch und drückte unsere Hände, als wir eintraten. Es gab noch zwei freie Stühle, auf denen wir Platz nahmen.

«Nur zu Ihrer Information, es ist für mich notwendig, noch mal nach Venedig zu fahren.» Bei diesen Worten legte ich Phil demonstrativ die Hand aufs Knie. Phil werde mich begleiten. Deckert runzelte die Stirn. Ob er fragen dürfe, was ich in Venedig suche. Ich zuckte die Schultern.

«Natürlich dürfen Sie.»

Er sah mich weiterhin erwartungsvoll an, und seine Lippen spitzten sich ganz so, als wolle er die zu erwartenden Sätze durch einen imaginären Strohhalm einsaugen.

«Ich mache meine Arbeit. Vielleicht will ich aber auch einfach gut essen und dabei auf die Lagune schauen.»

Deckert war nicht ganz glücklich mit meiner Antwort und versuchte mehr zu erfahren.

«Venedig ist die klassische Stadt der Verschwörung, wie Sie wissen», sagte ich. «Der Kunstraub ist dort über die Bühne gegangen, ein Liebhaber meiner Mutter lebt dort, man hat die Spur der Täter in Venedig verloren, ich bin dort möglicherweise gezeugt worden. Außerdem ist Venedig die Stadt Giovanni Bellinis.»

Ob er mir was zu trinken holen solle, fragte Deckert, und ich verneinte.

«Apropos Giovanni. Sagt Ihnen der Name Giovanni Sanmichele etwas?», fragte er.

«Natürlich», antwortete ich.

«Sie wissen ja, was wir immer als Erstes machen, wenn wir an einen Tatort kommen. Oder auch in die Wohnung eines Verdächtigen.»

Ich sah ihn an.

«Aber Herr Landau, Sie haben es doch gerade erst am eigenen Leib erfahren.»

«Sie kontrollieren das Telefon nach den letzten gewählten Nummern.»

«So ist es.»

«Und bei Berentz haben Sie das auch gemacht.»

«So ist es. Und wir sind auf Herrn Sanmichele gestoßen, bei dem Sie in Venedig gewohnt haben. Er war übrigens nicht erfreut über Ihr plötzliches Verschwinden. Und dass Sie ihm Berentz auf den Hals gehetzt haben, machte ihn auch nicht glücklich. Aber das klären Sie besser selbst mit ihm. Wie auch immer, Berentz hat ihn in der Nacht angerufen und war sehr erregt. Warum, hat Herr Sanmichele angeblich nicht verstanden, aber es muss etwas mit dem Kunstraub zu tun gehabt haben, denke ich mir. Was meinen Sie, Herr Landau?»

Ich schwieg.

«Ich werde nicht schlau aus Ihnen, Landau. Nach Drogenhandel und Waffenschieberei ist das Dealen mit gestohlener Kunst der nächstgrößte Kuchen. Sie wollen als wahrer Humanist, der sich mit Drogen und Waffen nicht abgibt, von diesem Kuchen ein Stück abbekommen. Das ist es, was ich denke.»

«Gegen Drogen habe ich gar nichts», sagte ich.

Deckert schüttelte den Kopf und versank noch etwas tiefer in seinem Stuhl.

«Fühlen Sie sich nicht zu sicher, Landau.»

Ich sah ihn direkt an und wurde ernst.

«Da brauchen Sie sich keine Sorgen zu machen, ich habe mich selten sicher gefühlt.»

Phil hatte geschwiegen und mich, solange ich sprach, von der Seite angesehen. Aber jetzt merkte er, dass alles gesagt war, und wurde unruhig. Deckert war jedoch anderer Meinung und räusperte sich.

«Wir vermissen den Terminkalender von Berentz.»

Ich sah ihn noch immer ohne jedes Schuldbewusstsein an,

denn erst Sekunden später fiel mir der Pizzakarton in meinem Eisfach wieder ein.

«Wenn ich das Gefühl bekomme», fuhr Deckert fort, «dass Sie die polizeilichen Ermittlungen behindern, bekommen Sie's mit mir zu tun.»

«Apropos Terminkalender», sagte ich. «Die warten nicht auf uns, wenn es darum geht, Reinhold Berentz unter die Erde zu bringen.»

Deckert sah auf die Uhr und nickte. Ich erhob mich, Phil erhob sich, und wir ließen Deckert mit seinen Gefühlen, Ermittlungen und Behinderungen allein. Spätestens auf dem Friedhof würden wir uns ohnehin wiedersehen.

Als wir vor die Tür traten, wartete Eva bereits in einem offenen dunkelblauen Cabrio. Ich sah sie sofort, aber sie hupte trotzdem, um die ganze Straße auf sich aufmerksam zu machen. Wir stiegen ein. Ich stellte Phil vor, und wir starteten zu jenem etwas abgelegenen Parkfriedhof, auf dem ich noch nie gewesen war.

«Ist es nicht ein bisschen kalt ohne Verdeck?», rief ich zu ihr hinüber.

Eva lachte nur, sie war bester Laune. Sie hatte Reinhold seit Jahren nicht gesehen und plauderte laut, fröhlich und ununterbrochen. Sie übte sich in erotischen Anspielungen, zwinkerte mir zu, machte Komplimente am laufenden Band und gestand, als wir die Friedberger Warte passierten, dass Reinhold ein jämmerlicher Liebhaber gewesen sei.

«Erbärmlich», sagte sie. «Friede seiner Asche!»

Dann lachte sie laut auf, hielt sich die Hand vor den Mund und sah mich mit gespieltem Schrecken an. Ich wünschte mir, sie würde mehr auf den Verkehr achten, aber stattdessen kramte sie in ihrer Tasche, drückte mir ihre Visitenkarte in die Hand und verstellte an der vorletzten Ampel vor dem Friedhof den Rückspiegel, um ihre Augen schwarz zu schminken. Danach wurde sie still, als müsse sie sich in einer Quizshow auf die Millionen-Euro-Frage konzentrieren. Ich betrachtete mir unterdessen ihre Visitenkarte, die sie als Mitarbeiterin eines Verlags auswies. Mein Blick irrte von der Karte zu ihrem Gesicht, zurück zur Karte und wieder zu ihrem Gesicht. Man konnte nur jeden Autor beglückwünschen, dessen Werk nicht in den Fängen dieses Monsters landete. Wir parkten, Eva hakte sich bei Phil und mir ein, zog uns in die Trauerhalle und nötigte uns in die zweite Bankreihe.

Es war mir bei Beerdigungen noch nie gelungen, irgendetwas von Bedeutung zu empfinden. Jemand erzählte aus Reinholds kurzem Leben. Ein helles Totenglöckchen bimmelte, der Sarg wurde nach draußen gebracht. Eva liefen die heißen Tränen über das Gesicht. Jetzt hatte sie sich endgültig in die Hauptleidtragende verwandelt. Die schwarze Schminke zog dunkle Spuren über ihre Wangen und machte sie zum leibhaftigen Bild der Trauer.

Am Grab beäugten sich die anderen Trauernden, während sie darauf warteten, Erde auf den Sargdeckel in der Grube werfen zu dürfen. Ich fühlte mich zunehmend unwohl, das war das Einzige, was ich deutlich empfand. Phil war kurz verschwunden, und ich hatte Gelegenheit, die düstere Gesellschaft zu betrachten. Außer Deckert, der erst jetzt kam, kannte ich nur Frau Dr. Winther, deren dezentes Nicken ich erwiderte. Ich hatte mich die ganze Zeit beobachtet gefühlt und suchte jetzt nach der Ursache, konnte aber niemanden entdecken, der besonders auffällig gewesen wäre. Es vergingen lange Minuten, in denen mit einer kleinen Schaufel Sand auf den Sarg gehäuft wurde. Die Schaufel wurde weitergereicht, und jeder nutzte die letzte Gelegenheit, Reinhold noch etwas nachzuwerfen. Es war, als ginge es darum, dass alle ihren

Beitrag leisteten, den Galeristen endgültig unter die Erde zu bringen.

Frau Winther hatte ihren Teil beigetragen und neigte sich mir nun ein wenig entgegen.

«Er war wirklich ein schrecklicher Kerl», sagte sie leise. «Wie geht es mit Ihren Nachforschungen voran?»

«Ich bin auf einem guten Weg», murmelte ich zurück.

«Wie schön, das zu hören. Wer ist die Dame in Ihrer Begleitung?»

«Oh, das ist eine alte Freundin von Reinhold Berentz», sagte ich.

Frau Winther nickte und legte mir ihre Hand ganz leicht auf den Arm, es war eher eine flüchtige Berührung, eine Geste, die, wenn ich sie richtig deutete, auf die dezenteste Weise eine Vertrautheit zwischen uns andeuten wollte.

«Und wer ist der Herr in Begleitung der alten Freundin von Herrn Berentz?»

Ich sah mich um, konnte Eva aber nicht entdecken, daher lächelte ich vorsichtig, im Bewusstsein, mich auf einer Beerdigung zu befinden.

«Das wird Phil sein, ein Freund von mir, der uns hierher begleitet hat.»

«Wenn ich nicht volles Vertrauen in Ihre Arbeit hätte, verehrter Herr Landau, dann hätte ich gewagt zu behaupten, dass er mich an das Phantombild erinnert, das die vier Herren unserer Schicksalsgemeinschaft vom Betrüger angefertigt hatten.»

«Aber nein», ich schüttelte energisch den Kopf, «ganz und gar nicht!»

«Ich war nicht dabei in Venedig, vielleicht täusche ich mich ja wirklich.» Frau Winther zog eine Augenbraue hoch, zupfte an ihrer Kostümjacke und streckte mir die Hand hin, in einer

Höhe, dass ich nicht recht wusste, ob sie von mir einen Handkuss erwartete. Ich ergriff ihre Hand, drückte sie und sah ihr in die nun halb geschlossenen Augen, dann wandte ich mich zum Gehen.

Nach wenigen Schritten tauchte Eva in ihrem Schmerz auf der anderen Seite der Grube auf, zugleich berührte Phil sanft meinen Arm, um sich zurückzumelden und mich zum Aufbruch zu drängen. Wir überließen unsere Begleiterin ihrem Jammer und gingen zum Bus. Es war ungemütlich kalt, und der Wind pfiff um die gläserne Haltestelle, an der zwei Scheiben zertrümmert worden waren. Phil studierte den Fahrplan und gab einen unbestimmten Laut von sich.

«Sechs Minuten», sagte er. Wir sahen schweigend auf den nassen Asphalt, starrten in die dreckige Natur und auf das Schild eines Kleintierzüchtervereins auf der anderen Straßenseite, der sich Rabbit Cosmos nannte. Dann hielt mit einem Seufzer der Bus. Als wir uns auf den hinteren Plätzen breitgemacht hatten, waren wir beide erleichtert.

«Horror», sagte Phil nach einigen weiteren Minuten des Schweigens. «Da will man wirklich nicht sterben. Und hast du gesehen, wie dich dieser Typ dauernd angestarrt hat? Kanntest du den?» Ich erinnerte mich plötzlich an den Blick, der mir unangenehm vertraut erschienen war.

«Wir müssen zurück!» Mit einem Sprung war ich am roten Knopf, um dem Fahrer meinen Haltewunsch zu signalisieren. Ich packte den verständnislosen Phil und schob ihn zur Tür.

«Der Blick!», sagte ich. «Ich kenne ihn tatsächlich. Ich habe ihn im Babylon in Bangkok gespürt. Ich bin mir jetzt absolut sicher.»

Im Laufschritt erreichten wir das Friedhofsportal, aber das Grab war verwaist bis auf zwei Totengräber oder Leichenbestatter – sicher gab es für das, was sie taten, eine zeitgemäßere

Berufsbezeichnung. Sie sahen kurz zu uns herüber und schaufelten weiter Erde auf Reinhold.

XIII.

Es gab keinen Grund, das Hotel zu wechseln, denn Wucherpreise nahmen sie alle, also quartierte ich uns wieder am Rialto ein. Es war nicht mehr ganz so kalt, aber feucht, und man sah allerorten das Rheuma in den Bewohnern Venedigs arbeiten. In unserem Zimmer arbeitete das Gebläse und verbreitete eine Wärme, die nicht bis in alle Ecken des Raumes reichte, die aber, zielgerichtet auf unsere Füße, angenehm war.

Ich öffnete eine Flasche Rotwein, indem ich den Korken hineindrückte. Wie immer hatte ich den Öffner zu Hause vergessen, wie immer würde ich am folgenden Tag einen Öffner kaufen, um ihn vor der nächsten Reise wieder zu vergessen. Die Korkenzieherkollektion in meiner Küche wuchs stetig. Am ersten Abend in der Fremde wurde der Korken traditionell in die Flasche gedrückt. Nach dem Einschenken kam der Moment, den ich mir vorgenommen hatte zu zelebrieren: der Blick in den Terminkalender von Reinhold Berentz. Die Zahnputzgläser klirrten aneinander, wir tranken einen ersten Schluck Roten aus Mezzocorona, und ich blätterte auf den 28. Dezember. Um elf Uhr war der Termin mit Carpi eingetragen. Sonst nichts. Am nächsten Tag war das Wort *Mittagessen* durchgestrichen. Für den Abend des dritten Tages war ein Flug nach Frankfurt vermerkt. Alles in bester Ordnung. Nichts, was verdächtig gewesen wäre. In den folgenden Tagen war Reinholds Leben in Frankfurt weitergegangen. Da standen Konferenzen, Meetings, Besprechungen, und gerne hätte ich gewusst, durch was sich Konferenzen von Meetings und Meetings von Besprechungen unterschieden. Irgendwann würde ich dem auf den Grund gehen müssen. Im Augenblick ging es aber um die letzten vier Wochen, die auch die letzten vier Wochen im Leben von Reinhold Berentz gewesen waren.

Da war nichts. Nichts, das mir aufgefallen wäre. Der letzte Eintrag vor seinem Tod war ein Vermerk, der mich betraf: *Robbie anrufen* stand da in fetter schwarzer Tinte. Das Telefonat hatte nicht stattgefunden. Er hatte mich wohl nicht erreicht und dann den Entschluss gefasst, selbst aktiv zu werden. Statt sich zu gedulden, hatte er Zan angerufen. Vielleicht hatte die Aufregung seinen plötzlichen Tod verursacht. Berentz hatte nie so gewirkt, als ob er einen Gedanken an seine Sterblichkeit verschwenden wollte. Wenn ich ihn mir in Erinnerung rief, sah ich keinerlei Anzeichen einer Demut, die darauf hindeuten konnte, dass er sich überhaupt für sterblich hielt. Seine Unbescheidenheit, die er an den Tag legte, wenn er zwischen zwei Seminaren in der Kaffeeküche seine Zukunft in groben Zügen skizzierte, und dabei den zwar bereits leicht verfetteten, aber doch kraftprotzenden Körper in den Mittelpunkt der Runde rückte, war uns anderen stets als Ausdruck eines Lebensgefühls erschienen, das keinen Gedanken an die eigene Endlichkeit verschwendete. Dass ihn eine kleine Aufregung so bald dahinraffen würde, hätte sich niemand vorstellen können. Es gab andere Menschen auch unseres Alters, deren Tod niemanden überrascht hätte, die eine Art Todesaura mit sich herumtrugen und bei denen man fast überrascht war, wenn man sie nach zwei oder drei Jahren in einer Bar am Tresen sitzen sah oder sie im Supermarkt traf und sie noch lebendig waren. Aber Reinhold Berentz gehörte nicht zu diesen Leuten. Er strotzte vor Lebensenergie, sein Lebenslicht hatte nichts Flackerndes, nichts sich selbst Verzehrendes.

Was hatte er für die nahe Zukunft geplant? Ich blätterte im Kalender weiter und betrachtete die Zeit nach seinem Tod. Für heute war ein Termin bei der Autowerkstatt eingetragen. Phil schenkte uns Wein ein und stieß mit mir an. Für den späten Nachmittag war noch eine Ziffernfolge in Grün vermerkt. Ohne weitere Angabe. War Berentz bei diesem Eintrag gestört worden, oder war ihm die Zahl, die eher auf eine Uhrzeit denn eine Summe deutete, als Erinnerungsstütze genug? *6.50.* Phil blätterte weiter. Der morgige Tag war mit dem gleichen Kugelschreiber diagonal durchgestrichen, ungeachtet zweier Termine am Vormittag. Ich küsste Phil auf die Stirn und trat ans Fenster mit Ausblick auf eine enge Sackgasse. Wenn ich Glück hatte, wäre Berentz' Sekretärin noch an ihrem Platz. Ich wählte und lauschte dem verzerrten Rufton, bis sie sich etwas atemlos meldete.

«Ja?»

«Robert Landau hier. Guten Abend. Schön, Sie noch zu erreichen.»

«Ich war schon in der Tür», kam es ein wenig angespannt zurück.

«Tut mir leid, ich hätte nur eine kleine Frage.»

«Ja?»

«Wollte Herr Berentz heute verreisen?»

«Warum wollen Sie das wissen, Herr Landau?»

«Ich habe die Vermutung, das könnte mir weiterhelfen.»

«Wobei?»

Als ich nicht sofort antwortete, legte sie nach und belehrte mich über ihre persönlichen Grundsätze und den Begriff der Loyalität im Allgemeinen.

«Hören Sie, Herr Landau», sagte sie, «Sekretärin kommt nicht von Sekret, sondern von Secret, nicht von Ausscheidung, sondern von Geheimnis, falls Ihnen das nicht geläufig sein sollte.»

Ich hatte meine Zweifel an der Richtigkeit ihrer Ausführung, wollte das jedoch in diesem Moment nicht vertiefen. Also räusperte ich mich und schlug einen ungemein milden Ton an, der seine Wirkung nicht verfehlte.

«Ich danke Ihnen, Sie haben mir sehr geholfen.»

Die Geheimnisvolle blieb sprachlos, und ich legte auf. Sie hatte natürlich von den Reiseplänen ihres Chefs gewusst, hatte die beiden Termine für den morgigen Vormittag wahrscheinlich schon vor Tagen verschoben. Aber wusste sie auch, wohin Berentz hatte reisen wollen? Hatte sie ihm ein Ticket besorgt, oder diente die Uhrzeit ohne jede weitere Angabe im Terminplaner einfach der *absoluten* Geheimhaltung? Phil sah mich an und rollte seinen schmalen Körper, der bei gleißendem Sonnenlicht durchscheinend wie Alabaster war und jetzt in der Dämmerung des Hotelzimmers das tagsüber gespeicherte Licht sanft abstrahlte, ein wenig zur Seite, um mich einzuladen, meinen Körper ebenfalls auszustrecken. Ich setzte mich und ließ mich langsam nach hinten sinken, bis mein Kopf auf seiner Brust lag. Mein Blick ging zur Zimmerdecke, meine Beine hingen noch über die Bettkante, wurden langsam kalt, aber das Gefühl war mir nicht unangenehm, es betäubte. Phil hatte seinen Arm um mich gelegt, und seine Hand hob und senkte sich mit jedem meiner Atemzüge, die immer langsamer wurden.

Ein österreichischer Jungautor spuckte vom Podium aus seine imposanten Wortbrocken. Sein geifernder Eifer galt einer österreichischen Starautorin, die den Markt beherrschte und die es galt mit akustisch-sarkastischem Dreck zu bewerfen, um das Publikum zu begeistern, das dem Ritus, auf Klappstühlen sitzend, wohlgefällig lauschte. Der Jungautor war mit seiner Tirade auf die Starautorin als Einheizer geladen. Er wurde mit Applaus verabschiedet, und es entstand eine Pause, die der Dramaturgie schadete. Das unruhige Publikum verpestete die Luft noch mehr als zuvor. Niemand wagte ein Fenster zu öffnen. Vergilbte Rollos versperrten zusätzlich den Blick nach draußen. Dann kam der Medienliebling und fegte mit einem Lächeln alle Erinnerung an die Bemühungen des Einheizers hinweg. Tosender Applaus. Ich war plötzlich auch Österreicher und sollte als Dritter und Letzter auf die Bühne. Warum, das konnte mir keiner sagen. Ich trat vor, setzte mich an einen braunen Holztisch und zog einen Zettel hervor, auf dem der Text meiner Geschichte stand, die vorzutragen ich gekommen war. Aber das Licht, das mir über die Schulter fiel, war so beschaffen, dass es die Zeilen fast auslöschte und ich nur noch ahnen konnte, was dort stand. Ich stammelte, versprach mich und versuchte mit meinem Körper einen Schatten auf mein Werk zu werfen, aber es gelang mir nicht. In diesem Moment wurde mir im Schlaf bewusst, dass es sich um einen Traum handelte, und ich fiel in ein penetrantes, grundloses Gelächter. Von diesem Lachen erwachte ich.

Im Traum war es derart hell gewesen, dass mir nun die Dunkelheit um mich herum undurchdringlich vorkam. Aber ich fühlte mich geborgen, denn ich hörte den ruhigen Atem neben mir und dachte an Phil, dessen Gesicht auf dem Bildschirm der Nacht gegenwärtig war, und an Bandhid, dessen feinen Geruch ich nicht vergessen hatte. Ich schloss die Augen, und es blieb genauso schwarz wie zuvor. Es war an sich gut, Träume zu haben. Manche aber stifteten arge Verwirrung. Bandhid lehnte an der Fensterbank des Zimmers, er trug ein weißes Hemd und eine schwarze Hose und lächelte mich an. Ich warf den Kopf zur Seite und verscheuchte damit den Betrug. Der ruhige Atem neben mir stockte. Auf dem Boden ertastete ich eine Wasserflasche, schraubte den Plastikverschluss auf und nahm einen

Schluck. Jemand berührte mich, tastete und nahm mir die Flasche aus der Hand.

«Kannst du nicht schlafen?», fragte Phil.

«Nein, nicht mehr.»

«Gut. Stehen wir auf.»

Es war fünf Uhr, als wir das Hotel verließen. Auf der Rialtobrücke über dem Wasser war die Stille am größten. Wir standen unter den weißen Bögen, verpackt in warme Jacken, und sahen auf den Canal Grande. Menschen und Tauben schliefen, Phil stand neben mir an der Balustrade, und unsere Hände lagen auf den wuchtigen, porösen Steinblöcken nebeneinander. Ob ich hier meinen Geburtstag verbringen wolle, fragte er.

«Auf der Rialtobrücke?»

«In Venedig.»

Die schlafende Stadt lag vor mir, ihre Gesichtszüge waren entspannt, denn sie träumte davon, einmal aufzuwachen, ohne dass fünfzigtausend Touristen ihre Arterien verstopften. Woher wusste Phil von meinem bevorstehenden Geburtstag, hatte er meinen Pass studiert? Ich wollte in diesem Moment gar nicht daran erinnert werden, dass ich sehr bald schon wieder ein Jahr älter wurde. Ich berührte seine schlanken schönen Finger und zog ihn weiter, von San Giacomo zu San Polo, von San Barnaba zu San Trovaso. Was für eine seltsame Gesellschaft von Heiligen. Sie waren mir schon jetzt bis zum Überdruss vertraut, und ich sehnte mich zurück in mein Bett. Mein Begleiter spürte mein Vorwärtsdrängen, und mir kam es vor, als ob er absichtlich drei Schritte hinter mir blieb, um mich zu bremsen. Um kurz nach halb sechs standen wir auf der Accademia-Brücke und sahen auf die Kuppel von Santa Maria della Salute. Die Muttergottes der Gesundheit leuchtete am Ende des Kanals gleich neben dem Zollgebäude, damit jedem die Verbindung von Kontrolle und Gesundheit, die nirgendwo wichtiger war als in dieser feuchten Metropole, sofort klar werde. In Venedig musste man seine Gesundheit verteidigen, die Klarheit in sich tragen, Selbstkontrolle pflegen, sonst ging man unter.

An der nächsten Piazza zog mich Phil nach rechts in eine schmale Gasse.

«Wo willst du hin?», fragte ich vorsichtig.

«Ich weiß nicht, wo ich bin.»

«Dann lass uns geradeaus gehen.»

«Warum nicht rechts?»

Ich spürte, wie sich meine Stirn kräuselte und wie ich mit einer gewissen Theatralik für drei Sekunden die Augen schloss.

«Ich denke, du weißt nicht, wo du bist.»

«Aber rechts ist es sicher kürzer.»

«Dann geh doch bitte rechts!»

«Aber du kennst dich aus hier. Außerdem hast du bestimmt einen Stadtplan dabei. Du hast immer einen Stadtplan dabei.» Phil versuchte ein Lächeln.

«Wenn ich mich hier auskenne, warum sagst du dann so was?»

«Was?»

«Dass es rechts schneller ist.»

«Ist es nicht schneller?»

Ich schüttelte den Kopf. Manchmal war Phils Gegenwart mühsam.

«Ich bin noch nie rechts gegangen.»

«Warum sollen wir dann geradeaus gehen?»

«Wo willst du eigentlich hin?»

Fünf Tauben, die flügelklatschend im Tiefflug über unsere Köpfe rauschten, ließen uns zusammenfahren, und aus der gemeinsamen Reaktion erwuchs sofort eine neue Solidarität. Phil drehte sich um und zog mich zurück auf die Piazza.

«Lass uns geradeaus gehen», sagte er und nahm meine Hand.

Ich hatte mich durchgesetzt, aber konnte es nicht recht genießen und gab Phil die Schuld daran. Er hemmte mich, er stand mir im Weg, er erdrückte mich. Aber das war ungerecht, denn immerhin sah ich, seit ich ihn kannte, die Möglichkeit, meine Geschichte aufzuschreiben. Er hatte mir gezeigt, wie man schreiben konnte, und er überraschte mich mit den Spielarten seiner spontanen Zuneigung, die Wärme spenden konnten in Zeit und Raum und auf dem Papier. Allerdings schenkte er mir nicht nur wertvolle Stunden, er stahl sie mir auch, denn statt sich durch das verrammelte Venedig treiben zu lassen, hätte ich gerade jetzt auf meinem Hotelzimmer sitzen und weiterschreiben können.

Um sechs rief ich Filippo an. Er war schon hellwach und aufgeräumt.

«Irgendwann musstest du ja anrufen», hörte ich ihn. «Ich habe schon drauf gewartet. Was hast du da für einen Mist gebaut, mein Lieber?!», sagte er noch und lud mich zum Frühstück zu sich ein. Aber vor zehn solle ich bitte nicht auftauchen. Ich sah auf die Uhr und beschloss, noch mal ins Bett zu gehen, aber Phil wollte weiter. Er hatte noch zu viel zu entdecken und plante vor allem, Venedig von oben zu sehen, vom Campanile aus den Blick schweifen zu lassen. Ich verabredete mich mit ihm in einer Bar in der Nähe von Santa Maria Formosa, ließ ihn ziehen und ging zurück ins Hotel. Jetzt fehlte er mir. Meine Schritte auf den ausgetretenen Stufen zu unserem Zimmer wurden durch einen dunklen Läufer gedämpft. Bei jedem Schritt sank ich ein, als liefe ich über Moos. Ich wünschte mir einen harten Untergrund, einen Widerstand, von dem sich meine Füße leicht wieder lösen konnten. Auf diesen Stufen, hatte ich den Eindruck, klebten die Sohlen fest, und es kostete unnatürlich viel Kraft, die Füße auf die nächste Stufe zu heben. Vor meinem Zimmer angekommen, war ich erschöpft und wünschte mir auch keinen Widerstand mehr. Ich fiel auf das weiche Bett und schlief noch zwei Stunden. Als ich wieder ins Foyer herunterkam, überreichte mir die Frau an der Rezeption einen Zettel, den, wie sie sagte, ein kleines Mädchen für mich abgegeben hatte. Ich faltete das Papier auseinander und las: *San Nicolò dei Mendicoli. 9 am.* Das Spiel kam mir bekannt vor. Aber ich hatte es noch nicht begriffen.

Wer schickte mir diese Koordinaten und weshalb? Hatte ich vielleicht etwas falsch gemacht in Bangkok? Vielleicht ging es gar nicht darum, dass dort etwas passierte, dass ich dort jemand träfe. Vielleicht müsste ich mir die Orte nur einprägen, vielleicht hatten sie etwas gemeinsam, das ich herausfinden sollte. In Bangkok hatte ich nicht darauf geachtet, aber hier in Venedig fiel mir nun die Schreibweise der Uhrzeit auf, wie sie vor allem Amerikaner verwandten. Aber das brachte mich in diesen Minuten, in denen ich mich auf den Weg nach San Nicolò konzentrierte, überhaupt nicht weiter.

Mir war warm geworden, als ich die Kirche erreichte, denn die Sonne hatte sich durchgesetzt und schon eine beachtliche Kraft entwickelt. Mein Blick streifte den kleinen Platz. Vor dem bescheidenen Barockportal stand ein verwitterter Heiliger mit ebenso verwittertem Kind auf dem Arm. Beide, Heiliger und Kind, hatten ihre Köpfe eingebüßt. Sonst war der Vorplatz mit vier roten Bänken und einer kleinen Säule ausgestattet, von der herab mich ein Marmorlöwe angriente. Hier war Venedig zu Ende. Ich setzte mich auf eine der Bänke und wartete. Eine Frau ging vorbei und sah dabei auf ihre Schuhspitzen, dann folgten Tiere. Ein Kater, Tauben und eine Maus. Mein Gefühl sagte mir, dass ich wieder absichtsvoll in die entlegenste Ecke, diesmal von Venedig, manövriert worden war. Wahrscheinlich durchwühlte der Fremde, der mich in die Irre leitete, gerade in aller Ruhe mein Hotelzimmer, während ich auf dieses Kirchenportal starrte. Was für ein zermürbendes Kinderspiel. Diese Art von Zerstreuung ohne einen sichtbaren oder vorstellbaren Mitspieler mochte ich nicht.

Noch etwas Geduld in Gesellschaft der Kopflosen, dann trieb es mich weiter. Gerade als ich mich erhob, kam ein Typ über die Brücke, der in seiner Erscheinung keine Wünsche an einen Bilderbuchganoven offenließ. Er betrachtete mich und steuerte schlendernd auf mich zu. Mein Hirnarchiv geriet für einen Moment durcheinander, doch dann war es wieder verfügbar und meldete keine Einträge. Der Gangster fragte nach einer Kippe, die ich ihm nicht geben konnte. In Bruchteilen der nächsten Sekunde sank ich in seinem Ansehen, denn ich musste ein Gesundheitsfanatiker, also Schwächling sein, wenn ich nicht rauchte, oder ein Geizhals, wenn ich freiwillig keine Zigarette hergab. Dann wandte er sich ab und verschwand hinter der Kirche. Ich folgte ihm in einigem Abstand, um die Rückseite des maroden Baus zu begutachten, die an einen überwucherten Platz, an ein Stück gepflasterter Willkür grenzte. Jeder Freund des rechten Winkels, in Venedig ohnehin leidgeprüft, wäre an diesem von jeder Stadtplanung vergessenen Ort endgültig verzweifelt. Der Gangster stand vor einem Bootsschuppen und wartete. Ob auf mich, auf jemand anderes oder auf einen Zufall des Lebens, konnte ich nicht sagen. Also war ich es diesmal, der auf ihn zuging.

«Bist du hier verabredet?», fragte ich ihn.

«Was willst du?», fragte er zurück.

«Was denkst du, was ich hier will?»

Er grinste ziemlich dreckig und zog ein Päckchen Zigaretten aus der Manteltasche. Zum Anzünden der Kippe wandte er sich ab, um sich selbst Windschatten zu geben. Ich wartete. Als er Feuerzeug und Zigarettenschachtel wieder verstaut hatte, schüttelte er den Kopf, sog den warmen Rauch durch den Filter, den er zwischen Daumen und Zeigefinger hielt, und schüttelte dann wieder den Kopf.

«Schade», sagte er dann.

«Was?»

«Meine Freundin ist heute bei ihrer Großmutter in Treviso.» Er nahm noch einen intensiven Zug und kniff die Augen ein wenig zusammen. «Schade, dass ich nicht mit dir verabredet bin.»

Der Wind ließ Plastikmüll in den Hofecken kreiseln, und ich fand die Vorstellung, dass der Gangster einen Schlüssel aus der Tasche zog, den Bootsschuppen aufschloss und wir alles Weitere unseren Körpern überlassen konnten, überhaupt nicht mehr abwegig. Sein Atem an meinem Ohr, sein Rasierwasser in meiner Nase. Wellen, erzeugt von vorbeifahrenden Vaporetti, gegen die Mauer schlagend. Lichtreflexe an der Decke des Schuppens. Aber wir standen noch immer auf dem zugigen Hof, und ich begriff, dass er keinen Schlüssel besaß.

«Wirklich schade», sagte ich und hob die Hand zum Abschied. Dann schlenderte ich in Richtung Santa Marta, ohne eine halbwegs erträgliche Bar zu finden. Also ließ ich mich langsam wieder zurücktreiben zu den Ameisenpfaden des Tourismus.

Um kurz vor zehn war ich in der Bar bei Santa Maria Formosa, um Phil zu treffen. Mit mir betrat eine Alte an drei Stöcken das Lokal, vielleicht eins dreißig hoch, trug sie zu ihrem Damenbart Damenhut und Schleier. Sie schob sich an den Tisch eines Blinden, stieß einen ihrer Stöcke auf und setzte sich. Der Blinde lächelte und begann ihr direkt von seinem Traum zu erzählen, in dem er Mario Lanza gesehen hatte. Als er ins Detail ging, kam Phil. Er hatte etwas Wildes an sich, seine Augen flackerten, und sein schlanker Körper versprühte Energien, die ein Prickeln auf meiner Haut erzeugten. Auf einen Stuhl fallend, sah er sich um, streckte die Beine aus und kreuzte für einen

Moment die Hände vor der Brust. Hätte er jetzt zur Neonröhre an der Decke geschaut, wäre er zum Märtyrer aus der Schule Guido Renis geworden. Aber Phil sah mir in die Augen. So erwartungsvoll, wie wirkliche Heilige einen nie betrachten. Ich lud ihn auf ein Stück Apfelstrudel ein, denn italienische Frühstücke konnten Iren nicht wirklich zufriedenstellen. Er verschlang es mit Begeisterung. Dann brachen wir auf, um Filippo nicht warten zu lassen.

Als wir ankamen, stand er auf dem Balkon und winkte uns. Er drückte Phil die Hand und umarmte mich kurz, schob uns in die Küche und setzte Espresso auf. Dann wurde er ernst und erklärte Phil in gebrochenem Englisch meine Situation.

Zan sei nicht gut auf mich zu sprechen. Ich hätte mich einfach ohne jede Nachricht verpisst. Und seitdem habe der arme Zan nur Ärger. Schämen solle ich mich, meinte Filippo, einem netten Mann wie Zan so mitzuspielen. Ich hätte einiges geradezurücken. Ich müsse langsam etwas unternehmen. Ich sei einfach ein wenig antriebsarm. Filippo sah mich an und persiflierte den Akzent seiner Landsleute beim Versuch, deutsch zu sprechen.

«Ey Jungä, du muss dasse Läben bei die Eier packen!»

Er lachte und verteilte den röchelnden Espresso auf drei Tassen. Phil ließ den Blick von Filippo zu mir und zurück zu Filippo wandern, als erkenne auch er eine Ähnlichkeit zwischen uns.

«Ist etwas?», fragte ich.

«Ich bin mir nicht sicher.»

Mein Nicken überbrückte eine längere Pause, in der ich mir eine Zigarette ansteckte.

«Ja, du hast richtig gesehen, wir sind miteinander verwandt. Dieser Mensch da hat mich tatsächlich gezeugt. Kaum zu glauben, was?»

«Ich glaube das sofort.»

«So schnell kommt man zu einem neuen Vater», seufzte ich.

Filippo hatte nichts einzuwenden, als ich ihn bat, seinen Computer für einen Ausflug zu benutzen. Ich loggte mich in das kollektive Kurzzeitgedächtnis ein, und nach wenigen Sekunden erschienen die Flugverbindungen Frankfurt–Venedig auf dem Bildschirm. Sechs Uhr fünfzig ab Frankfurt, Ankunft Venedig acht Uhr zwanzig.

Hatte Berentz tatsächlich geplant, hierherzukommen? Filippo beugte sich über meine Schulter. Ob ich herausgefunden hätte, was ich suchte? Ja, das hatte ich.

Ich wisse ja, dass er einen netten Sommersitz auf dem Land habe. Seit fast fünfhundert Jahren sei er Eigentum der Familie. Etwas bröckle der Putz, aber es werde mir dort gefallen. Irgendwann sollten wir hinfahren, meinte er.

Gegen einen Sommersitz war nichts einzuwenden, aber mir fehlte die notwendige Ruhe, und der Sommer lag auch noch in weiter Ferne. Ich erhob mich und stand Filippo nun genau gegenüber, er war nur wenig größer als ich und musterte mich ausdruckslos. Nur in seinen Augen blitzte es auf. Er hatte gehört, wie ich ihn Vater genannt hatte, und es war nicht falsch, darin eine neue Stufe der Vertrautheit zu erkennen. Er presste die Lippen aufeinander, dann ging er voran zur Tür und öffnete. Ein seltsamer Kerl sei ich schon, sagte er noch.

XIV.

Wir gingen zusammen zum Mittagessen in Zans Restaurant. Auf dem Weg redete Filippo über seine Stadt, wies nach links und rechts, grüßte Passanten und erklärte uns die Sehenswürdigkeiten. Von diesem Haus aus intrigierte einst Tintoretto. In der Kirche dort hing ein Tizian, der allerdings vor Jahren heimlich verhökert worden war; seither blieb die Kirche verrammelt, damit niemand den Verlust bemerkte. Das da vorne war die einzige Brücke der Stadt ohne Geländer. Hinter dieser Mauer lag das beliebteste Bordell. Wisst ihr, warum dieses dünne rohe Rindfleisch Carpaccio heißt? Er redete und redete. Die Italiener seien ein geniales Volk, erklärte er. Sie vollbrächten täglich Wunder und hätten immer schon Wunder vollbracht. Wir sollten uns nur umschauen. Diese Stadt sei ein Wunder. Dabei sei das Besondere an den Italienern nicht, dass sie solch herrliche Städte wie Venedig zustande brächten, das Besondere an ihnen sei, dass sie überhaupt etwas zustande brächten. Das ultimativ Phänomenale sei allerdings, dass die Italiener nicht weniger erreichten als etwa die Deutschen, sondern, wenn man genauer hinsehe, eher mehr. Wie ihnen das gelinge, bleibe ihm, Filippo, ein ewiges Geheimnis. Vielleicht liege es daran, dass die Italiener letztlich, bei allem Getue und Gerede und allem Chaos, doch fleißiger seien, als es den Anschein habe, aber er vermute – das sei seine Theorie, sagte er –, dass es den Deutschen einfach besser gelinge, ihre Unfähigkeit und mangelnde Effizienz zu tarnen. Ja, vermutlich brächten sie letztlich deshalb nicht mehr zustande als die Italiener, weil sie die Zeit, die die Italiener mit Getue und Gerede verbrächten, einfach effizient dafür nutzten, Fleiß vorzutäuschen. Wie es allerdings bei allem Chaos und aller Täuschung überhaupt dazu komme, dass irgendetwas passiere und irgendetwas produziert werde, sei das größte Mysterium, das Mysterium, auf dem sein Glaube an die Menschheit fuße. Wir erreichten unter weiteren Wortkaskaden das Lokal. Als ich hereinkam, schüttelte Zan nur den Kopf und verschwand in der Küche. Filippo gab mir ein Zeichen, ich solle ihm folgen. Ich durchquerte den Gastraum und entschwand den Blicken meiner Begleiter. Zan stand und beobachtete mich, wie ich durch die Küchentür kam, das Foto, das ich seit meiner Flucht bei mir getragen hatte, aus der Tasche zog und an seinen Platz neben dem Herd klebte, wie ich mich zu ihm drehte und die Hand ausstreckte, ohne dass er sie ergriff, wie ich zu sprechen begann, um mich zu entschuldigen. Das schien mir im Augenblick strategisch das Vernünftigste, wollte ich in Zukunft noch irgendetwas von diesem stolzen Wirt erfahren. Ich entschuldigte mich für meinen überstürzten Aufbruch und für mein Schweigen.

Er hörte alles an und fragte mich dann, wer Berentz sei und warum ihn dieser Typ telefonisch terrorisiert habe. Berentz habe ihm gedroht, er habe ihn beschimpft und beleidigt. Und er habe immer wieder meinen Namen genannt. Ich war ehrlich überrascht. So schnell kam Zan zur Sache. Und er wirkte so ungemein glaubhaft.

«Berentz hat dich angerufen.» Ich wollte es noch einmal hören. Zan nickte, verdrehte die Augen und hob seine fleischige Hand, um mir die Anzahl der Anrufe an den Fingern vorzuzählen.

«Er hat gedroht mir den Hals umzudrehen, falls ich mich nicht mit dem zufriedengebe, was ich bekommen habe.» Zan sah mich so hilflos an, dass ich lachen musste. Ob Berentz sein Versprechen wahr gemacht hätte, wenn er heute in Venedig gelandet wäre? Mein Blick fiel auf Zans Stiernacken.

«Hast du diesem Kerl erzählt, ich hätte diesen Kunstraub gemacht, oder was? Bist du völlig durchgedreht jetzt? Und was hat Bandhid damit zu tun? Wieso klaust du sein Foto aus meiner Küche?»

Berechtigte Fragen, auf die ich mir zunächst selbst Antworten geben musste.

Hatte ich Berentz gesagt, dass Zan mit dem Raub etwas zu tun hatte? Nicht direkt, wenn ich mich richtig erinnerte. War ich durchgedreht? Und welche Rolle spielte Bandhid? Er kannte den Täter, das war doch offensichtlich nach der Spur, die er hinterlassen hatte.

«Ich habe Bandhid auf Phuket kennengelernt», sagte Zan, als meine Antwort allzu lange auf sich warten ließ. «Und ich habe ihn hierher eingeladen. Er war hier, aber es hat nicht funktioniert. Jetzt ist er wieder auf Phuket.»

Ich legte meinen Arm um seine Schulter, wie ich es aus Mafia-Filmen kannte, in denen der Pate einem Mitglied seiner Famiglia einen wohlwollenden Rat gab, und ging mit ihm in den Gastraum zu Phil und Filippo.

«Ich möchte nicht weiter darüber sprechen, verstanden?», sagte Zan noch, bevor wir den Tisch erreichten.

«Schön zu sehen, dass ihr euch versöhnt habt», begrüßte uns mein Erzeuger. Zan setzte sich zu uns.

«Sag mir, Zan, was hast du in dieser Galerie in Bangkok gemacht?», fragte ich ihn unvermittelt. Drei Augenpaare blickten gespannt auf den Wirt.

«Ich war im Urlaub, es war langweilig, ich habe mir ein Bild gekauft.» Mit Elan schleuderte er seine Hand in Richtung des roten Dämons über dem Tresen. «Ist das verboten?»

«Und warum interessierst du dich so für den Kunstmarkt in Asien?», wollte ich noch wissen.

«Weil ich Geschäftsmann bin. Aber das verstehst du nicht. Ich habe eine Schwäche für Asien, und wenn man seine Schwächen kennt, muss man sie besonders pflegen, aber auch streng im Auge haben, damit sie einen nicht aus der Bahn werfen. Disziplin, verstehst du, was das ist? Ich dachte daran, asiatische Kunst zu sammeln, Bandhid hätte mir behilflich sein können. Bisher ist es bei meinem Drachen geblieben, aber noch habe ich nicht aufgegeben.»

Um Zeit zu gewinnen, bestellte ich einen Teller Antipasti bei der Kellnerin, die, wie ich bei dieser Gelegenheit erfuhr, Marietta hieß. Aber ich wusste nichts anzufangen mit der gewonnenen Zeit.

«Du kannst wieder einziehen, wenn du willst.»

Ich sah Zan ungläubig an, und diesmal musste er lachen.

«Danke», sagte ich. «Aber wir sind zu zweit.»

Zan sah zu Phil, als bemerke er ihn jetzt erst.

«Von mir aus auch zu zweit, wenn euch ein Bett reicht.»

«Das nächste Mal gerne», sagte ich.

Marietta brachte die Antipasti, und Phil nickte mir aufmunternd zu. Alles war wieder im Lot, und alle hörten plötzlich meinen Magen knurren. Man prostete mir zu, ich begann die eingelegten Tomaten, die winzigen blassen Ärmchen von Tintenfischen und geviertelte Artischockenherzen zusammen mit schwammigem Weißbrot in mich hineinzustopfen. Es hätte immer so weitergehen können. Tomaten, Artischocken, Tintenfische, Brot. Noch nie hatte ich so köstliche Antipasti gegessen. Aber natürlich ging es nicht so weiter, denn gerade jetzt trat Kommissar Deckert durch die Tür, und es begannen mit seinem Auftritt Minuten, die mich einigermaßen in Konfusion stürzten. Hinter Deckert schob sich ein zweiter Mann herein. Der Kommissar sah sich um, und sein Blick blieb nach wenigen Sekunden an mir hängen. Dann kamen er und sein Begleiter an unseren Tisch. Ich blieb sitzen und stellte ihnen die Anwesenden vor.

«Giovanni Sanmichele, der Eigentümer des Lokals, Filippo Vendura, mein Vater. Phil kennen Sie ja bereits besser als mich.» Dann wandte ich mich an Filippo. «Das ist Kommissar Deckert aus Deutschland, der mir trotz vertrauensbildender Maßnahmen auf der Spur ist, wie du siehst.»

Deckert rang sich ein spitzlippiges Lächeln ab und sah sich nach einem freien Stuhl um, den er sich hätte heranziehen können. Er fand keinen, denn draußen hatte ein leichter Nieselregen eingesetzt, und die Gäste hatten ausnahmslos drinnen Platz genommen. So stand Deckert ein wenig unbeholfen am Tisch, bis sein aufmerksamer Begleiter die Initiative ergriff, Zan ein Zeichen gab, Zan sich erbarmte und Marietta heranwinkte, die schließlich einen Stuhl aus der Küche brachte. Das alte Holz ächzte, als sich Deckert auf ihm niederließ. Sein Begleiter bezog hinter seinem Rücken Position, um aus der Habichtperspektive alles zu erfassen.

«Wie komme ich zu der Ehre?», fragte ich den Kommissar. Er winkte nur ab und bestellte eine große Flasche stilles Wasser.

«Nehmen Sie sich einfach nicht so wichtig. Sie haben Ihre mangelnde Kooperationsbereitschaft bereits unter Beweis gestellt. Aber wie es der Zufall will, war Herr Berentz ein sehr ordentlicher Mensch und hat von wichtigen Gesprächen Gedächtnisprotokolle angefertigt. Zusammen mit dem, was wir von der Versicherung erfahren haben, ergibt sich doch ein interessantes Bild, und deshalb möchten wir heute ausnahmsweise mit Herrn Sanmichele reden.»

Zan hatte seinen Namen gehört und sah nun ein wenig verstört zu Deckert. Filippo bot sich als Dolmetscher an, und der deutsche Kommissar stimmte nach kurzem Zögern zu, denn er wollte, wie er sagte, jede unnötige Bürokratie vermeiden.

«Vor allem will ich meine Nerven schonen», beschloss Deckert seine Vorrede. Sein Begleiter platzierte ein kleines Aufnahmegerät auf dem Tisch, und das unkonventionelle Verhör zwischen rund dreißig neugierigen Gästen, die sich vergeblich bemühten, sich nichts von ihrer Gier anmerken zu lassen, nahm seinen Lauf. Es freute mich zu sehen, dass Zan dem Kommissar absolut nichts Neues zu sagen hatte. Er lamentierte über sein Vergnügen, gute Geschäfte zu machen, über seine Erwerbung in einer Galerie in Bangkok, einen Dämon, auf den er den Kommissar aufmerksam machte und zu dem er ihn nach seinem

Urteil fragte, und er verwahrte sich gegen jeden Verdacht, in den Kunstraub im Palazzo Vendramin-Bardigo verwickelt zu sein, er kannte weder Dr. Winther noch Giffroy, weder Perguson noch Berentz persönlich. Abgesehen von dessen Anrufen, die er gern schnell vergessen wollte. Mein Grinsen war offensichtlich im Verlauf der Befragung so breit geraten, dass mich Deckert mit einem finsteren Blick bedachte. Zan zog sich mit dem Begleiter Deckerts in die Küche zurück.

«Sie freuen sich zu früh.» Deckert betrachtete mich, dann Filippo und wieder mich.

«Lassen Sie mich zusammenfassen, Herr Landau. Sie fahren nach Venedig, ziehen in das Zimmer über diesem Lokal, entdecken dort so stichhaltige Indizien, die auf einen thailändischen Komplizen des Kunsträubers hinweisen, dass Sie nach Bangkok fliegen, um dort auf Verdachtsmomente gegen den Wirt dieses Lokals zu stoßen. Korrigieren Sie mich, Herr Landau, wenn ich mich unpräzise ausdrücke.»

Grade erst hatte ich mich mit Zan versöhnt und wollte ihn nicht gleich wieder verärgern, vor allem nicht, indem ich diesem unerträglichen Kommissar irgendetwas scheinbar Belastendes preisgab.

«Was waren denn das für Indizien, die Sie diese weite Reise haben antreten lassen?» Deckert ließ nicht locker, und Filippo mischte sich ein. Sehr sanft und mit einem entschuldigenden Blick zu mir.

«Mein Sohn möchte ungern zugeben, dass er auf dem Holzweg war, Herr Kommissar. Er ist umsonst nach Bangkok gereist. Dafür schämt er sich ein bisschen. Er ist da wie ich. Wir Venduras tun uns schwer, vielleicht noch schwerer als andere, Fehler einzugestehen. Außerdem könnte er gegenüber seinem Auftraggeber nachträglich Probleme mit der Reisekostenabrechnung bekommen, wenn man dort erfährt, dass die vermeintlichen Indizien nichts als Zufälle waren. Dass der Kunsträuber dieses Lokal hier empfohlen hat und ausgerechnet am Tag nach dem Raub ein Freund von Herrn Sanmichele nach Bangkok abgereist ist.»

Ich musste lächeln, denn genau so wäre es, gäbe es da nicht dieses zerrissene Stück Papier, auf der einen Hälfte beschrieben von Carpi, auf der anderen von Bandhid. Ohne dieses Papier war alles nichts. Der Riss war die Verbindung zwischen Kunstraub und Bandhid, zwischen Venedig und Bangkok. Über diesen Riss aber schwieg Filippo.

«Und wer ist der geheimnisvolle Fremde?», wollte Deckert wissen.

«Da ist nichts Geheimnisvolles, Herr Kommissar. Er heißt Bandhid Cole. Rufen Sie ihn an und fragen Sie, was er hier in Venedig gemacht hat, oder fliegen Sie nach Thailand und fragen Sie ihn persönlich.»

Deckert spitzte die Lippen. Sein Begleiter, den er noch immer nicht vorgestellt hatte, bei dem es sich aber nur um einen italienischen Kollegen handeln konnte, kam zurück und flüsterte Deckert einige Worte ins Ohr. Offenbar auf Englisch. Das war jedoch alles, was ich mitbekam. Deckert nickte und legte für einen Moment den Kopf in den Nacken, dann brüllte er mich an.

«Sie sagen mir jetzt auf der Stelle, was Sie wissen!»

Er war so laut, dass die Gespräche im Lokal auf einen Schlag verstummten und sich gut siebzig Augen auf den Kommissar richteten. Und dann auf mich. Was sollte ich erzählen? Ich stand abrupt auf; der Stuhl, dessen Lehne durch meine Daunenjacke Übergewicht bekam, kippte nach hinten, und ich rang um Fassung. Deckert behielt mich in der Umklammerung seines Blicks, dem ich nichts entgegenzusetzen hatte. Von Sekunde zu Sekunde wuchs in mir das Gefühl, entlarvt worden zu sein, obwohl ich mir keiner Schuld bewusst war. Ich dachte an Flucht, dann an Angriff.

«Setzen Sie sich wieder hin!» Deckerts Worte, denen ich willenlos Folge leistete, erschienen mir als Todesurteil, das ein gnädiges Gericht nur noch in Lebenslänglich verwandeln konnte.

Sein Begleiter hatte katzenschnell meinen Stuhl wieder aufgestellt und ihn mir sanft in die Kniekehlen gedrückt. Er stand jetzt hinter mir. Ich suchte nach Worten. Mein Blick ging in die Runde, traf auf Filippo, auf Deckert, auf seinen Kollegen, der nun um den Tisch schlich, um sich wieder hinter den Kommissar zu stellen, und landete bei Phil. Dann sah ich auf die letzten blassen Ärmchen mit winzigen Saugnäpfen, die auf meinem Teller lagen. Abgehackt und eingelegt in Öl. Kurz darauf spürte ich eine Hand, die mich am Arm hochzog. Es war Phil, der aufgestanden war und mich offenbar aus dem Schussfeld bringen wollte. Willenlos folgte ich ihm Richtung Tür, doch flink wie ein Fisch war Deckert vor uns da und versperrte den Weg. Auf Phil machte das wenig Eindruck, er beschleunigte noch seine Schritte, stieß den Kommissar, der das nicht erwartet hatte, energisch zur Seite und schob mich nach draußen. Aus dem Lokal hörte ich ein Krachen, gefolgt von Scheppern und Klirren und Stöhnen. Deckert war auf den Antipasti-Tresen gestürzt. Ich blickte zurück und sah seinen Kollegen, der einen Augenblick unschlüssig war, ob er uns folgen oder Deckert aus den Meeresfrüchten aufhelfen sollte. Er ließ Deckert liegen und stürzte nach draußen, um Phil unnötig fest zu packen. Es dauerte keine Minute, und der Kommissar und Filippo waren bei uns.

«Mach das nicht noch mal, Junge.» Phil begriff den Inhalt der deutschen Worte des Kommissars sofort und sah zu Boden. Mich bewegte dieser Liebesbeweis meines Freundes, seine

Attacke, mit der er, ohne zu überlegen, den Gegner zu Fall gebracht hatte.

«Wir haben das Geschäft hier jetzt genug geschädigt», sagte Filippo. Sein tadelnder Ausdruck galt Deckert, der den italienischen Polizisten mit einem Nicken veranlasste, Phil loszulassen. Schließlich gesellte sich auch Zan zu uns, der, die Hände in die Hüften gestemmt, auf eine Entschuldigung wartete. Sechs Männer standen vor dem Lokal im Kreis und schwiegen, bis Filippo noch einmal das Wort ergriff.

«Das war's, meine Herren.»

Es lag nichts gegen uns vor, wir konnten gehen, wohin wir wollten, und Phil machte sofort Gebrauch von seiner wiedergewonnenen Freiheit. Er trat einen Schritt aus dem Kreis zurück und drehte ab. Sekunden später war er um die Hausecke verschwunden. Ich rannte, um ihn zu erreichen. Nach einer weiteren Hausecke wurde er ruhiger und griff nach meiner Hand.

«Was machen wir jetzt?», fragte ich Phil. Seine Antwort kam unmittelbar, indem er die Glastür zu einer Bar aufstieß, sich an den Tresen stellte und zwei Campari Soda bestellte. Bis die Gläser vor uns standen, bis wir einen ersten Schluck genommen hatten, sprachen wir nicht. Und auch danach fuhr ich zunächst mit dem Zeigefinger die Konturen seiner Finger auf dem polierten Metall nach, bevor ich den Mund aufmachte.

«Es gibt da etwas», sagte ich, «das mir Sorge macht. Wir werden seit Bangkok verfolgt. Von Bangkok nach Frankfurt, von Frankfurt hierher. Und der, der uns verfolgt, will, dass ich weiß, dass er mich verfolgt.»

Phil sah mich ruhig an, und ich versuchte, mehr aus seinem Gesicht zu lesen. Die Nachricht schien ihn nicht zu beunruhigen. Nach einer Ewigkeit, in der er die rote Flüssigkeit durch seine Kehle rinnen ließ, sah er mich direkt an.

«Der Mensch von der Beerdigung.»

Ich nickte. «Wahrscheinlich.»

Er sammelte sich, bevor er weitere Informationen ausspuckte. «Sah aus wie von der Mafia. Dunkle Haare, dunkle Augen, Kinnbärtchen, nicht größer als fünf Fuß zehn. – Macho. Sehr cool. Seidenhemd, dunkelrote Krawatte, Weintrinker. Steht auf blonde Frauen.»

Als ich ihn verständnislos ansah, lächelte er.

«Er und die Eva mit dem Cabrio haben es bei der Beerdigung miteinander getrieben. Ich habe sie in einem Geräteschuppen auf dem Friedhof überrascht, als ich das WC gesucht habe.»

Der Mund blieb mir offen stehen, und mitten in dieses Mundoffenstehen hinein klingelte das Telefon. Ich tastete meinen Körper ab, bis ich es gefunden hatte.

«Gut gemacht, Robert», hörte ich Filippo. Er rief an, um einen zweiten Anlauf zu einem Mittagessen zu machen. Ich fühlte mich noch immer ratlos und verunsichert, auch Phils Offenbarung hatte daran nichts geändert. Aber ein Teller Nudeln war selten verkehrt. So wie ich in diesem Moment mussten sich Blinde fühlen, die in neue Räume gelangten. Sie tasteten sich durch die unbestimmte Weite und zogen sich, so vorsichtig sie sich auch gebärdeten, an den Möbeln blaue Flecke zu, stets in der Hoffnung, dass wenigstens der Boden eben war und keine Stufen oder Fehlstellen sie zu Fall brachten. Irgendwann nähme der unsichtbare Raum in ihren Köpfen klarere Formen an, und die Möbel, die ihnen anfangs im Weg standen, würden zu notwendigen Orientierungspunkten. Es gab noch Hoffnung für mich. Vielleicht sollte ich als Nächstes herausfinden, ob ich der einzige Blinde war oder ob auch noch andere im Dunkeln tappten. Wir gingen zu Zan. Filippo wartete schon.

«Machen wir einfach dort weiter, wo wir unterbrochen worden sind», sagte er, «die Pasta ist schon unterwegs.»

Filippo tat, als sei die vergangene Stunde nichts weiter als eine lästige Fliege gewesen, die sich auf unsere Vorspeise gesetzt und die er nun verscheucht hatte. Die dampfenden Nudeln kamen. Im selben Augenblick betrat eine Dame den Raum und setzte sich gleich an einen der Tische neben der Tür. Sie war vielleicht achtzig, geschmeidig und zielstrebig und sah sehr missgelaunt aus, als Marietta ihr unaufgefordert ein schwarzes Getränk mit zwei Eiswürfeln servierte. Filippo hob sein Bierglas und prostete uns zu. Er hatte die Dame nicht bemerkt, denn er saß mit dem Rücken zu ihr. Unsere Gläser klangen aneinander, und ich begann, mit meiner Gabel die Nudeln einzudrehen. Im nächsten Moment kam Zan aus der Küche, warf einen scheuen Blick auf uns, setzte sich zu der Dame und redete aufgeregt auf sie ein. Ihre Laune wurde nicht besser. Mein Vater verbreitete sich inzwischen auf Englisch über die Gemeinsamkeiten von Hans Albers und Joe Cocker im Hinblick auf Erkennungsmusiken deutscher Bierreklamen, aber ich versuchte, ihn auszublenden und zu erkennen, was dort drüben verhandelt wurde. Schnell bemerkte Filippo meine Unaufmerksamkeit, unterbrach sich und sah hinüber.

«Oh», sagte er. «Wenn diese Dame in einer Ecke sitzt und über die Musik, das Essen und die Leute mault, ist das eine Garantie dafür, dass sich alle anderen gut amüsieren. Ich sage dir, die will man nicht zur Schwiegermutter haben.»

«Wer ist das?»

«Die Contessa. Ihren Palazzo kennst du nun schon. Sie mag mich nicht besonders und ignoriert mich in der Regel, wenn wir uns irgendwo begegnen. Gott sei es gedankt, dass sie so gerne reist, da muss man sie nicht oft ertragen. Ihre Tochter ist in der Reisebranche, und da geht die Alte mit gutem Beispiel voran und durchkämmt die Welt und die Weltgeschichte.»

Phil lächelte mich an und nahm meine Hand.

«Du warst schon in ihrem Palazzo?», fragte er, und ich

beschrieb ihm, wie ich mir im kleinen Laden von Signor Rubio den Schlüssel besorgt hatte, um die Geheimnisse des gotischen Gemäuers zu erkunden. Während wir auf den Hauptgang warteten, ging ich, meinem Impuls folgend, hinüber an den Tisch der Contessa, als Zan sie wieder verlassen hatte, und stellte mich vor. Ihre Augen wanderten bis zu meinen ungeputzten Schuhen hinunter und wieder herauf bis zu meinem Mund, der für sie Unverständliches abzusondern schien. Ich nannte noch einmal meinen Namen, aber sie konnte sich nicht an mich erinnern.

«Wir haben telefoniert», sagte ich.

«Ich weiß nicht, mit wem Sie gesprochen haben. Vielleicht mit meiner Tochter, mit mir jedenfalls nicht.»

Damit war ich abgemeldet, ihre gemalten Lippen strafften sich zu einer schmalen, dunkelroten Linie, und sie wandte sich wieder ihrem schwarzen Getränk zu. Ich ging zurück zu unserem Tisch.

«Mach dir nichts draus», flüsterte Filippo, «ich glaube, die Alte wird langsam senil.»

«Tut ihr vielleicht gut, dann könnte sie erträglicher werden», flüsterte ich zurück. «Woher kennt Zan denn die Contessa?», wollte ich von Filippo noch wissen. Er warf, als Zeichen mangelnden Interesses an dieser Frage, nur kurz seine Hände in die Luft.

«Wer wen seit wann und woher kennt, ist in einer Kleinstadt doch nicht mehr festzustellen.»

Während des Fischgangs erzählte Phil noch einmal ausführlicher von seinem Erlebnis auf der Beerdigung. Er hatte plötzlich einen starken Druck auf der Blase verspürt und war auf der Suche nach der Toilette an einem Geräteschuppen vorbeigekommen, aus dem unterdrücktes Stöhnen drang. Sein erster Gedanke, zu helfen, wurde sofort abgelöst von einer profunden

Neugier, denn Hilfe, das hatte er schnell begriffen, war nicht gefragt. Er hatte gelauscht, sich umgesehen und die Tür des Schuppens geöffnet. Eva hatte drinnen im Halbdunkel des Raumes eine behaarte Gestalt umklammert. Für Phil waren es nur Schemen, aber die Blicke der beiden, ihre Körperhaltung und die Position der Hose des Mannes waren unmissverständlich. Filippo lachte laut.

«Testosteron ist ein Verhängnis!», stieß er hervor.

Das also war er, mein Verfolger. Phil würde ihn zweifellos wiedererkennen, sollte er uns in Venedig begegnen. Eva vielleicht auch, aber von ihr wusste ich nicht viel mehr als den Vornamen. Arbeitete sie nicht in einem Verlag? Hatte sie mir nicht ihre Visitenkarte zugesteckt?

Auf das Dessert verzichteten wir, nahmen nur noch einen Caffè, und Filippo lud uns für den Abend zu einem Konzert ein.

«In Santa Maria della Pietà. Wo Vivaldi Organist gewesen ist, wie du sicher weißt.»

Ich wusste nicht, aber die Kirche wäre leicht zu finden. Ein Konzert als Zerstreuungsmatrix war mir willkommen. Vor dem Lokal trennten wir uns, jeder ging in eine andere Richtung. Filippo hatte noch zu arbeiten, Phil tat ein bisschen geheimnisvoll – ich vermutete, dass er einfach ungestört shoppen wollte –, und mir würde auch etwas einfallen, was ich tun konnte, dessen war ich mir sicher.

Als die Orgel in Santa Maria della Pietà einsetzte, hatte ich die Vision von einem klapprigen Kahn, der draußen vor der Kirche im Canale di San Marco sein Nebelhorn betätigte. Die Darbietung war ein musikalischer Leidensweg bis zu dem Moment, in dem ein etwa fünfzehnjähriger Knabe mit einer Geige das grob gezimmerte Podium betrat. Er trug seit seinem vierten

Lebensjahr einen imaginären Eisenring ums Handgelenk, mit dessen Hilfe man ihn täglich sechs Stunden an sein Instrument kettete. Nach drei Stunden Üben hatte es erste feste Nahrung gegeben, nach weiteren drei Stunden zur Belohnung Eis oder Schokolade. Er spielte wie ein Gott. Seine grazilen, fast knochigen Finger eilten über den Steg. Man hatte ihm eine Fliege umgebunden und ihn in einen schwarzen Anzug gesteckt, wie es sich für öffentliche Auftritte gehörte, und seine müden Kinderaugen unter schweren Lidern schweiften immer wieder ins Dunkel der Kirche ab, während aus seiner Geige schwelgerisch-leidende Töne drangen. Der Klang der Geige stieß in die verborgensten Winkel des Kirchenraums vor. Mühelos fabrizierte der Knabe mit schnellen Bewegungen seiner dürren Finger Töne, die sich an den Wänden brachen und uns von allen Seiten einhüllten.

«Ich hasse nichts mehr als Solovioline», flüsterte Filippo. «Zupfen, schlagen, blasen, das liegt mir eher.»

Filippo konnte nicht anders, er musste von Zeit zu Zeit derartige Dinge sagen. Phil dagegen war gebannt, und seine Augen leuchteten. Er hatte meine Hand ergriffen und drückte sie, aber sein Blick ging geradeaus und ruhte auf dem traurigen Gesicht des Virtuosen. Meine Gedanken durchschweiften das schummrige Kirchenschiff in seltsamen Bahnen. Konzerte waren geeignet, über das eigene Tun nachzudenken. Zum Stillsitzen verurteilt, bot sich Gelegenheit, Dinge im Geiste durchzugehen, vor denen man sonst gerne weglief. Ich hätte sogar einen Block zücken und so tun können, als sei ich Journalist und mache Notizen zur musikalischen Darbietung. In Wirklichkeit aber hätte ich alle Freiheit, ganz andere Dinge zu Papier zu bringen. Zum Beispiel könnte ich schreiben, dass ich, als die Orgel in Santa Maria della Pietà einsetzte, die Vision von einem klapprigen Kahn hatte, der draußen vor der Kirche im Canale di San

Marco sein Nebelhorn betätigte. Das wäre ein musikalischer Anfang für meine Geschichte. Der Ton aus einem Nebelhorn, durchdringend, aber unsichtbar. Ich hielt Phils Hand, ertastete die Kuppen seiner zarten Finger und sah auf das ältliche Paar in der Bank vor mir. Sie hatte ihre zerknitterten Füße in dezenten, grobmaschig-dehnbaren schwarzen Netzstrümpfen untergebracht, er seine Glatze poliert. Während er versonnen lauschte, lag sein Zeigefinger waagerecht an seinen Lippen, und sie besah sich ihre Brillantringe. Dann ergriff sie seine Hand, wie Phil meine ergriffen hatte, und ließ sie nicht mehr los.

Als wir die Kirche verließen, war es warm. Der Frühling hatte begonnen. Filippo zögerte beim Abschied, und ich dachte schon, er würde uns noch in eine Bar schleifen, aber er wollte sofort sprechen. Es ging noch einmal um Zan und Bandhid.

«Sie haben keinen Kontakt mehr», stellte er fest. «Ich habe noch mal mit Zan gesprochen und bin inzwischen sicher, dass weder er noch Bandhid etwas mit dem Fall zu tun haben. Vergiss sie einfach.»

Dann trat er einen Schritt zurück, winkte uns, drehte sich um und stieg die Stufen der Brücke in Richtung San Marco hinauf. Ich sah ihm nach, wie er den Brückenbogen erklomm, wie sich oben seine Silhouette gegen den Himmel abhob und dann Schritt für Schritt abtauchte. Für einen Moment war die Brücke leer, dann kamen auf der anderen Seite des Bogens neue Köpfe hoch, wurden in Sekunden zu ganzen Körpern und näherten sich unserem Standort. Aber diese Körper gehörten Fremden, der, den ich kannte, hatte sich entfernt.

XV.

In der Morgendämmerung weckte mich die Hitze. Es war mir nicht mehr möglich, die Traumfetzen zu ordnen, und so vergrub ich stattdessen mein Gesicht im Körper neben mir und verscheuchte jeden Gedanken, der sich auf der schäbigen kleinen Varietébühne in meinem Hirn zu produzieren versuchte. Die Bühne blieb leer, und die Zeit räkelte sich für Minuten im Parkett. Dann erwachte Phil, das durch die Läden geschlitzte Licht fiel auf sein tätowiertes Einhorn, und indem es sich von mir abwandte, drehte sich Phil mir zu. Er hatte in der Nacht noch Tagebuch geschrieben, und ihm fehlte deutlich mehr Schlaf als mir. Ob es möglich sei, bis ans Lebensende so liegen zu bleiben, fragte ich mich. Betäubter Genuss, zu sehen, wie dieser schöne Körper vor meinen Augen alterte. Warum überhaupt verließen die Menschen ihre Betten? Auf Fragen dieser Art gab es keine vernünftigen Antworten. Höchstens den Trieb, sich der Kaffeemaschine zu bedienen, ließ ich an diesem Morgen gelten.

Ich ging hinunter und holte uns Kaffee. Sein Duft weckte Phil, der, als ich das Zimmer wieder betrat, mit geschlossenen Augen nach mir tastete, bis er die Tasse zu fassen bekam. Dann klingelte das Telefon unter einem Berg von Jacken, Hosen und Pullovern. Ich wühlte mich durch, und meine Überraschung war groß, als sich die wunderliche alte Dame mit dem Opernglas meldete. Sie hatte den Palazzo auf der anderen Seite des Platzes offenbar auch nach meinem Besuch nicht aus den Augen gelassen.

«Ich habe etwas für Sie», hörte ich sie aus der Ferne. «Sie sind in Venedig?»

«Ja, ich bin in Venedig. Was gibt es denn?»

«Eine Erinnerung. Kommen Sie her, dann erzähle ich es Ihnen! Ich weiß jetzt, warum die Dame und der Herr, die ich in jener Nacht beobachtet habe, nicht zusammenpassten. Sie lebten nicht in derselben Zeit. Ich habe die Frau gerade wiedergesehen, zwar in anderer Begleitung, ihre Männer werden immer jünger, aber das hat mich nur bestätigt: Sie und ihre Männer leben nicht in derselben Zeit.»

Ich sah Phil an, der mich beäugte und meinen konsternierten Ausdruck zu entschlüsseln versuchte.

«Ich komme heute Nachmittag zu Ihnen. Vielen Dank, Signora.»

War die alte Dame inzwischen verwirrt? Phil sah mich an, als sei ich der Verwirrte. Was für eine alte Dame, und was für eine Botschaft, fragte sein Blick, und ich berichtete ihm in aller Kürze. Dabei wühlte ich weiter in dem Kleiderberg, bis ich meine Hose identifiziert hatte, und ging über den Flur unter die Dusche. Das heiße Wasser tat mir gut, und ich ließ es lange über meinen Rücken rinnen, bis ich ganz in Dampf gehüllt war. Als ich zurückkam, lag ein Zettel von Phil auf der Bettdecke: *Bin Strudel holen*. Ich betrachtete mich im Wandspiegel, machte mir ein Kompliment, um den Tag mit einer wohltuenden Schmeichelei zu beginnen, und zog eines der nach Weichspüler duftenden, aber ungebügelten Hemden über. Wieder im Bett, sagte ich mir, dass man Spiegeln nicht trauen dürfe. In Spiegeln liefen sogar die Uhren rückwärts. Ich gähnte, bis mein Kiefer sich auszukugeln drohte, dann kam Phil irgendwann mit einer Tüte voll schwerem Gebäck. In seinem Mundwinkel hingen noch die Brösel des ersten Strudels, den er schon auf der Straße gegessen hatte. Ich leckte sie ihm aus dem Gesicht. Er umarmte mich, drückte mich gegen den Schrankspiegel, und ich ließ meine Hände über seinen Rücken gleiten, der feucht war vom Schweiß.

Wir frühstückten auf dem Bett sitzend, und irgendwann rief Filippo an, um sich zu erkundigen, ob wir den gestrigen Tag gut verdaut hatten. Er wollte uns schon wieder zu irgendetwas einladen, aber ich wollte nur Phil um mich haben. Die freien Stunden, die ich mir wünschte, würden ohnehin schon durch Signora Monin unterbrochen. Ich sagte Filippo, mit dem Besuch bei der alten Dame, die uns etwas mitzuteilen habe, sei der Tag schon mehr als nötig angefüllt.

«Wir sehen uns morgen wieder, in Ordnung?»

«Genießt den Frühlingstag», sagte Filippo und legte auf.

Es war wirklich warm draußen, und ich war froh, dass ich meine Jacke nicht angezogen hatte, sodass ich die milde Luft auf der Haut spüren konnte. Wir brauchten nicht lange bis in die kleine Gasse hinter dem Palazzo Vendramin-Bardigo, obwohl den Hauptadern der Stadt totale Verstopfung drohte, vor allem dort, wo man die internationale Begierde nach Muranoglas und Seidenkrawatten stillen konnte. Ich war stolz, dass ich inzwischen ein paar Seitengassen kannte, auf denen man unbehelligt vorankam. Als wir um die letzte Ecke bogen, standen wir Kommissar Deckert gegenüber. Fast wären wir zusammengeprallt, denn auch er hatte es eilig, bremste aber geschickt die Masse seines Körpers so ab, dass sie wenige Zentimeter vor uns zum Stillstand kam. Die Geschichte vom Hasen und vom Igel fiel mir wieder ein, und der Polizist verwandelte sich für einen Moment in ein rundes, stachliges Geschöpf mit spitzer Schnauze. Als er seiner Überraschung gebührend Ausdruck verliehen hatte und seine erhobenen Augenbrauen und geschürzten Lippen wieder entspannte, lächelte er breit.

«Auch schon da?»

Zu gerne hätte ich gewusst, was Deckert hier trieb, aber er nötigte uns in eine Bar in der Nähe und bestellte Cynar für alle.

«Ich habe eine Verabredung», sagte ich ihm, «was gibt es denn so Wichtiges?»

«Ist das jetzt schon wieder ein Zufall, dass Sie hier um den Palazzo schleichen?», fragte er. «Mit wem sind Sie denn verabredet?»

Ich schloss die Augen und stellte mir die alte Dame vor, wie sie nach ihrem Anruf bei mir langsam nervös wurde, sich umsah in ihrer kleinen Wohnung, ob alles in Ordnung sei und bereitstünde für einen Besucher. Ich dachte an ihre Polypophobie, oder wie auch immer man die Angst vor Ordnungshütern nannte, und schüttelte den Kopf.

«Wenn das so ist», begann er, «dann passen Sie einfach auf, dass Sie nicht zu weit gehen und die Polizeiarbeit behindern, aber das sagte ich Ihnen ja schon. Ich werde jetzt einen Blick in den Palazzo werfen. Den Schlüssel habe ich mir besorgt.»

Er fuchtelte mit dem Schlüsselbund vor seinem Gesicht herum, und ich stellte mir vor, wie ich Deckert gleich von der Wohnung Signora Monins aus durch das Opernglas beobachten könnte, wie er in den Sälen des Palazzo gründlich, aber vergeblich nach Quellen kriminalistischer Inspiration forschend umhereilte.

Wir kippten inzwischen den dritten Cynar, und es wurde Zeit. Phil signalisierte mir, dass er schreiben wolle. Er würde mich allein lassen bei meinem Treffen. Sein Tagebuch lag im Hotel, und ich würde ihm ein oder zwei Stunden Zeit geben, bevor ich mich dort wieder blicken ließ. Deckert klopfte mir zum Abschied auf die Schulter und zog die linke Augenbraue hoch.

«Ich bin enttäuscht von Ihnen, Landau», sagte er. «Aber ich

habe die Hoffnung noch nicht aufgegeben. Wir sollten uns morgen um vier noch mal hier treffen. Vielleicht haben wir einander dann Neuigkeiten zu berichten. Wer weiß?»

Als er den Palazzo betreten hatte, küsste ich Phil und klingelte bei der Signora. Ich stand auf der Straße und hoffte, Deckert würde nicht als Erstes aus dem Fenster sehen und mich entdecken. Ich klingelte noch einmal, aber niemand öffnete. Von der anderen Seite des Platzes, im Schatten des Palazzo stehend, sah ich zu ihren Fenstern hinauf; sie waren verschlossen. Ich konnte mir nicht vorstellen, dass sie unsere Verabredung vergessen hatte. Hatte sie Angst bekommen? Sie war scheu, aber nach ihrem Anruf bei mir würde sie keinen Rückzieher mehr machen. War mir jemand zuvorgekommen? Hatte man sie bedroht? Dass ich verfolgt wurde, konnte ich nicht übersehen. Dass ich beobachtet wurde, spürte ich jeden Tag. Warum sollte nicht auch die Signora oder mein Kontakt zu ihr beobachtet worden sein?

Natürlich könnten sie mich einschüchtern oder sogar beseitigen, aber dann käme ein anderer, vielleicht Erfolgreicherer als ich. Deshalb ließen sie mich unbehelligt meine konfusen Bahnen ziehen. Ich kam mir wie ein Hamster im Laufrad vor, der trotz aller Mühen nicht von der Stelle kommt. Depression war jetzt überhaupt nicht hilfreich und ein mir bislang unbekannter Zustand. Selbstmitleid hatte ich einmal ausprobiert, aber nur, um zu sehen, wie es sich anfühlte. Ich sehnte mich nach einer Berührung von Phil. Ich sehnte mich nach meinem Schreibtisch, nach dem Rückzug in meinen eigenen Körper, in eine losgelöste Welt, die dort drinnen wartete und die ich irgendwann einmal bereisen würde. Ich würde lange, stumme Szenen schreiben, in denen Wörter nur störend wären. Wie das funktionieren könnte, darüber war ich mir noch im Unklaren, aber dass Worte das Denken immer nur verunklaren, dass eine reflektierte Wahrnehmung sich in Zeichen nicht darstellen ließ, dessen war ich mir so sicher wie nie in diesen Stunden, in denen ich zwischen der Wohnung von Signora Monin, die mir verschlossen blieb, und dem Hotel, in dem ich Phil beim Tagebuchschreiben nicht stören wollte, herumlungerte. Ich stieg die paar Stufen zu San Salvatore hinauf und tauchte ein ins Dunkel der Kirche. Ich sah zunächst wenig, meine Augen gewöhnten sich nur langsam an das Zwielicht, aber schon die Schemen, die ich erahnte, verursachten allergische Reaktionen. Ich kratzte mich und konnte ein Niesen nur mühsam unterdrücken.

Wahrscheinlich war es gut, was Phil tat, Tagebuch führen, das war ein ordnendes Prinzip. Doch was hätte ich ordnen sollen? Eher würde ich mein eigenes Leben immer wieder neu erfinden, da es keine Gewissheiten gab, an denen ich mich orientieren konnte. Und Mangel an Gewissheit hat Menschen schon immer zu den verrücktesten Ideen getrieben. Ich nahm in einer Kirchenbank Platz. An den Wänden tauchten nach und nach Sarkophage aus dem Dunkel auf, die sich gegenseitig mit protzigen Verzierungen zu übertrumpfen versuchten. Wände, Böden, jeder freie Platz war mit irgendwelchen Künstler-Einfällen und Künstler-Zitaten zugepflastert, ohne auf den Gesamteindruck dieses Durcheinanders Rücksicht zu nehmen. Statuen, Marmorsärge, Ölschinken, Ölschinken, Ölschinken und dazwischen Bänke, Tische, Postkartenständer. Eine Handvoll tote Dogen, eine Handvoll tote Kardinäle, ein Pferd, ein Papst und diese seltsame Dame aus der norditalienischen Provinz, die es geschafft hatte, an den Titel einer Königin von Zypern zu kommen. Künstler hatten sich daran versucht, das Andenken der Toten mit Motiven der Würde und der Herrschaft zu bewahren, aber diese Ansammlung von Schnörkeln, Giebeln, Triumphbögen hatte etwas Groteskes. Konnte diese Armee von Kreativen, die allerorten ihre Spuren hinterlassen musste, die gottähnlich und zwanghaft nach immer neuen Spielwiesen für ihren Genius suchte, nicht erkennen, dass hier des Mittelmäßigen zu viel getan worden war? Auf einem Gemälde, einem Tizian, fuhr Maria erschrocken zusammen, als ihr der Engel erschien. Ich stellte mir ihren Aufschrei vor: Oh Gott, noch ein Engel! In dieser Kirche hatte man für einen Gott keinen Platz gelassen, man hatte ihm mit Marmortand den Weg verstellt, hatte sein Haus in eine Rumpelkammer der Kreativität verwandelt. Ich schloss die Augen und hörte tausend Geräusche. Rascheln, Flüstern, Knarren, Flügelschlagen, Bootsmotoren in der Ferne, Kameraauslöser neben meinem Ohr. Ich dachte an die andere Kirche in einem anderen Licht auf der anderen Seite des großen Kanals, in der nichts geordnet, aber doch alles an seinem Platz gewesen war. Wie stark die Demut und Ruhe dieses Raums in mir nachgewirkt hatten, erkannte ich erst inmitten dieser steinernen Respektlosigkeit. Ich öffnete wieder die Augen und steuerte zum Ausgang. Das Tageslicht blendete mich schmerzhaft. Ein Meteor, nur ein kleiner Meteor, mit einem Durchmesser von San Salvatore bis zur Rialtobrücke, wäre vielleicht eine Lösung. Das Ende für alles. Schluss mit Zivilisation.

Ich war auf eine der Ameisenstraßen geraten, die Venedig durchzogen. Die eiligen Angestellten auf dem Weg zur Arbeit rieben sich an den verlangsamten Urlaubern, und so entstand eine gereizte Atmosphäre zwischen nun erst recht betonter Geschäftigkeit und trotzigem Schlendern. Mit den voll beladenen Handkarren über die Brücken und durch das Getümmel zu kommen erforderte Kraft und Geschicklichkeit. Die Lieferanten versorgten die Restaurants, Andenkenläden und Modegeschäfte, und sie hatten dabei keine Zeit zu verschenken. Es gab Hindernisse, mit denen sie sich arrangieren mussten, und andere, gegen die sie umso grimmiger vorgingen. Sie garantierten den Warennachschub für den Tourismus und wünschten sich zugleich touristenfreie Bahn. Andere Menschen konnten mit existenziellen Widersprüchen offenbar gut leben, das freute mich zu sehen.

Im Hotelzimmer entledigte ich mich meines Hemdes, denn es war ein warmer Lagunentag. Vermutlich eine Folge der Klimakatastrophe, die von Zeit zu Zeit in aller Munde war, wenn es gerade nichts Skandalöseres zu erörtern gab. Ich lag auf dem Rücken, sah zur Decke, meine Hand auf meinem Bauch hob und senkte sich und gab mir die Gewissheit, dass ich lebte. Phil war nicht da. Seine Gegenwart war mir so selbstverständlich geworden, dass mir seine Abwesenheiten immer deutlicher auffielen. Mit einem Schwung war ich wieder in der Senkrechten. Unter dem Tisch stand Phils Gepäck. Vorsichtig glitt meine Hand zwischen die Sockenknäuel und Unterhosen, bis sie auf Pappe stieß. Das war es, was ich suchte, die Tagebücher meines Begleiters, die mich nicht interessiert hatten, solange ich ihn in der Nähe wusste. Aber jetzt war ich einsam, Phil war irgendwo jenseits dieser Wände, er hatte mich allein gelassen. Er war gegangen, war nicht, wo er versprochen hatte zu sein. Ich zog drei Bücher hervor und breitete sie auf dem Bett vor mir aus. Sie waren sehr verschieden, eines stammte wohl noch aus seiner Heimat, ein schmales blaues mit dünnem und zugleich grobem Papier hatte Phil offenbar in Thailand gekauft, ein drittes, noch ohne die Spuren von Gebrauch und Transport auf dem Umschlag, stammte aus Italien. Ich schlug es auf und blätterte auf die letzte beschriebene Seite. Das Datum des 23. Februar. Phil hatte seit drei Tagen keine Eintragung gemacht, und alles, was dort vor drei Tagen niedergeschrieben worden war, erzählte von unserem Bett. Schlaflosigkeit, die ich so noch nicht an Phil beobachtet hatte, brachte ihn dazu, mich über Stunden zu beobachten. Er wachte über meine Träume, registrierte das

Knirschen meiner Zähne, versuchte mein Gesicht zu entschlüsseln und manchmal, wenn ich im Schlaf sprach, die Worte zu verstehen. Aber ich hauchte sie undeutlich und in einer für ihn fremden Sprache. Alles, was er sich notiert hatte, war das Wort *Meteor*. Ich blätterte zurück und stieß auf einen Eintrag vom 21.:

Markusplatz nur mit Tauben, Glockenturm geschlossen. Es ist zu früh für einen Blick von oben. Der Platz vor dem Turm ist perfekt. Hier, zwischen Turm und Markuskirche, wird jeder, der in Venedig ist, früher oder später einmal vorbeikommen. Wenn man einen Menschen sucht, dann muss man hier nur eine Woche warten, und man wird ihn entdecken. Ich habe ihn wiedergesehen. Eine halbe Stunde hat gereicht. Ich fürchte, er könnte Robert etwas antun. Ich weiß nur nicht, was.

Mittags ist wieder der Kommissar da, er macht mich wütend, denn er glaubt offenbar noch immer, dass Robert etwas mit dem Kunstraub zu tun hat. Alle sind gegen ihn, aber er merkt es nicht. Und Robert hat zu viele Geheimnisse, die er nicht mit mir teilen will. Heute tauchte plötzlich ein Mann auf, der so aussah, wie nur Roberts Vater aussehen kann. Aber selbst das wollte er geheim halten. Erst als ich ihm gezeigt habe, dass ich Augen im Kopf habe, hat er zugegeben, dass dieser Filippo wirklich sein Vater ist.

Ich schlug das Buch zu und ließ meinen Zeigefinger über die Kanten des Buchdeckels gleiten. Phil hatte meinen Verfolger, den ich suchte und der mich längst gefunden hatte, wiedergesehen. Er hatte mir nichts gesagt, denn er wollte mich nicht beunruhigen. Er wusste nichts von dem Zettel, der mich an der Rezeption des Hotels erwartet und mich zu San Nicolò dei Mendicoli bestellt hatte. Er wusste nicht, dass ich längst bemerkt hatte, dass mein Verfolger hier war. Ich hatte Phil gesagt, dass ich mich verfolgt fühlte, mehr nicht. Wir wussten beide, dass er hier war, aber wir hatten uns nichts gesagt.

Auf der Treppe hörte ich Schritte und raffte die Bücher zusammen, um sie zurück in die Tasche zu stopfen. Als Phil eintrat, stand ich mit dem Rücken zu seinem Gepäck und lächelte ihm entgegen.

«Wie war dein Treffen?», fragte er.

Als ich ihm sagte, die alte Dame habe nicht aufgemacht, griff er in die Hosentasche und winkte mit einer Kreditkarte.

«Sie ist da!» Seine Stimme war herausfordernd, stockte aber gleich ein wenig. «Eigentlich schon seit gestern, aber ich habe mir gedacht, ich hebe mir die Überraschung noch auf. Darf ich dich zum Essen einladen, damit du auf andere Gedanken kommst?» Er präsentierte das goldene Stück Plastik auf der flachen Hand und zog sie schnell zurück, als ich danach griff.

«Oh nein! Mein Vater hat gesagt, ich soll aufpassen, dass sie nicht in falsche Hände gerät.» Er steckte sie zurück in die Hosentasche und umschlang mich stürmisch.

«Gehen wir zu Zan», schlug ich vor. Phil küsste mich, und ich ließ mich von ihm aufs Bett ziehen. Noch ehe ich meine Gedanken wieder ordnen konnte, hatte er mir die Schuhe ausgezogen und kniete über mir. Ich wollte diese Nähe jetzt nicht, aber mein Körper ließ sich schnell von Phils Berührungen überzeugen, ohne sich weiter um mich zu kümmern.

XVI.

Das Lokal öffnete gerade. Zan war noch nicht da, aber Marietta stand schon mit den Karten bereit, und Franco winkte von der Küchentür aus. Wir wählten einen Tisch am Fenster.

«Ich weiß, dass er hier ist», sagte ich, nachdem wir bestellt hatten und die Tischdecke, die wie in allen italienischen Lokalen auch hier als Extraposten auf der Rechnung erscheinen würde, schwungvoll über die Resopalplatte gebreitet worden war.

«Wer?»

«Der Mann, der mich verfolgt.»

«Hmm.»

«Aber ich weiß nicht, wie er aussieht. Das weißt nur du.»

Phil nickte und betrachtete die Füße der Passanten auf den grauen Quadern, mit denen die Stadt gepflastert war.

«Du musst mit mir sprechen, Robert.»

Ich sah ihn an und versuchte herauszufinden, ob er das ernst meine. Er war der Schweigsame von uns beiden, und dennoch sollte ich von mir erzählen. Ich lachte kurz auf.

«Es gibt so viele Menschen, die etwas mit dir zu tun haben, und ich weiß nichts von ihnen. Dein Vater, dein Verfolger, die alte Frau und dieser Typ, von dem du die ganze Zeit ein Foto mit dir rumgetragen hast.»

Er hatte recht, aber das wollte ich in diesem Moment nicht zugeben, also ging ich zum Gegenangriff über.

«Was hast du eigentlich mit der Sache zu tun?», fuhr ich ihn an. «Du bist es doch, der mich seit Bangkok verfolgt. Wer sagt mir, dass nicht du diese Botschaften geschrieben hast und mich an irgendwelche schwachsinnig öden Orte bestellst?»

«Welche Orte?»

«Orte eben, an die ich freiwillig nie gehen würde.»

In diesem Moment kam Zan herein und begrüßte uns. Phil hatte etwas sagen wollen, aber schluckte es herunter und sah vor sich hin auf die Tischdecke. Was redete ich da für Sachen? Warum konnte ich Phil nicht in Ruhe lassen? Ich glaubte selbst nicht, was ich da von mir gab. Zans Erscheinen verschaffte mir ein wenig Zeit, lenkte ab von meinen absurden Verdächtigungen, und um Phil zu zeigen, dass meine Nachforschungen noch immer in alle Richtungen offen waren, nahm ich meinen Mut zusammen und fragte Zan, ob Bandhid irgendwelche Papiere dagelassen hatte, Geschichten, Gedichte oder sonst etwas.

«Nein», sagte Zan einfach und zwang sich zu lächeln. «Du kannst höchstens deinen Vater fragen, dem hat er mal etwas gezeigt. Er hat sich wohl Hoffnungen gemacht, der große Literaturagent Filippo würde ihn berühmt machen.»

Ich dankte ihm, und er stützte sich mit seinen Pranken auf unseren Tisch.

«Was wollt ihr trinken? Ihr seid eingeladen.»

Phil bestellte eine Flasche Weißwein, und ich betrachtete ihn, wie er sich dabei zurücklehnte. Er war nun so weit von mir entfernt, wie es ihm unser Zusammensein an diesem Tisch erlaubte. So wollte ich nicht mit ihm den Tag verbringen. Diese Distanz konnte ich schwer ertragen, daher begann ich Phil von den mysteriösen Botschaften und meinen Ausflügen ins Abseits zu erzählen. Er lauschte und sah mir in die Augen. Langsam kam er näher, stützte die Ellenbogen auf den Tisch und das Kinn auf seine Hände.

«Ich passe auf dich auf», sagte er schließlich. «Ab jetzt werden wir alles zusammen machen, in Ordnung?»

Welche Wärme seine Worte verbreiten konnten. Sie waren eine weitere Liebeserklärung, die auch noch nachklang, als wir wieder unterwegs waren durch die marode Stelzenstadt. Ich erzählte Phil, wie sehr diese Stelzen bereits verfault waren und dass die freigesetzten Wassermassen der unter den besorgten Blicken der Eisbären und Pinguine schmelzenden polaren Eisberge die Stadt in wenigen Jahren überfluten würden.

«Diese Stadt wird untergehen», sagte ich, «bald wird uns das Wasser bis zum Hals stehen.»

Phil schüttelte den Kopf.

«Wir können sie doch retten! Wie wäre es, bei Gibraltar einen Damm zu bauen? Eine gewaltige Schleuse zum Atlantik und zugleich eine bequeme Passage nach Afrika», schlug er vor.

«Schon deshalb werden sie so was nicht bauen», sagte ich.

«Aber das wäre mal eine Herausforderung für Ingenieure, es gäbe Arbeitsplätze, Kulturstätten würden gerettet ...»

Er hakte sich bei mir unter und führte seine Pläne weiter aus.

«Turbinen werden Energie erzeugen, um die Sahara zu bewässern, und die ängstlichen europäischen Kapitalisten werden wir aus ihrer Festung herauslocken. Wir werden sie ködern, indem wir ihnen Golfplätze hinter dem Atlas anlegen. Golfplätze funktionieren als Köder sehr zuverlässig.»

Ich musste lachen und zog Phil über drei oder vier Brückchen zu meiner Lieblingskirche, die ich mit ihm teilen wollte. Wieder war es eine Offenbarung, durch das Portal von San Giacomo dell'Orio zu treten und sofort die warme, geheimnisvolle Freundlichkeit der Architektur zu spüren. Ich machte mich auf die Suche nach dem heiligen Zwiegespräch, das ich bei meinem ersten Besuch gesehen hatte, doch das Gemälde war verschwunden. Stattdessen nur fleckige Wand. Vielleicht hatte noch jemand das Attentat bemerkt, das aus dem Christus an der Geißelsäule einen Sebastian machte, und den Pfarrer alarmiert, der das Bild nun restaurieren ließ, um den alten Zustand wiederherzustellen. Ich dachte daran, wie interessant es sein könnte, wenn man durch eine Restaurierung der eigenen Geschichte einige Entscheidungen wieder rückgängig machen könnte. Natürlich würde jeder Restaurator andere Dinge entdecken, die ihm nicht gefielen. Es wäre amüsant zu vergleichen, wie die restaurierten Fassungen meines Lebens sich voneinander unterscheiden würden. Die Fassung meiner

Mutter, meines Vaters, der Lehrer, Freunde und meine eigene. Restauratoren ließen sich leider oft dazu hinreißen, Werke zu verfälschen, indem sie sie ihrem eigenen Geschmack oder auch nur dem Geschmack ihrer Zeit anglichen. Statt einer riskanten Restaurierung des Originals sollte man vielleicht direkt eine Kopie eines Urzustandes anzufertigen versuchen. Eine solche Kopie wäre den Intentionen des Künstlers näher, würde unverfälscht seine ursprünglichen Vorstellungen wiedergeben und vielleicht das Original sogar verblassen lassen. Wie mein eigener Urzustand jedoch ausgesehen haben mag, konnte ich mir im Moment nicht so recht vorstellen. Das lag sicher auch daran, dass ich kein Gemälde war, dass es, im Unterschied zu einem Gemälde, in meinem Leben keinen Moment der Vollendung gab. Oder war der Tag meiner Geburt jener vollendete Zustand, nach dem alle weiteren Eingriffe, die unweigerlich folgten, nur noch Verfälschungen einer ursprünglichen Idee darstellten? Wie konnte ich nur einen solchen Mist denken, dachte ich und griff nach Phils Hand. Vielleicht war der Moment der Vollendung aber auch der Tod. Dieser Gedanke war noch abwegiger. Der Tod kam entweder plötzlich durch einen dummen Zufall, oder er wurde erwartet, weil alle Vitalität aus dem Körper gewichen war. Ein Zustand der Vollendung konnte aber wohl weder zufällig sein noch im Moment der Lebensunfähigkeit eintreten. Ich beschloss daher, vorerst davon auszugehen, dass es im Leben eines Menschen keinen Zustand der Vollendung geben konnte, und ließ meinen Blick durch die Kirche schweifen. Außer uns war noch eine auffällig blonde Frau mittleren Alters in der Kirche. Die Sonne fiel durch das Fenster über dem Portal auf ihr dunkles Kostüm, das ihr das Knien etwas beschwerlich machte. Mein Blick streifte die Altäre in den dunklen Ecken, und ich hörte schon den Küster schlüsselrasselnd nahen, um uns aus dem Tempel zu vertreiben, als die Frau sich erhob. Sie kam mir bekannt vor. Genauer gesagt war es nur ihre Nase, die mir bekannt vorkam.

«Kennst du die Nase?», fragte ich Phil, und er wusste gleich, was ich meinte.

«Cameron Diaz», sagte er.

«Ja», sagte ich, «richtig. Und Meg Ryan.»

«Sandra Bullock», sagte er.

«Und Angelina Jolie.»

Es war das Hollywoodnäschen. Die blonde Frau musste Amerikanerin und reich sein, das erkannte ich an ihrer Nasenspitze. Ich wusste nicht, wer sie war, aber ihre Nase war berühmt. Wir kannten sie aus vielen Filmen. Die Frau betete zwar, aber das, was Gott ihr mitgegeben hatte, hatte sie nicht zufriedenstellen können. Gott hatte nicht ihren Geschmack getroffen. Als läse sie unsere Gedanken, nahm sie eine große Sonnenbrille aus ihrer Frisur und stülpte sie auf ihr Gesicht.

«Lass uns noch bei Filippo vorbeigehen», schlug ich vor.

«Mach das lieber allein», sagte er sanft, «dann habt ihr mal wieder Gelegenheit für ein Gespräch zwischen Vater und Sohn. Aber vergiss nicht unsere Verabredung mit dem Kommissar später. Wir sehen uns dort.»

Nachdem wir uns getrennt hatten, kam ich auf die Idee, noch schnell im Laden von Signore Rubio vorbeizuschauen. Vielleicht wusste er etwas über die Gäste im Palazzo, die Signora Monin in den letzten Tagen gesehen haben musste und die sie veranlasst hatten, mich anzurufen. Auf dem Weg dorthin fiel mir ein, dass Phil noch beim Mittagessen davon gesprochen hatte, dass er zukünftig alles mit mir gemeinsam machen wollte. Jetzt war er schon wieder weg, musste ich unwillkürlich denken. Ich bog in die Gasse mit dem Kitschmasken-Geschäft, und Rubio, der in der Tür stand, begrüßte mich mit Handschlag, wie einen alten Bekannten.

«Gäste? In den letzten Tagen?» Nein, aber heute hatte sich der Kommissar den Schlüssel zum Palazzo geholt. Er selbst, so Rubio, nehme ihn auch manchmal, um im Palazzo nach dem Rechten zu sehen, aber heute habe ihn der Kommissar. Um seine Worte zu unterstreichen, ging er in den Laden und zog die Schublade auf, wir sahen gemeinsam hinein, und Rubio zeigte auf eine leere Schachtel.

«Sehen Sie», sagte er und schob die Schublade wieder zu.

Ich dankte ihm und sah mich in seinem Laden um. Irgendetwas sollte ich ihm abkaufen, um so meine Sympathie zum Ausdruck zu bringen. Der Laden war vollgestopft. Es schimmerte golden und schillerte in grünen und blauen Pailletten. Kein Flecken Wandfläche war zu sehen. Tausend Masken versuchten sich gegenseitig an Geschmacklosigkeit zu übertrumpfen, und mein Auge irrte so lange umher, bis ich nichts mehr sah. Zurück blieb nur ein Brechreiz. Ich konzentrierte mich wieder auf Signor Rubio, dankte ihm für seine Freundlichkeit und peilte den Ausgang aus dieser Hölle an.

«Wollen Sie ihn einmal mieten? Abgesehen von zwei Tagen in der nächsten Woche ist er frei. Es ist noch nicht Saison. Ostern ist er sicher wieder ausgebucht.»

«Ich werde darüber nachdenken, danke.»

Hinter ihm stand eine geöffnete Kiste mit rohen Masken. Sie hatten etwas Unschuldiges und Klares, wenn sie noch unbemalt aus der Werkstatt kamen. Signor Rubio war gerade dabei gewesen, seinen Arbeitsplatz einzurichten und die Farben bereitzulegen, um sie genauso zu misshandeln und zu entzaubern wie ihre Vorgänger an den Wänden des Ladens, damit sie bereit wären, von dort aus an Wände in den Wohnzimmern Seattles, Shanghais oder Bielefelds zu wechseln. Rubio lehnte sich zurück, und ich fragte ihn nach den Modalitäten der Vermietung.

«Ich habe diesen Schlüssel, aber wenn die Signora oder ihre Tochter in Venedig sind, dann regeln die Damen die Vermietung selbst. Ich werde dann nur informiert, wann der Palazzo belegt ist, damit ich die Leute nicht störe, wenn ich dort ab und zu auftauche. Ich bin so etwas wie der Hausmeister, verstehen Sie.»

«Und als die Kunst gestohlen wurde?»

«Das wissen Sie doch! Die Tochter der Signora hatte den Palazzo an irgendwelche Amerikaner vermietet.»

«Ja, richtig. Und gestern?»

Rubio sah mich an.

«Gestern? Ich glaube nicht, dass der Palazzo vermietet war. Nein. Die Signora hätte es mir gesagt. Sie sagt es mir immer. Haben Sie dort jemanden gesehen?»

Ich schüttelte den Kopf.

«Natürlich ist das hier», Signor Rubio klopfte auf die leere Schublade, «nur der Zweitschlüssel.»

Auf dem letzten Stück des Weges zu Filippo kaufte ich mir eine deutsche Zeitung, um mich ein wenig im Tagesgeschehen zu verankern. Ich stolperte durch die Gassen, während ich das Vermischte studierte. Mein Vater empfing mich in Hochstimmung.

«Komm, setz dich. Ich mach uns einen Caffè.» Während er die Maschine auseinanderschraubte und Espresso einfüllte, begann er einen Vortrag über meine Zukunft aufzuwärmen, der vorläufig damit endete, dass es das Beste für mich – für mich und Phil – sei, wenn wir diesen ganzen Mist endlich hinter uns ließen. Ich dankte für seine Besorgnis und versicherte ihm, dass er wahrscheinlich recht habe. Sicher hatte er recht. Aber konnte ich von diesem Mann, der daran beteiligt war, dass man mich mein ganzes bisheriges Leben belogen hatte, wirklich einen Rat annehmen? Er war mein Vater, und er hatte mich in bester Absicht belogen, doch was war das für eine beste Absicht?

«Kannst du dir vorstellen, dass Phil etwas mit dem Kunstraub zu tun hat?», fragte ich ihn unvermittelt. Filippo verschluckte sich fast bei meiner Frage und setzte mit Nachdruck die Tasse auf die Untertasse und die Untertasse, die er in der linken Hand gehalten hatte, auf den Tisch.

«Bevor du mir gleich erklären wirst, wie du auf diese Idee kommst, sage ich dir schon einmal: Nein. Nein. Phil hat nichts damit zu tun.»

Er legte mir den Arm um die Schulter und setzte mir, während seine freie Hand vor uns herumwirbelte, meine Lage auseinander, die keineswegs rosig aussehe. Es gebe Leute, deren Geduld nicht endlos sei, und offenbar hätte ich noch immer nicht begriffen, dass ich mit dem Feuer spiele.

«Bisher hast du mir immer nur versichert, wer deiner Meinung nach nichts mit dem Raub zu tun hat», sagte ich, «Bandhid, Zan, Phil ... Aber wer sind denn diese Leute, von denen du jetzt plötzlich sprichst?»

«Gedulde dich noch etwas.» Seine weiche Stimme wollte mich beruhigen. «Du hast nichts in der Hand als diesen albernen zerrissenen Zettel, der dich schon nach Bangkok und zurück getrieben hat. Berentz ist tot, und deine mysteriöse Zeugin ist verschwunden. Also gedulde dich, ich werde alles tun, um dich zu unterstützen.»

«Wenn ich ehrlich bin», gab ich ihm zu verstehen, «sind mir alle infrage kommenden Täter tausendmal sympathischer als die geschädigten Galeristen. Selbst Ruggero Carpi, den ich nur als Phantombild kenne, von dem ich aber weiß, dass er mich verfolgt, nötigt mir Respekt ab.» Ich sah aus den Augenwinkeln zu Filippo.

«Warum also soll ich meine Zeit damit zubringen, diesen Leuten nachzustellen? Warum soll ich diesen Fall lösen?»

Er lachte laut auf.

«Das sage ich doch die ganze Zeit! Statt hier im Nebel herumzustochern, solltest du dich mehr um deinen Freund kümmern und erst mal Urlaub machen, auch wenn sich deine deutsche Tugend dagegen sträubt!»

Bei diesen Worten überkam mich eine unbändige Lust, sofort zu kapitulieren und abzureisen. Auf dem Rückweg ins Hotel begann ich in Gedanken meinen Koffer zu packen. Beim Einsammeln der verstreuten Kleider, der Bücher und des Rasierzeugs trennten sich allmählich die Dinge, die mir gehörten, von Phils Sachen, die nun allein das Zimmer bestimmten und irgendwie verloren wirkten. Ich sah seine weiten Hosen über dem Stuhl hängen, seine Zahnbürste im Glas vor dem Spiegel, seine Tasche mit den Socken, Unterhosen und Tagebüchern unter dem Tisch. Mir kam mein Impuls zu gehen wie eine Flucht vor. Flucht ist etwas Sinnvolles, im Tierreich Erprobtes, auf das es sich lohnt, gelegentlich zurückzukommen. Bei genauerer Betrachtung ist es geradezu das Grundgesetz der Natur, das erste Anzeichen von Vernunft und Lebenswillen.

Ich holte mir den Schlüssel an der Rezeption, stieg zu unserem Zimmer hinauf und fiel aufs Bett. An der vergilbten Decke saß eine schwarze Spinne, die sich nach einigen Minuten ganz langsam abseilte. Sie schien in Zeitlupe senkrecht hinabzustürzen. Dann, einen Meter über mir, stoppte sie, um mir genauer ins Gesicht sehen zu können. Sie ließ sich Zeit, und ich hörte währenddessen in einem der unteren Stockwerke Frauenstimmen auf dem Gang und eine Tür ins Schloss fallen. Was die Spinne sah, schien ihr nicht zu gefallen, denn sie fasste den Entschluss, sich nun an den eigenen Ausscheidungen emporzuhangeln, bis sie wieder die Decke erreicht hatte. Ich schloss die Augen, meine Lider brannten, meine Hände, die über das Gesicht fuhren, spürten die Bartstoppeln, die in zwei Tagen gewachsen waren. Ich träumte von einem Stoß Papier, der auf dem kleinen Schreibtisch in unserem Hotelzimmer lag. Vor dem Stoß saß Bandhid und blätterte aufmerksam die Seiten um. Er trug einen Rollkragenpullover, mehr sah ich nicht. Dann stieß der Wind das Fenster auf, und die obersten Blätter flogen durch den Raum. Sie waren leer. Ich sah zu, bis eine der Seiten versuchte, an mir vorbei in die Nacht zu fliegen. Ich fing sie auf und betrachtete sie, wie Bandhid es getan hatte, und ich hörte eine alte Melodie von Soft Cell, die durch das Papier hindurchdrang. *Sometimes I feel I've got to – get away, I've got to get away from the pain that you drive into the heart of me.* Dann kam Phil. Er blieb in der offenen Tür stehen und sah sich von dort aus im Zimmer um.

«Wartest du auf mich?» Er warf eine mitgebrachte Tageszeitung auf den Stadtplan.

«Ja.»

«Das ist gut, denn ich möchte dir etwas sagen.»

Er setzte sich auf das Bett und legte seine schöne Hand auf meinen Oberschenkel.

«Ich möchte noch zwei Tage mit dir in Venedig bleiben.»

Warum nicht, dachte ich. Dann fiel mein Blick auf die Zeitung und blieb an einer Notiz hängen. *Bogotá. Nicht witzig genug: Clown erschossen.* Phil war aufgestanden, bleckte seine Zähne und betrachtete sie im Spiegel. Dann drehte er den Wasserhahn auf und wusch sich. Er begann mit den Füßen und endete mit dem Gesicht, das er ins Wasser tauchte. Aus seinen Reaktionen versuchte ich auf die Temperatur des Wassers zu schließen, aber erst als er kurz darauf zu mir unter die Bettdecke kroch, spürte ich die Kälte seiner Hände und Füße auf meinem Körper.

Phil ließ sich in den Arm nehmen und sprach leise vor sich hin.

«Wir haben auf dich gewartet. Du bist nicht gekommen und warst nicht erreichbar. Wo bist du gewesen?»

«Wer hat gewartet?»

«Deckert und ich. Er hat nichts gesagt, aber er war schlecht gelaunt.»

«Das habe ich ganz vergessen. Entschuldige bitte, ich habe überhaupt nicht mehr daran gedacht. Ich war bei Filippo. Er sagt, wir sollen verschwinden.»

Ich sprach gegen seinen Nacken, und seine leisen Antworten kamen von irgendwo aus dem Raum zu mir zurück.

«Zwei Tage, dann verschwinden wir.»

Mit einem Mal war ich unglaublich müde und schloss einfach die Augen. Auf zwei Tage würde es nicht ankommen, dachte ich.

XVII.

Als ich erwachte, war es Nacht. Ich schwitzte wieder und hatte allen Grund dazu, denn draußen war es warm, die Heizung lief, und Phil glühte neben mir. Das Laken war nass, daran ließ sich bis auf Weiteres nichts ändern. Doch wenn ich mich bewegte, wurde das nasse Laken, nun nicht mehr in Kontakt mit meinem Körper, sondern der Nachtluft ausgesetzt, zudem noch kühl. Drehte ich mich zurück, war die Berührung noch unangenehmer. Ich beschloss daher, still liegen zu bleiben, konnte an nichts denken als daran, dass mein Körper weiter schwitzte und dass das erkaltete nasse Laken jede meiner Bewegungen mit einem Kälteschauer bestrafen würde. Dieses Gefühl der

Erstarrung, dachte ich, ließe sich ganz leicht zu einer Phobie steigern. Ich entkam der Situation durch einen entschlossenen Sprung aus dem Bett. Draußen dämmerte es, ich schob den Vorhang zur Seite und dachte an Filippo, wie er am Tag zuvor auf mich eingeredet hatte. Er hatte natürlich recht, Berentz war tot, und Signora Monin ... Ich drehte mich um und lehnte mich an die Fensterbank, um meine Augen an das Dunkel zu gewöhnen, das Phils Körper umgab. Sobald ich ihn erkennen konnte, ging ich zu ihm.

«Phil?» Flüsternd näherte ich meinen Mund seinem Ohr. «Phil?»

Er reagierte nicht, und ich packte und schüttelte ihn, bis er mich mit aufgerissenen Augen anstarrte.

«Hast du gestern mit Filippo telefoniert, nachdem wir uns gestritten haben?»

Er sah mich an, als sei ich endgültig wahnsinnig geworden. Dann gab er ein Grunzen von sich und drehte mir den Rücken zu. Da ich nicht lockerließ und ihn weiter schüttelte, tastete er irgendwann nach dem Lichtschalter, stand auf, und wir beide hielten uns geblendet die Hände vor die Gesichter.

«Was ist mit dir los?», fragte er.

«Hast du gestern mit Filippo telefoniert?»

«Warum sollte ich?»

«Hast du?»

«Nein, habe ich nicht.»

«Warum sollte ich dir glauben?»

«Keine Ahnung.»

«Genau.»

«Was genau?»

Warum sollte ich ihm glauben, fragte ich mich. Woher konnte ich wissen, was er hinter meinem Rücken trieb?

«Wo bist du gestern Morgen gewesen?»

Phil lächelte und schüttelte den Kopf. Ob ich ihn kontrollieren wolle, fragte er. Ob das die deutschen Verhörmethoden seien? Nachts aus dem Schlaf reißen und mit Nachttischlampen blenden. Ob ich eifersüchtig sei?

«Dann erklär mir doch, woher Filippo weiß, dass die alte Dame verschwunden ist? Jemand muss es ihm gesagt haben.»

Phils Lächeln verschwand.

«Ich war es nicht.»

«Wer sagt mir das?»

«Ich sage es dir.»

Ich rieb mir die Augen und legte den Kopf in den Nacken, bis es laut knackte. Mein tiefes Einatmen, mein Frösteln, meine Ausschau nach etwas, in das ich meinen nackten Körper packen könnte, all das deutete Phil als fehlende Reaktion auf seine Worte. Er erwartete, dass ich nickte, dass ich ihn umarmte, dass ich mich entschuldigte für mein Misstrauen, doch ich dachte einfach, dass es im Augenblick nichts gab, was seinen Worten hinzuzufügen gewesen wäre. Phil stand ganz nah vor mir, und seine Tränen tropften von seinem Kinn auf meine Hand. Ich traute mich nicht, die Hand wegzuziehen. Er stand und weinte und verstand mich nicht. Er weinte, und ich stand da und schaute zu.

Es wurde langsam Tag, und ich hatte das Hotel verlassen. Den Weg zu Filippo kannte ich inzwischen auswendig, folgte, ohne zu überlegen, dem Mäander der Gassen, sah das Leben der Einwohner, das in Kürze vom Leben der Touristen überdeckt werden würde, und sog den Geruch des Morgens nach Putzmitteln, Gebäck und Benzin tief in meine Lungen. Als ich an Filippos Haustür klingelte, sah ich ihn hinter der Gardine, bevor das Schloss zurückschnappte und den Weg freigab. Er lächelte, aber sein Lächeln verschwand, als er mich sah.

«Was hast du?», fragte er.

«Darf ich ein paar Tage bei dir wohnen?», fragte ich.

Sein Nicken war eine Einladung, und ich erzählte ihm in gröbsten Zügen von meinem Bedürfnis nach Ruhe. Er war höflich genug, nicht nach Phil zu fragen, sah auf die Uhr, griff nach Mantel und Aktenkoffer und schob mir einen Wohnungsschlüssel hin.

«Mach es dir bequem! Ich bin am Nachmittag wieder zurück.»

«Ich danke dir. Die Zeit werde ich nutzen, versprochen. Ich werde die Geschichte noch mal neu sortieren, die Beweise und vor allem mich sammeln.»

Filippo lächelte, wie sonst nur Großkatzen lächeln.

«Mach dir nicht so viele Gedanken. Wenn etwas folgerichtig ist, braucht es keine Beweise.»

Ich sah ihn mit großen Augen an, und seine Worte lösten eine bizarre Kettenreaktion meiner Gedanken aus, die ins Chaos führte. Wenn das Folgerichtige keiner Beweise bedurfte, wozu waren Beweise dann gut? Waren sie das Handwerkszeug von Lügnern und Betrügern, die sich über die Wahrheit lustig machten? Wenn das Folgerichtige keiner Beweise bedurfte, dann waren Beweise nur dazu da, das Zufällige glaubhaft zu machen und das Absurde zu erklären. Jeder beigebrachte Beweis wäre damit ein Eingeständnis, dass es sich bei dem, was man behauptete, um nichts Folgerichtiges handelte. Jeder Beweis wäre damit ein Beweis für Zufall und Absurdität dessen, was man für die Wahrheit halten wollte.

Die Tür wurde zugezogen, und ich stand allein da. Ich sollte mir weniger Gedanken machen, ich sollte auf meine Geschichte vertrauen, ich sollte Beweise nicht überbewerten. Mehr noch, ich sollte ihnen misstrauen. Mit dem Zeigefinger folgte ich den Konturen verschiedener Gegenstände, glatten und rauen, kalten und weichen, dabei bewegte ich mich langsam voran durch Filippos Wohnung. Ich sah auf meinen Finger auf den Dingen, hörte nur die Geräusche, die in einer Stadt ohne Autos einen anderen Wert bekamen, und fühlte nichts als die Textur der Dinge auf der Fingerspitze. Durch den Flur kehrte ich zurück in die Küche. Mein Finger hatte seine Spur durch alle Zimmer gezogen, und als ich ihn nun betrachtete, war er dunkelgrau. Ich öffnete die Küchenfenster und nahm mir ein Glas leichten Rotwein, von dem eine angebrochene Flasche im Kühlschrank stand. Ich stand allein da, aber das war es, was ich wollte. Es bedarf keiner Beweise, dachte ich noch, dann startete ich Filippos Computer.

Der Wein tat mir gut, und während die Dateien auf dem Bildschirm vorbeirollten, entspannte ich mich in seinem Duft. Ich brauchte Stunden, um mir alles anzusehen, und am Ende war ich ratlos. Die meisten Dokumente waren für mich unverdächtig. Texte, Erzählungen verschiedener Autoren, Briefe, Rechnungen. Ohne zu wissen, wonach ich suchte, wusste ich, dass ich es nicht gefunden hatte.

Ein Blick auf die Uhr erklärte meinen Hunger. Es war halb eins, als ich die Wohnungstür zweifach verriegelte und einen Spaziergang machte, um mich in einem Café gegenüber unserem Hoteleingang niederzulassen. Ich bestellte zwei pralle Tramezzini und lehnte mich mit dem Plastikteller in den Türrahmen, um auf die Gasse sehen zu können. Als der Teller leer war, ging es mir besser. Ich ging an die Bar zurück und versuchte die Aufmerksamkeit des Barmanns zu erheischen.

«Un caffè», sagte ich.

«Un espresso?», fragte er mit zusammengezogenen Augenbrauen zurück.

«Sì, un espresso, per favore.»

In diesem Moment sah ich Phil das Hotel verlassen. Ich sprang auf die Gasse und winkte ihm. Er kam herüber und folgte mir an den Tresen.

«Und?», fragte er.

«Nichts gefunden», sagte ich. «Immerhin kann ich ein paar Tage bei ihm wohnen. Er hat meine Niedergeschlagenheit äußerst rücksichtsvoll zur Kenntnis genommen. Und er hat gleich das Haus verlassen. Das war ein guter Anfang. Vielleicht finde ich sonst irgendwo noch etwas.»

Phil schüttelte den Kopf.

«Von Computern verstehst du nichts. Es ist Zeit, dass ich mich darum kümmere.»

Eine Gruppe alter Männer begann laut über die Schlagzeile in der rosa gefärbten Zeitung zu debattieren, die zum Inventar jeder Bar gehörte. Die Schlagzeile war fetter gedruckt als alle Schlagzeilen, die ich bislang gesehen hatte. Einen Augenblick war ich abgelenkt, dann sah ich Phil in die Augen.

«Nichts gibt es nur selten. Bei Computern. Sie vergessen nicht so leicht», sagte er. «Ihre Erinnerung ganz auszulöschen ist nicht einfach. Computer sind nicht dazu gemacht, zu vergessen, verstehst du? Wenn du ein Dokument aus den Verzeichnissen löschst, dann verschwindet es nur von der Oberfläche. Es sinkt ab in die Tiefen der Festplatte, und erst dann, wenn du deinen Computer mit so vielen neuen Informationen gemästet hast, dass er in seinem begrenzten Speicherplatz keinen freien Winkel mehr findet, überschreibt er die alten Dokumente und vernichtet sie damit wirklich. Aber er bewahrt sie so lange wie möglich und kapituliert erst, wenn er nicht mehr anders kann.»

Mein Kaffee wurde mir auf die Untertasse geknallt. Um das bei allen Touristen dieser Welt tun zu können, stellte man für italienische Bars Tassen und Untertassen aus besonders massivem Porzellan her. Ich sah in das Schwarz der Tasse und hörte Phils junge Stimme neben mir.

«Das ist anders als bei den Menschen. Bei Menschen sind es oft die ältesten Erinnerungen, die am längsten überleben.»

Er lehnte sich über den Tresen und rief den Barmann.

«Un espresso, per favore.»

Der Weißkittel sah ihn geringschätzig an.

«Un caffè?», fragte er.

Etwas nervös schloss ich Filippos Tür auf. Ich drehte den Schlüssel, es war noch immer zweifach verriegelt. Wir schwiegen. Phil sah sich um, sein Blick durchstreifte schnell alle Zimmer, dann setzte er sich an den Computer. Wie in Trance glitt sein Körper auf den Stuhl, und in wenigen Augenblicken verschmolz er mit dem Gerät, das unter seinen Fingern leise Geräusche von sich gab. Ich sah aus dem Fenster, und meine Hände begannen zu zittern. Zu mir drang nichts mehr als das Klappern der Tasten aus dem Nebenraum. Draußen war es mild, und ich lehnte mich über die Fensterbank, um Filippos Heimkehr rechtzeitig zu bemerken. Ich würde ihn sehen, wenn er um die Ecke bog. Die Zeit bis zur Wohnungstür musste reichen, um alle Spuren des Eindringlings in die diskrete Welt der Elektronik zu verwischen und den Computer herunterzufahren. Ich lief kurz hinüber zu Phil, der einen Sherlock Holmes durch die Elektronik angesetzt hatte und nun mit der Rückerinnerung des Ausgelöschten begann. Er rettete nach und nach Dateien herüber, die für das Vergessen bestimmt gewesen waren, während ich zurück zum Fenster lief. Meine Augen waren nach draußen gerichtet, aber meine Ohren ertasteten die Wohnung. Der Computer schwieg nun, aber Phil hatte begonnen, Töne von sich zu geben. Er beruhigte, er umschmeichelte, er beschwor sein Gegenüber.

Nach einer halben Stunde hatte ich alle Details des Ausblicks mehrfach betrachtet. Ab und zu war ein Mensch vorbeigekommen, zwei- oder dreimal hatte einer dieser Menschen zu mir heraufgesehen. Sonst nur ein paar Gerüche, mit denen ich mich nicht weiter befassen wollte, und Flügelklatschen von Tauben. Mir wurde langweilig. Nach einem letzten Blick auf die Straße lief ich hinüber zu Phil. Der Bildschirm hatte sich gefüllt mit Dokumenten, die, seit Tagen oder Wochen aus den Verzeichnissen gelöscht, dennoch ihren Überlebensraum irgendwo in einem Winkel der Festplatte hatten verteidigen können.

«Nichts Interessantes, glaube ich», sagte Phil, ohne seinen Blick vom Bildschirm zu wenden.

Ich sah ihm über die Schulter und entdeckte Notizen, Briefe und Rechnungen, die auch mir uninteressant vorkamen. Ich ging zurück zum Fenster. Dort hatte sich nichts verändert, außer dem Geräusch schwerer Tropfen, die auf das Fensterbrett fielen. Oben hatte jemand Blumen gegossen. Ich lehnte mich weit aus dem Fenster und sah nach oben.

«Robert, kommst du mal?» Phils Stimme klang leicht erregt.

«War es das, was du gesucht hast?», fragte er, als ich neben ihn trat. Es war der Name Bandhid Cole über einer italienischen Übersetzung der Erotikgeschichte, die ich zerrissen im Papierkorb meines Zimmers gefunden hatte.

Bevor ich mich genauer äußern konnte, drehte sich der Schlüssel im Schloss, und sofort schlug die Tür wieder zu. Phil schnellte herum und wollte den Computer ausschalten, aber ich hielt seine Hand fest. Filippo erschien im Flur, sein Blick fiel auf den Bildschirm, und er erstarrte. Jetzt hörte ich nur noch das Flügelschlagen der Tauben, bis sich Phil erhob, ganz langsam einen Bogen um mich und Filippo machte und mir etwas unsicher zuwinkte.

«Ich verschwinde», hörte ich seine Stimme aus dem Flur, dann öffnete sich die Wohnungstür. «Wir telefonieren später.»

Filippo starrte noch immer auf den Bildschirm.

«Was um alles in der Welt machst du da?», murmelte er irgendwann, als er sich gefasst hatte. Dann ging er in die Küche und goss zwei Gläser Wein ein. Ich ging zu ihm. Ich stellte mich an die Spüle. Ich nahm eins der Gläser, und er schüttelte auf eine Weise den Kopf, wie ich es noch nicht an ihm gesehen hatte. Dabei lächelte er dünn.

«Hab ich nicht gesagt, du sollst nicht mehr rumschnüffeln?»

«Was macht Bandhids Text in deinem Computer», fragte ich ihn, und er holte tief Luft.

«Also gut. Er hatte ihn mir gegeben, ich habe ihn übersetzen lassen, dann habe ich ihm das Original zurückgegeben, weiter nichts.» Dann hob er sein Glas und lächelte erneut, diesmal liebenswerter.

«Und wie hat dir die Geschichte gefallen?»

«Na ja», sagte er. «Herrlich trivial eben.»

«Warum hat Bandhid sie zerrissen, und warum hast du sie gelöscht?»

«Ach Robert. Bandhid ist weg, was sollte ich mit dieser Geschichte. Ich habe sie gelesen und ihm gesagt, dass ich sie nett fand. Das war ein Gefallen für Zan. Warum er sie zerrissen hat? Ich hoffe, nicht aufgrund meiner Kritik. Aber willst du dir nicht wenigstens an deinem Geburtstag mal freinehmen?»

Ich muss ihn vollkommen verblödet angestarrt haben, denn er lachte laut auf. Ich solle nicht sagen, dass ich das vergessen hätte.

«Übermorgen sehen wir weiter, in Ordnung? Phil hat auch eine Überraschung für dich, die wir ihm nicht verderben sollten.»

«Woher weißt du das?»

«Ich weiß es eben», sagte er so bestimmt, dass ich mir weiteres Nachbohren sparen konnte. Und abgesehen davon hatte Filippo recht. Der nächste Tag war mein Geburtstag.

«Eine Frage hätte ich doch noch», sagte ich, «dann gehe ich und lasse dich in Ruhe.»

Filippo forderte mich mit einer Handbewegung zum Reden auf. Ich verließ meinen Platz an der Spüle und ging hinüber zum Fenster. Ich wollte das Licht hinter mir wissen, und ich wollte Filippos Gesicht frontal beleuchtet sehen, wenn ich ihn fragen würde. Ich lehnte mich an das Fensterbrett und betrachtete ihn.

«Woher wusstest du vom Verschwinden Signora Monins?»

Meine Worte kamen müder als geplant über meine Lippen. Ich brachte die beabsichtigte Schärfe in meiner galoppierenden Konfusion nicht mehr zustande.

«Es geht ihr gut, wenn du das wissen willst. Ich habe mich mit ihr getroffen. Sie ist kurz entschlossen für ein paar Tage nach Wien gefahren. Sie vermisst die Oper doch sehr. Und ich habe sie eingeladen.»

«Und sie hat angenommen?»

«Aber warum denn nicht? Die Venduras tragen einen guten Namen. Ich bin eine vertrauenerweckende Persönlichkeit. Und außerdem habe ich ihr gesagt, ich sei dein Vater, das hat letzte Zweifel ausgeräumt. Ich habe ihr sogar angeboten, die Blumen zu gießen während ihrer Abwesenheit.»

Ich musste schmunzeln.

«Es ist besser, wenn sie für ein paar Tage nicht in der Stadt ist.»

Sein sanfter, väterlicher Blick bat darum, jetzt keine weiteren Fragen zu stellen, ich ignorierte ihn und holte Luft, um nachzusetzen. Aber Filippo hob abwehrend die Hände und schüttelte diesmal energisch den Kopf.

«In Venedig trifft sich die ganze Welt. Die Welt ist bekanntlich klein, und Venedig ist noch kleiner», sagte er. «Es ist besser, wenn sie für ein paar Tage nicht in der Stadt ist, und es ist besser, wenn du jetzt nicht weiterfragst. Verstanden? Morgen sieht die Welt wieder anders aus.»

Die kleine Welt, dachte ich. Weil sie ständig kleiner wird, wird sie auch unübersichtlicher. Enge schafft Verwirrung, den Ereignissen fehlt der Freiraum. Wollen sie sich ausdehnen, geraten sie unweigerlich hinein in andere Ereignisse, verheddern sich, werden deformiert, geschüttelt und, falls sie nicht aufpassen, sogar erdrückt. Teil eines erdrückten Ereignisses zu sein, war keine schöne Vorstellung.

Phil drehte den großen Schlüssel im Schloss und ließ mir den Vortritt. Draußen dämmerte es bereits, und warmer Nieselregen fiel. Er hatte einen schweren Rucksack mit Lebensmitteln dabei.

«Du kennst dich hier aus», sagte er. «Zeig mir den Weg in die Küche!»

Ich stieg die Treppe hinauf, und er folgte mir, eine alte Melodie summend, die gut in das Gemäuer passte. In der Küche umarmte ich ihn.

«Du hast wirklich den Palazzo für mich gemietet!»

Er nickte. Es sei ein würdiger Ort für einen Abschied, sagte er. Ich schloss ihn wieder in die Arme. Der Kühlschrank war schnell eingeräumt, dann durchstreiften wir mit einem Glas Rotwein in der Hand das Haus. Alles war noch so geschmackvoll, wie ich es in Erinnerung hatte. Unsere Schritte wurden durch die verblichenen Teppiche gedämpft, und die alten Spiegel warfen unsere Bewegungen zurück. Wir standen mitten im Salon, und durch das portalgroße Fenster fiel mein Blick über den kleinen Campo auf das schwarze Fenster des gegenüberliegenden Hauses. Was für ein Ort, um Geburtstag zu feiern! Phil war beeindruckt von dem Geschenk, das er mir gemacht hatte. Ich nahm ihn an der Hand und zog ihn weiter in ein Kaminzimmer und von dort in die Bibliothek. Der Geruch des alten Papiers und die Schönheit der Buchrücken, die sich in den Raum wölbten, machten aus ihm ein Heiligtum. Inmitten dieses Tempels hing noch immer das billige Ölgemälde einer jungen Frau auf einem Samtsofa in Abendgarderobe. Phil verharrte vor dieser Geistlosigkeit, dann entzifferte er das Entstehungsjahr.

«1975, das kann nicht sein», sagte er und drehte sich zu mir um. «Sie sieht noch genauso aus.»

«Du hast sie getroffen?»

«Ja, zur Schlüsselübergabe.» Er legte seinen Arm um meine Schulter. «Wenn die Jahreszahl stimmt, wird das hier wohl ihre Mutter sein. Die finstere Alte aus Zans Lokal.»

Gemeinsam betrachteten wir die schöne Frau, die aus dem hässlichen Schinken auf uns hinuntersah, dann packte ich Phil am Arm, zog ihn zurück in den Salon und drückte ihn auf einen Stuhl.

«Das ist es!» Ich musste husten, schlug mir erst auf die Brust, dann gegen die Stirn, und mein Freund betrachtete mich sorgenvoll. Offenbar erschien ich ihm plötzlich verwirrt. Er goss Wein nach und bat mich, Platz zu nehmen.

«Meistens ergibt alles einen Sinn», sagte ich, als ich wieder Luft bekam, aber Phil sah mich noch sorgenvoller an und legte mir die Hand auf die Stirn.

«Du erinnerst dich an die Worte von Signora Monin», fuhr ich fort. «Sie sagte erst was davon, dass der Mann und die Frau, die sie beobachtet hatte, nicht zusammenpassten. Dann hat sie die Frau ein zweites Mal mit einem anderen beobachtet und rief mich an. Jetzt sagte sie, dass die Frau in einer anderen Zeit lebte als ihre Männer. Sie hat die jüngere Contessa, die sie nicht kannte, mit einem Fremden gesehen und musste an deren Mutter denken, der sie vor dreißig Jahren oft begegnet ist. Damals sah die Mutter fast so aus wie heute ihre Tochter.»

Phil sah mich erstaunt an und holte Luft, als wolle er einen Einwand vortragen, aber ich musste weitersprechen.

«Am Abend des Kunstraubs trug die Tochter allerdings eine Perücke, deshalb ist Signora Monin nicht gleich darauf gekommen, woher sie die Frau von gegenüber kannte. Sie kam ihr nur irgendwie vertraut vor. Beim zweiten Mal hat die Contessa vielleicht nur einem Kunden das Haus gezeigt, nun natürlich ohne Perücke, und die alte Dame hat sofort begriffen und mich angerufen.»

«Der Kunde war ich», sagte Phil.

Ich hatte meine Hände auf dem Tisch vor mir ausgestreckt, Phil legte seine Hände darauf und öffnete den Mund ein wenig. Seine Gestalt wurde von der schlanken dunklen Fensterfläche in seinem Rücken gerahmt. Ich betrachtete ihn wie ein Gemälde, doch dann glitt mein Blick an ihm vorbei in die schwarze Tiefe und dorthin, wo die Wohnung der Signora Monin sein musste. Etwas hatte meine Aufmerksamkeit erregt. Ein kurzes Aufflackern, ein Schemen am Fenster gegenüber. Phil folgte meinem Blick ins Schwarze, ich sah seinen Hinterkopf mit dem dichten wirren Haar, dann wieder seine Augen.

«Was hast du?», fragte er.

«Bleib hier», sagte ich, «ich bin gleich zurück.»

Es waren höchstens fünfzehn Sekunden vergangen, bis ich auf der Straße stand. Am Fenster des Palazzo sah ich Phil im Licht stehen. Die perfekte Zielscheibe.

«Mach das Licht aus!», brüllte ich hinauf. Phil machte ein Zeichen und verschwand. Ich rannte zur Haustür gegenüber, die in diesem Moment aufgerissen wurde. Ich blickte in die

Augen des Mannes, der sich Ruggero Carpi nannte. Er trug einen hellen Trenchcoat über einem braunen Anzug. Genau so hatte ich ihn mir vorgestellt, nein, genau so hatte ich ihn auch schon gesehen. Ich erkannte den Blick und wusste, warum mich dieser Blick in Bangkok aus dem Schlaf gerissen hatte. Er war warm und durchdringend. Es war der Blick aus der Sauna, der Blick von Reinholds Beerdigung und der Blick, von dem ich mich, seit ich in Venedig war, verfolgt fühlte. Ich mochte den Blick sofort und fragte mich, warum keiner der Kunstsammler diese Augen erwähnt hatte. Das war der Mann, der sie alle betrogen hatte. Jetzt sah ich sein Gesicht im Lichtschein, der noch aus dem Palazzo hinüberfiel. Es war vielleicht ein Meter zwischen uns, und ich hörte den Atem des anderen, der gerade vier Stockwerke nach unten gehetzt war. Da erlosch das Licht im Palazzo, und er stieß mich zurück. Reflexartig packte ich seinen Arm und bekam den Mantelstoff zu greifen. Er versuchte sich loszureißen, aber ich hielt ihn fest, bis er sich blitzschnell aus den Ärmeln hinauswand und um die Ecke floh. Ich ließ den Trenchcoat fallen und rannte los, aber hinter der Ecke war die Straße ausgestorben. Ein Haus, ein Kanal, ein Boot hatten ihn bereits verschluckt. Ich ging langsam weiter und sah in die Hauseingänge, ein Zittern überlief meinen Körper. Viele Möglichkeiten, sich zu verstecken, schien es nicht zu geben, doch irgendwelche Schlupfwinkel, die erst auf den dritten Blick sichtbar wurden, fanden sich fast überall in dieser Stadt. Ich setzte meine Füße vorsichtig auf das Steinpflaster, als handle es sich um unsicheren Grund, und tastete zugleich mit den Fingern nach den Fassaden. Noch einmal atmete ich tief durch, blieb stehen und wandte mich dann abrupt um. Als würde ich meinerseits verfolgt, hetzte ich zurück und hob den hellen Haufen Stoff auf, der auf dem Pflaster zurückgeblieben war. Oben im Palazzo stand in schwachem, warmem Licht Phil, der zu mir heruntersah. Er winkte wieder, und ich kehrte zurück zu ihm, den Mantel über der Schulter. Als ich den Salon betrat, zog er die Augenbrauen zusammen. Eine Kerze brannte auf dem Tisch. Was ist los mit dir, schien er sagen zu wollen.

«Woher hast du den Mantel?», fragte er stattdessen.

«Hast du nichts gesehen?»

«Was soll ich denn gesehen haben?»

Ich ließ mich auf einen Stuhl fallen, lauschte einige Sekunden auf meinen Pulsschlag und begann, die Manteltaschen zu durchsuchen. Ein paar Scontrini aus verschiedenen Bars, Zigaretten, Wachsstreichhölzer, keine Brieftasche, aber ein Schlüssel. Phil sah mich wieder einmal verständnislos an.

«Ich verstehe es auch noch nicht», sagte ich. Er stand hinter mir, seine Hände auf meinen Schultern, und sah auf die wenigen Dinge, die ich aus dem Mantel geklaubt hatte.

«Erzähl mir in der Küche, was passiert ist. Dann sagst du mir, was es deiner Meinung nach bedeutet. Dann essen wir, dann gehen wir ins Bett, und morgen sehen wir weiter.»

Ein Gefühl von Dankbarkeit überkam mich, und mir stiegen die Tränen in die Augen. Phil zog mich durch den Flur in die Küche, dort nahm er mich in den Arm und tröstete mich mit der vertrauten Wärme seines Körpers. Irgendwann wagte er ein vorsichtiges Lächeln und reichte mir ein weiteres Glas Rotwein, die zweite Flasche war halb leer. Wie der weitere Abend verlief, kann ich nicht sagen.

XVIII.

Wir machten alles so, wie Phil es vorgeschlagen hatte. Es gelang uns, nicht weiter über die Vorfälle zu sprechen, bis

Sonnenstrahlen zahlreiche undichte Stellen in den Fensterläden fanden und Fragmente des Zimmers ertasteten, das diese Aufdringlichkeit still über sich ergehen ließ. Ich rollte mich zur Bettkante und glitt über die Teppiche zum Fenster. Zartblau war der Geburtstagshimmel aufgespannt und stach in meine schläfrigen Augen. Ich kippte vorsichtig einen Fensterladen und sah auf die Straße hinunter, auf der noch alles ungefähr so aussah, wie es seit vierhundert Jahren jeden Morgen ausgesehen hatte. Phil bewegte sich träge, und ein Grunzen drang zu mir. Ich berührte auf dem Weg in die Küche seinen warmen Fuß, der unter der Decke hervorsah.

«Ich sollte das machen heute», hörte ich Phils noch raue Stimme hinter mir, aber ich ging weiter und bereitete den Kaffee. Die Entfernung von seinem Körper gab mir das Gefühl, die Wirklichkeit langsam zurückerobern zu können. Über einem Stuhl im Salon hing der Mantel, dessen Tascheninhalt auf einer der Kommoden ausgebreitet lag. Ich streifte ihn zunächst nur mit einem Blick, dann zog ich ihn an, dazu meine Schuhe. Bis der Kaffee fertig ist, bin ich wieder da, dachte ich, nahm den Schlüssel, den wir in der Manteltasche gefunden hatten, und den Schlüssel zum Palazzo und lief über den Platz. Ich sah hinauf zur Wohnung von Signora Monin und zurück zu den Fenstern des Palazzo, zwei Welten dicht beieinander, in der Enge Venedigs zusammengezwungen. Hier, in dieser Distanzlosigkeit, war es besser, wenn man mit seinen Nachbarn auskam, dachte ich. Vielleicht war das eines der Geheimnisse des Erfolgs der venezianischen Republik gewesen, diese Enge. Drüben auf der anderen Platzseite zog ich die Schlüssel aus der Tasche, die wie erwartet passten. Die Haustür und, im dritten Stock angekommen, auch die Wohnungstür ließen sich öffnen. Ich trat nicht ein, sondern spähte nur kurz in die Wohnung und lief zurück, denn ich wollte nicht, dass Phil mich vermisste.

Wir tranken Kaffee im Bett, duschten, bis das Bad unter Wasser stand, und aßen Apfelstrudel.

Dann machten wir einen Spaziergang über den Fischmarkt am Rialto. Phil hatte sich in den Kopf gesetzt, dass es am Abend Brasse geben sollte, oder wie immer auch diese glubschäugigen Fische heißen. Die Sonne wärmte uns, und ich war ausgelassen wie eine junge Katze, die auf die Jagd geht nach ihrem eigenen Schwanz. Wir standen am Canal Grande, Phil küsste mich und flüsterte mir ins Ohr.

«Herzlichen Glückwunsch.»

Fast fühlte ich mich schon zu Hause in Venedig, das Paket frischen Fischs unter meinem Arm trug dazu bei. Für einen ganzen Tag besaßen wir eine Küche in dieser Stadt. Das änderte unseren Status. Wenn zum eigenen Bett eine Küche kommt, kann man beginnen, sich heimisch zu fühlen. Ich brauchte dieses Gefühl. Die Vorstellung, mein Leben in Hotelzimmern zu verbringen, war ein Albtraum. Manche Reisende trugen eine provisorische Heimat in Gestalt einer Kochplatte im Gepäck mit sich herum, aber das hatte etwas Trauriges an sich. Mindestens einen Backofen sollte es doch geben. Leute ohne Backofen hatten keine Kultur oder waren auf der Flucht. Phil zog mich weiter, indem er sich bei mir einhakte. Wir strahlten an diesem Morgen etwas aus, das die Leute auf der Straße dazu brachte, sich nach uns umzudrehen. Wir lebten unser besonderes Zeitmaß, es war, als würden wir voller Optimismus versuchen eine Frist zu nutzen, in der sich alles zwischen uns entscheiden konnte. Der Fischmarkt war unser Traualtar, der Fischverkäufer unser Trauzeuge, die Venezianer erklärten wir zu unseren Gästen, und nun schritten wir auf dem imaginären Teppich hinaus in die Stadt. Die Menschen lächelten und beglückwünschten uns, indem ihre Augen an uns haften blieben. Das Summen, Gurren, Klappern von Tassen und Absätzen war unsere Musik.

Dass wir irgendwann bei Filippo vor der Tür standen, wunderte mich nicht, denn ich hatte das Gefühl, auf dem Teppich des glücklichen Moments, der sich vor uns ausrollte, die halbe Stadt durchschritten zu haben. Filippo freute sich, war aber in Eile.

«Darf ich dich heute Nachmittag noch mal anrufen? Dann habe ich mehr Zeit.»

«Aber natürlich», sagte ich. «Vergiss auch nicht, bei Signora Monin die Blumen zu gießen. Oder soll ich das heute für dich übernehmen?»

Er sah mich kurz an.

«Immerhin wohnen wir ja gleich gegenüber, das macht mir keine Umstände.»

Lächelnd ging er in die Küche, um den Schlüssel zu holen, kam aber mit leeren Händen zurück.

«Ich muss ihn verlegt haben. Er ist nicht, wo er sein sollte.»

«Das macht doch nichts. Wir finden ihn schon wieder. Dann bis später.»

Ich ergriff Phils Hand, und wir setzten unseren Weg fort. Die Berührung seiner Haut zwischen all den Passanten setzte Energien frei, die sich wie kleine Druckwellen über meinen Körper ausbreiteten.

XIX.

Zurück im Palazzo, verstauten wir den Fisch im Kühlschrank und ließen uns im Salon nieder. Phil legte ein Blatt Papier und einige Stifte auf den Tisch und leckte sich die Lippen.

«Nur ein Spiel», sagte er. «Wir schreiben die Namen auf, die mit deinem Kunstraub zu tun haben.»

«Mein Kunstraub.» Ich fand diese Vorstellung amüsant. «Also gut. Ich beginne mit Filippo, denn der Schlüssel, den ich gestern Abend erbeutet habe, ist bestimmt der Schlüssel, den ihm Signora Monin überlassen hat.»

Phil legte die Stirn in Falten.

«Ich habe vergessen, es dir zu sagen, aber es ist der Schlüssel zu Signora Monins Wohnung, ich habe es heute Morgen schnell probiert.»

Er sagte nichts, schrieb einen zweiten Namen in Anführungszeichen und zog eine Linie zwischen beiden.

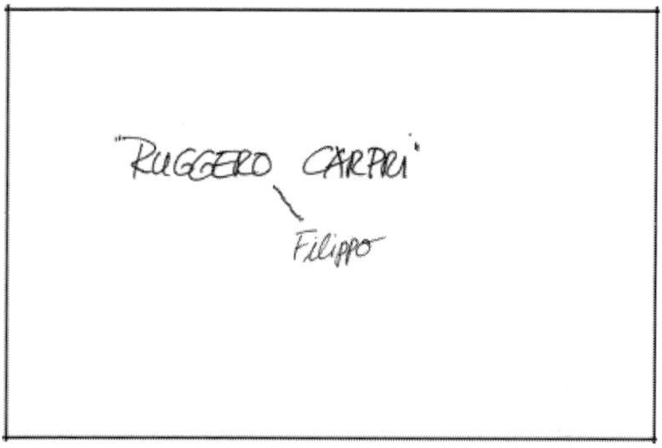

Als nach wenigen Minuten alle Namen notiert waren, mussten wir lachen. Jeder war irgendwie mit der Sache verknüpft, aber Ruggero Carpi und Filippo blieben die zentralen Figuren des Spiels.

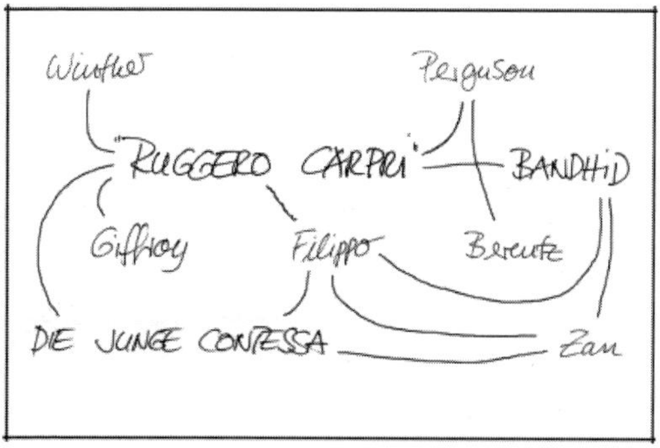

Filippo kannte Zan und die Contessa. Er hatte Bandhid kennengelernt, und Carpi war auf irgendeine Weise an seinen Schlüssel zu Signora Monins Wohnung gekommen. Wenn Carpi so überzeugend den Kunstsammler gespielt hatte, wenn Bandhid die Beute tatsächlich außer Landes gebracht hatte, wenn die Contessa die Werke zuvor im Palazzo verpackt hatte, wer war dann der Mann in ihrer Begleitung, den Signora Monin so genau beschreiben konnte. Ich musste an ihre Worte denken, die einen blassen, dunkelblonden Mann skizzierten, der sich, wie sie es vielleicht formuliert hätte, in den besten Jahren befand. Filippo war das jedenfalls nicht.

Sollte ich die Sache vielleicht doch mit der Polizei besprechen, den alten fetten Igel Deckert anrufen? Wozu?, dachte ich sofort. Ich machte mich nicht strafbar, soweit ich wusste, denn die eigene Verwandtschaft brauchte man nicht zu belasten.

Es war schon weit nach Mittag, und wir räkelten uns auf der Couch im Salon. Phil konnte sich nicht sattsehen an den alten Möbeln, und ich spielte mit dem Gedanken, mich noch einmal aufs Bett fallen zu lassen. Irgendwann rief Filippo an.

«Du kannst ihn auch mitbringen zum Essen, wenn du willst», flüsterte Phil, aber ich schüttelte den Kopf und machte ihm ein Zeichen, dass ich den Abend nur mit ihm verbringen wollte. Zur Ruhe kommen, den glücklichen Tag als Beginn einer Reihe von glücklichen Tagen betrachten, Abstand vom Chaos gewinnen. Phil kam an den Tisch und beugte sich über unseren Plan. Notierte noch den Namen Eva zwischen Berentz und Ruggero Carpi und faltete dann das Blatt zusammen, um es mir in die Jackentasche zu stecken. Die Erinnerung an Eva erheiterte mich, und ich beschloss, sollte ich irgendwann einmal meine Erlebnisse zu Papier bringen, sie ihr zur Veröffentlichung anzubieten. Welche Verlegerin konnte schon behaupten, mit dem

Gangster aus einer bei ihr veröffentlichten Kriminalgeschichte auf der Beerdigung ihres Exgeliebten Sex gehabt zu haben?

Phil richtete sich auf und fragte unvermittelt, ob ich ihn nach Galway begleiten wolle. Galway sei schön, ich könne dort billig eine Wohnung mieten, er wolle ebenfalls für einige Monate nach Galway ziehen. Vielleicht könnten wir sogar eine Wohnung zusammen mieten. Sein Vater habe auch zwei Wohnungen in Galway.

«Wieso unbedingt Galway?», fragte ich, denn an Irland hatte ich in meinem Leben bisher wenig Gedanken verschwendet, und er zuckte mit den Schultern.

«Ich war glücklich da», sagte er.

Ich vereinbarte mit Filippo ein kurzes Treffen, nur auf einen Drink ganz in der Nähe, und legte das Telefon weg. Phil streckte sich und schlich in die Küche. Ich hatte Geburtstag, die Euphorie des Morgens glomm noch in der Ferne, aber gerade weil sie zusehends am Horizont zu verblassen drohte, dachte ich nun wieder an die Phantomjagd der vergangenen Wochen. Die Tage verrannen, und mit ihnen verflogen meine Gedanken. Die Dauerklagen alter Leute fielen mir ein, die fühlten, wie ihnen ihr Leben durch die Finger glitt, ohne dass sie eine Chance hatten, das Tempo der ablaufenden Zeit zu drosseln. Sie starrten paralysiert auf die Betonwand am Ende der abfallenden Strecke, deren Entfernung sie mit ihren erlöschenden Augen nicht mehr richtig einschätzen konnten, und versuchten, eine Bremse zu treten, die es nicht gab. Doch ich war noch nicht achtzig, meine Augen funktionierten, und sich über das Verrinnen der Zeit Gedanken zu machen, gestand ich mir ein, bedeutete nicht mehr, als sie zu vergeuden. Phil hackte Zwiebeln, als ich zu ihm ging, um mich abzumelden. Ein Glas Rotwein stand zwischen den Fischen, und ich nahm einen Schluck im Vorbeigehen.

«In einer Stunde bin ich zurück», versprach ich ihm, und er winkte mit einem Bund Stangensellerie, als ich die Tür hinter mir zuzog. Ich war plötzlich nervös, fieberte der Begegnung mit Filippo entgegen, denn jetzt würde ich ihm alles sagen. Ich überquerte den Platz vor dem Palazzo und bog um zwei Ecken, passierte noch eine kleine Brücke und sah Filippo schon hinter der Scheibe des Cafés. Draußen standen zwei kleine Tische, aber es war zu kalt, um hier zu sitzen. Es hatte sich eingetrübt, eine verfrühte Dämmerung, die vielleicht noch Regen bringen würde. Filippo stand auf und umarmte mich. Dann zog er ein kleines, gerahmtes Foto aus der Tasche, das einen im Sand sitzenden Mann in meinem Alter zeigte, der ein Kleinkind auf dem Knie hielt. Eine Frau hatte ihre Arme von hinten um ihn geschlungen, und alle drei fixierten in bester Laune den Fotografen. Das Bild war zeitlos, die Frisuren nass, die Bademode dezent, das Plastikspielzeug Plastikspielzeug.

«Das sind wir», sagte Filippo. *Lido di Venezia 1977* stand auf der Rückseite des Rahmens. «Ich habe es für dich aufgehoben die ganzen Jahre.» Dann winkte er dem Kellner und bestellte uns Kaffee und Averna. Ich betrachtete die Fotografie wie einen Fremdkörper. Keinerlei persönliche Erinnerung regte sich.

«Danke», sagte ich, als der Kaffee kam, und legte das Bild beiseite, um Filippo endlich von meinen Ergebnissen zu erzählen.

«Den Schlüssel zur Wohnung von Signora Monin hast du nicht gefunden, habe ich recht?»

Er nickte, während ich in meine Jacke griff und ihn über den Tisch schob.

«Ich bin gestern Ruggero Carpi begegnet, und er hatte ihn in der Tasche.»

«Wirklich? Wo denn? Was ist passiert?», fragte er.

Ich fasste mich kurz. Während ich sprach, griff sich Filippo an die Stirn und lachte tonlos.

«Es ist vielleicht an der Zeit, dass ich dir eine Geschichte erzähle», sagte er, und ich dachte: noch eine Geschichte.

«Hör zu. Das Ganze ist eine Familienangelegenheit, und da du jetzt zur Familie gehörst, solltest du nicht länger im Dunkeln tappen», begann er. «Du bist mein Sohn, aber wie du weißt, bist du nicht der einzige. Ich war verheiratet, als ich deine Mutter kennenlernte, und ich habe zu lange mit der Scheidung gewartet, fürchte ich. Auch deshalb hat sie mich verlassen. Ich habe ständig Pläne für eine glorreiche Zukunft entworfen, oder sagen wir einfach: Ich war jung.»

Er nahm einen Schluck, und ich trieb ihn mit einer ungeduldigen Geste an, weiterzusprechen.

«Du kennst meine Exfrau nicht, aber Phil ist ihr begegnet.» Er hob den Blick von der Tasse. «Ja, es ist Clara, die Contessa. Mit ihr habe ich auch einen Sohn, nur ein Jahr älter als du. Er heißt Sandro, und er hat mich gestern Abend besucht.»

Langsam wurde es dunkel vor meinen Augen, dann sprangen die Neonröhren der Bar an und tauchten alles in ein neues Licht. Meine Stimme reichte gerade noch für eine weitere Kaffeebestellung.

«Er hat ein bisschen auf dich aufgepasst in den letzten Wochen. Ich dachte, das ist dir die Familie schuldig.»

«So nennst du das», sagte ich tonlos. Aber er ging nicht weiter darauf ein, sondern sagte nur: «Wenn alles vorbei ist, wirst du ihn sicher mal kennenlernen», und begann mit seiner Geschichte.

«Meine Exschwiegermutter mag mich nicht besonders, das erwähnte ich schon. Sie nimmt mir auch nach mehr als zwanzig Jahren immer noch übel, dass ich ihrer Tochter nicht treu war. Meine Exfrau Clara dagegen ist nicht so nachtragend. Wir kommen ganz gut miteinander aus. Vor fast zwei Jahren, als wir zu einem Abendessen im kleinen Kreis zusammensaßen, klingelte irgendwann spät das Telefon, und Peter Giffroy, ein alter Bekannter, den Clara und ich aus Studienzeiten kannten, war dran. Ein klagender Galerist ist eigentlich nichts Außergewöhnliches, aber er klagte so geistreich, dass ich Clara immer wieder lachen hörte. Hinterher erzählte sie mir von dem Gespräch, in dem Giffroy über Kunst als Verbrechen philosophiert hatte und über die Notwendigkeit des Galeristen, auf dieses Verbrechen angemessen zu reagieren. Außerdem war Giffroy gekränkt, weil die Concil-Versicherung, zu der er so enge Beziehungen gepflegt hatte, ihn vor Gericht zerrte.»

Ein deutsches Ehepaar betrat die Bar und bestellte sich Grappa am Tresen. Filippo beobachtete sie und unterbrach sich für Sekunden. Dann senkte er die Stimme und fuhr fort.

«Als du mit deinem Studium fertig warst, rief mich deine Mutter an und fragte, ob ich nicht etwas für dich tun könnte. Giffroy hat dich damals bei der Versicherung empfohlen, ihm verdankst du deinen Job. Eine kleine Gefälligkeit mir gegenüber. Aber machen wir es kurz. Clara, Sandro und ich haben die Sache weitergesponnen in dieser Nacht, und Clara hat Giffroy bei nächster Gelegenheit von unseren Hirngespinsten erzählt. Plötzlich war es kein Spiel mehr, oder anders gesagt, es wurde ein gefährliches Spiel. Sandro wollte unbedingt mitmachen, aber ich habe die beiden nur ausgelacht. Sie haben wieder gefragt und wieder gefragt, und irgendwann habe ich mich dazu breitschlagen lassen, für einige Monate einen Koffer für sie zu verwahren. Giffroy hat ein paar Kunden der Concil-Versicherung ausgesucht, von denen er wusste, dass sie umfassend versichert waren, und schon ging es los.»

Mein Gesicht war vollkommen gefühllos, und als ich das Glas zum Mund führen wollte, ergoss sich der Averna über den Tisch und die Fotografie. Filippo stand auf und holte einen

Lappen. Während er wischte, nuschelte er Entschuldigungen. Dann saß er mir wieder gegenüber.

«Als klar war, dass du ermitteln würdest, habe ich begonnen, mich mehr für die Sache zu interessieren. Wir waren uns unserer Sache so sicher», sagte er nachdenklich. «Dass du gleich Signora Monin aufspüren würdest, konnte keiner ahnen. Sie hatte tatsächlich Clara und Giffroy zusammen im Palazzo gesehen. Das hat Giffroy überhaupt nicht gefallen. Er verlangte, dass du auf andere Gedanken kommen und aus Venedig verschwinden müssest. Er hat sogar damit gedroht, dass er der alten Dame den Hals umdrehen würde, falls du sie noch mal triffst. Ein besonders sympathischer Typ ist er wirklich nicht. Aber du kennst ihn ja. Du bist ihm jedenfalls gleich richtig auf die Nerven gegangen.» Ein feines Lächeln kehrte auf sein Gesicht zurück. «Um dich erst einmal abzulenken, haben wir dich nach Bangkok geschickt. Die Spur zu legen war ja nicht schwer.»

Jetzt lachte Filippo etwas lauter, und das deutsche Paar lachte mit, denn sie zeigten sich dankbar für jedes Indiz guter Laune in dieser gierzerfressenen Stadt, in der von Dolce vita und Freundlichkeit sonst wenig zu spüren war.

«Zan war nicht begeistert, als er von unserem Plan erfuhr, aber er signalisierte Bereitschaft, dich bei sich einzuquartieren, als Clara ihm ein Ticket nach Thailand geschenkt hat.»

Er schlürfte seinen Kaffee und sah mich direkt an, um meine Reaktion zu ergründen.

«Den Rest kennst du, oder?»

Ich hob die Hände und versuchte, meine Stimme wiederzufinden. Auf meinen Knöcheln sah ich dunkelblaue Flecken, mir war kalt, und Filippo sagte nun nichts mehr. Alles, was ich hörte, waren Kaffeemaschinenschnauben und Wortfetzen der Deutschen, die sich über Dogengräber austauschten. Mir wurde übel, ich fühlte mich grün, und Filippos leises Lachen schwirrte durch meinen Kopf.

«Für dich ist alles nur ein Spiel, was?», stieß ich immerhin so bitter hervor, dass seine Lachfalten erschlafften.

«Ehrlich gesagt war es das», murmelte er. «Der Einzige, der ernsthaft um seinen guten Ruf besorgt ist, ist Peter Giffroy. Für ihn ist es kein Spaß mehr. Er ist sehr verbissen. Schon dass Berentz nur Fälschungen geliefert hat, hat ihn gewurmt, und er hat seinen Anteil daran, dass sich der Arme so aufregte, dass ihn der Schlag traf, das kannst du mir glauben. Signora Monin habe ich daher nach Wien geschickt, damit er sie nicht auch noch zu Tode erschreckt. Aber ich kann ja nun wirklich nicht alle auf Reisen schicken!»

So hatte ich Giffroy eingeschätzt. Ein Mann, der jedes Risiko selbst kalkulieren will. Der keinem traut. Für den andere Menschen unkalkulierbare Wagnisse darstellen, vor allem, wenn sie etwas wissen, was ihm schaden könnte. Ein Mann, der über Leichen geht. Er konnte nicht zugeben, dass ihm das Spiel längst entglitten war, und er würde einiges unternehmen, um es wieder unter Kontrolle zu bringen.

«Er weiß nicht, dass ich dir das alles erzähle. Noch fühlt er sich sicher, denn außer Signora Monin hat ihn keiner gesehen, gefahndet wird nach einem Ruggero Carpi, der aussieht wie mein Sohn Sandro, und die Kunst liegt bei mir. Also ist es auch an mir, eine Lösung zu finden. Signora Monin habe ich bereits bestochen, und auch dein Schweigen werde ich mir erkaufen müssen.»

«Vielleicht», sagte ich, erhob mich und schob den Stuhl an den Tisch. Ich hatte kein gutes Gefühl dabei, Phil so lange alleine zu lassen. Die Contessa und Giffroy wussten, wo wir uns aufhielten.

«Komm», drängte ich, «wir müssen zu Phil.»

Wir brachen auf, liefen durch die abendlichen Gassen, und meine Schritte wurden mit jedem Meter schneller.

Die letzte Hausecke lag vor uns, dann der kleine Platz vor dem Palazzo. Die Tür sprang auf, und wir stürmten die Treppe hinauf, durch den Salon, den Flur bis zur Küche. Filippo und ich starrten atemlos auf Phil, der eine kleine Maschine drehte und uns anlächelte.

«Das wird der Nachtisch», sagte er. «Wie seht ihr denn aus?»

Er kam ein paar Schritte auf mich zu, umrundete einen schweren dunklen Holztisch und blieb vor mir stehen.

«Ich liebe dich», sagte ich.

Phil hob seine Hand und strich mir über das Gesicht. Weich und nach Zwiebeln riechend war diese Berührung.

«Kommt mit mir aufs Land», sagte Filippo.

«Morgen», antwortete ich, und Phil setzte sich in Bewegung. Traumwandlerisch zündete er Kerzen an, deckte für drei und servierte den ersten Gang. Als er im Halbdunkel den Wein eingoss, entspannte ich mich langsam. Filippo setzte sich, hob sein Glas und sagte etwas Kurzes, das freundlich klang. Wir stießen an, und dann sagte ich etwas Längeres, an das ich mich nicht erinnere.

«Mein Geschenk bekommst du später.» Filippo hatte seine Hand auf meinen Arm gelegt und verharrte regungslos, als ob er auf ein Geräusch lausche oder ein stilles Gebet spreche. Wir aßen, und auch wenn ich nicht mehr weiß, was es im Einzelnen war, habe ich nie ein Essen intensiver geschmeckt. Es war mehr als das gute Essen, es war der Geschmack des Raums, der Nacht und der Stimmen, die sich einmischten. Nach dem Hauptgang nahm ich das Telefon und wählte die Nummer von meinem Engel Rebecca. Die Nummer meiner Wohnung. Sie war mir fast entfallen. Es war noch nicht spät, aber ich vernahm nach einer Weile die verschlafene Stimme eines Mannes.

«Mick?», fragte ich. «Bist du das?»

«Wer ist Mick?», kam es zurück.

«Frag Rebecca», antwortete ich. Der Ton wurde dumpf, aber ich hörte die verschlafene Stimme dennoch deutlich.

«Rebecca, wer ist Mick?», fragte die Stimme. Dann kam es zu einem kurzen Rascheln und Stöhnen, und Rebecca war am Telefon.

«Hör zu, Mick», sagte sie, «ruf hier nicht mehr an, ja? Hast du es noch immer nicht kapiert? Es reicht mir, wenn ich dich in der Agentur sehen muss. Verschone mich bitte in meiner Freizeit!»

Ich verschluckte mich, und Lachen und Husten wurden eins.

«Robert?», fragte sie.

«Ja», sagte ich. «Ich werde nur noch mal kurz nach Hause kommen.»

Rebecca sagte zunächst nichts, und Filippo und Phil sahen mich an.

«Du gehst weg?», fragte sie.

«Ja», sagte ich, «nach Galway. Für eine Zeit.»

XX.

Am nächsten Nachmittag saßen wir zu dritt in einem Regionalzug und durchquerten die Terra ferma. Draußen ging ein Gewitter nieder, wie ich es zu dieser Jahreszeit noch nicht erlebt hatte. In jedem Bahnhof entließ der Zug Passagiere, bis wir allein waren in unserem Waggon. Filippo hatte einen Aktenkoffer auf den Knien und las die Zeitung, ich legte meinen Kopf an Phils Schulter und schlief, bis mein Telefon klingelte.

«Wo stecken Sie, Landau?» Es war Deckert. «Man hat mir gesagt, Sie hätten Venedig verlassen. Sitzen Sie in einer Eisenbahn?»

«Ja, ich sitze in einer Eisenbahn. Wer hat Ihnen das gesagt?»

«Das höre ich, Landau, das höre ich.»

«Wer hat Ihnen gesagt, ich hätte Venedig verlassen?»

«Wer wohl? Peter Giffroy hat mir das gesagt.»

«Sie haben ihn angerufen?»

«Nein, das war gar nicht nötig; er hat mich angerufen, um mir zu berichten, sie hätten die letzte Nacht im Palazzo verbracht. Und jetzt, meint Herr Giffroy, seien Sie auf der Flucht. Ich dachte ja, die Galeristen hätten Sie als Detektiv engagiert, um ein paar Leute aufzuspüren und zu beschatten, aber es sieht so aus, als ob Sie, Herr Landau, inzwischen der Beschattete wären. Was soll ich dazu sagen? Sagen Sie mir, was ich dazu sagen soll!»

Ich schwieg. In diesem Moment klingelte Filippos Telefon.

«Ich rufe Sie wieder an, Herr Kommissar», sagte ich und beendete das Gespräch. Filippo betrachtete das fiepende Etwas in seiner Hand.

«Es ist Clara», sagte er und stellte die Verbindung her. Aber es war nicht die Contessa, sondern Giffroy, der ihr Telefon benutzte. Filippo sah auf seine Uhr und verabredete ein Treffen um acht Uhr am Abend in seinem Landhaus, dann legte er auf und steckte das Telefon weg.

«Er wird kommen», sagte Filippo, «und zwar ohne Polizei, denn er will die Kunst, sie ist die Siegerprämie in dem Spiel, das wir gespielt haben.»

Als wir den Zug verließen, fiel mir Charles Bronson ein, auf den – c'era una volta – hinter dem abfahrenden Zug drei

Männer warteten. Wir stiegen aus, und ich hatte das Gefühl, in einer Steppe zu stehen. Der Wind heulte, und es war nichts als Gestrüpp zu sehen. Alles andere verbarg sich hinter aufgewirbeltem Staub. Wir drehten uns zum Zug um, der anfuhr und in wenigen Momenten den Blick auf den Bahnhof freigeben würde. War Giffroy bereits da? Wartete er auf uns? Ich sah drei lange Ledermäntel, in den drei Ledermänteln sah ich uns, und in uns sah ich drei Kugeln.

Vielleicht dachte Filippo etwas Ähnliches. Ich nahm die Anspannung wahr, die von ihm ausging. Der letzte Waggon zog vorbei, das kleine Bahnhofsgebäude hob sich schwarz vor zwei Pinien ab, die Bar hatte längst geschlossen, und an der Straße stand nur noch ein letztes Auto, ein klappriger Fiat, zu dem Filippo den Schlüssel besaß. Wir zwängten uns hinein.

Wo der Ort zu diesem Bahnhof war, mochte das Geheimnis seines Erbauers sein. Ich jedenfalls konnte bis zum Horizont nur Felder und einige bewaldete Hügel ausmachen. Filippo traktierte das kleine Gefährt und lenkte es auf der Landstraße nach links. Wir ließen Äcker und vereinzelte Häuser hinter uns und passierten nach einer Viertelstunde ein schwach erleuchtetes Ortsschild. Die Straße war nur vom Knattern unseres Motors erfüllt, Menschen waren nicht zu sehen.

Wie herrlich es sei, in einem Auto zu sitzen, und sei es auch noch so klein und alt, begeisterte sich Filippo. Dieser Motor, diese Kraft, diese Autonomie! Venedig sei zweifellos eine wunderbare Stadt, aber mit einem Makel behaftet: der Abwesenheit der Automobile. Automobile seien die modernen Ikonen, sagte er, die fantastischen Goldenen Kälber unserer Zeit, um die sich alles drehe. Automobile seien Geschöpfe von Männern für Männer, Venedig aber sei eine durch und durch feminine Stadt, eine betörende, aber frigide Schönheit, die diese Geschöpfe nicht in sich dulde. Er sah mich ernst an und legte sich in die Kurve. Es ging weiter über immer schmalere Pfade einen Hügel hinauf, bis wieder Wiesen die Straße säumten. Automobile verkörperten die archaischen, männlichen Triebe, räsonnierte Filippo. Nichts gebe deutlicher Auskunft über die Begierden eines Mannes als sein Automobil. Das Automobil sei auf der Straße zu parken, denn es trage die Wünsche seines Besitzers in die Öffentlichkeit. Garagen seien tabu für Männer mit Stil. Er selbst, der Besitzer, könne sich in seinem Automobil verbergen, aber das Automobil verberge nichts und solle nicht verborgen werden. Automobile seien schamlos offen und entwaffnend direkt. Dann bog Filippo in eine dunkle Einfahrt ab. Noch einmal ging es steil den Berg hinauf, bis ein Kettenhund anschlug und den Radius vor seiner Hütte durchtobte. Garagen, so Filippo, gehörten zum Verklemmtesten, was er kenne. Garagen seien etwas für Schlappschwänze. Wenige Hundert Meter noch, und wir standen vor der Villa, die ihre Tempelfront in die Nacht erhob. Ein fesselnder Anblick. Er traf mich wie etwas Großes. Eine Liebe auf den ersten Blick stelle ich mir so vor. Die Ruhe und Souveränität, die der Bau ausstrahlte, erschütterten mich. Gerne hätte ich noch lange auf diesen Körper geschaut, ihn umrundet und umrundet. Wäre stehen geblieben, um ihn aufzusaugen, wie einen klärenden Duft, der nicht betört wie Rosen, sondern wie das Meer den Kopf und die Sinne befreit.

Wir benutzten den Kücheneingang, gingen von dort hinauf in die Halle, öffneten eines der schweren Holztore zur Terrasse, dessen Ächzen von der Kuppel der Halle zurückgeworfen wurde, und standen dann für einen Moment über der Ebene, in der die Lichter der Gehöfte und Siedlungen funkelten.

«Du machst ein Feuer im Kamin», sagte Filippo an Phil gewandt, «wir gehen Kunst sortieren.»

Er zeigte Phil Zeitungen und Holz und das Zimmer, in dem er sich an die Arbeit machen sollte. Es war mit zwei etwas speckigen roten Sofas bestückt und einem niedrigen Glastisch, auf dem ein Silbertablett stand und uralte Magazine vergilbten.

«Wir haben nicht viel Zeit.»

Filippo zog mich weiter, über eine enge Wendeltreppe und eine Holzleiter unter das Dach, und reichte mir einen schwarzen Koffer, der zwischen ausrangierten Waschbecken und einem Stapel Ziegel stand. In der Hauskapelle im Obergeschoss, in die mich Filippo schob, öffneten wir den Koffer. Von hier konnte man durch ein ovales Fenster die Halle und die Terrasse überblicken.

«Das sind alle Werke. Die Fälschungen von Berentz sortieren wir aus. Dazu habe ich hier eine Liste.» Dabei zog er ein Blatt aus einem Fach im Kofferdeckel und legte es auf den Boden. «Die Kürzel meinen die Galeristen, von denen die Werke stammen. Peter Giffroy hat seine Kunst ebenfalls hier deponiert. Es wäre ja fatal, wenn man sie bei ihm fände.»

Ich warf einen Blick auf die Liste und sah Filippo zweifelnd an. Doch der hatte bereits begonnen, die Werke auf dem Boden auszubreiten.

«Ich hoffe, sie gefallen dir», sagte er. «Du kontrollierst alles auf der Liste und sortierst aus, was Berentz geliefert hat. Denk dran, sie werden bald hier sein. Also, machen wir Tempo!»

Bereits beim zweiten Blatt hatte ich Zweifel, ob es sich nicht um eine Fälschung handle, aber die Provenienz sprach dagegen, es stammte aus dem Besitz von Dr. Winther.

«Wir haben leider keine Zeit für Expertenspielchen.» Ein Hauch von Ärger trübte Filippos nervöse Hochstimmung, und er riss mir fast das Blatt aus der Hand, um ihm mit der Ablage auf dem richtigen Stapel das Echtheitszertifikat zu verleihen.

«Weiter!», trieb er mich an.

Wir arbeiteten schweigend. Mit der Zeit begann ich das Sortieren nach Wahrheit und Fälschung zu genießen. Dann vernahmen wir Schritte in der Halle. Filippo spähte hinunter und öffnete das Fenster.

«Brennt das Feuer?»

Von unten hallte für mich unverständlich Phils Stimme herauf.

«Gut», sagte Filippo, und zu mir gewandt: «Zählen wir durch.»

Es waren siebenundzwanzig Originale. Filippo öffnete den Aktenkoffer, den er aus Venedig mitgebracht hatte, und leerte ihn aus. Ein Haufen alter Kupferstiche, Zeichnungen und zwei Fetzen bemalter Leinwand fielen auf den Boden.

«Ich habe mal ausgemistet zu Hause. Alles wertloses Zeug», stellte er fest. «Das könnte man nur noch Touristen andrehen.»

Statt des Kunstabfalls verstaute er nun die Originale im Aktenkoffer und schob ihn hinter den Altar. Dann packte er alles, was jetzt vor unseren Füßen lag, in den schwarzen Koffer vom Dachboden. Mit einem Nicken gab er mir Anweisung, ihm zum Kamin zu folgen. Phil wandte uns das Gesicht zu, und die Glut des Feuers spielte darauf unruhige Melodien. Mit beiden Händen fuhr er sich durch die Haare und hinterließ dabei feine Rußspuren auf seiner hellen Stirn. Ich hätte ihn gerne noch länger angesehen, doch Filippo legte den Arm um seine Schulter und ging mit ihm auf die Terrasse. Als er zurückkam, öffnete er den Koffer und begann, erst die Leinwand, dann die Blätter in den Kamin zu halten, bis sie Feuer fingen.

«Phil macht sich draußen als Späher nützlich», sagte er mit Blick auf eine Vedute, die in seinen Händen Feuer fing und sich mit elegantem Schwung verformte.

Die Asche und einige spärliche Reste des Papiers sammelte er auf dem Silbertablett. Zwischendurch griff er nach einem der Berentz-Werke, das er mit besonderer Aufmerksamkeit versengte. Als alles verbrannt war, entkorkte er eine Flasche

Rotwein und füllte drei Gläser. Zufrieden ruhte sein Blick auf dem Haufen Asche, dann ging er vor mir durch die Halle hinaus zu Phil, der in einem geflochtenen Stuhl saß und dessen Blick sich in der Weite verloren hatte. Wir setzten uns zu ihm und stießen mit dem kraftvollen Wein an, der in den Gläsern glühte. Die Lichter der Ebene erloschen nach und nach, und der klare Himmel ließ stattdessen seine Sterne aufblitzen. Es wurde kühl, aber keiner von uns wagte, die Ruhe zu durchbrechen. Ich dachte an den wunderbaren neuen Tag, der morgen vor uns liegen würde. Einer der Tage, die ein Hochgefühl in mir auslösten und mir bewiesen, dass ich doch noch Teil der Natur war.

Wir hörten das Kläffen des Hundes, und Filippo erhob sich.

«Nimm das Telefon und geh nach oben!», sagte er zu Phil. «Wenn irgendetwas nicht nach Plan läuft, rufst du den Kommissar an.»

«Von welchem Plan sprichst du?», fragte Phil zurück.

Filippo schob ihn in die Halle.

«Du wirst es schon merken, wenn etwas schiefläuft, denke ich.»

Ich sah Phil durch die kleine Tür zur Treppe verschwinden. Filippo ging für einen Moment, nahm Phils Weinglas mit und kehrte mit zwei frischen Gläsern zurück, setzte sich wieder und stellte die Gläser vorsichtig auf den steinernen Tisch vor uns. Sein Bemühen, die Ruhe zu bewahren, war deutlich zu spüren. Betont langsam griff er nach der Flasche, aber ich bemerkte das leichte Zittern seiner Hand. Erst als der hässliche BMW vor dem Portal stoppte und der Kies nicht mehr knirschte, stand Filippo auf und ging den Besuchern auf der Freitreppe entgegen. Mit fester Stimme begrüßte er überschwänglich die Contessa. Er küsste sie mehrfach und schüttelte anschließend Peter Giffroy die Hand, als wolle er ihn zu sich heraufziehen. Filippos Beispiel folgend, hatte ich mich erhoben und ein Lächeln aufgesetzt. Schon jetzt befand ich mich wieder einmal mitten in einem Spiel, dessen Regeln ich nicht kannte. Ob überhaupt Regeln existierten und wer sie bestimmt hatte, würde ich vielleicht nie erfahren.

«Sieh an», sagte Giffroy mit Blick auf mich. «Filippo hat uns gar nicht gesagt, dass Sie auch hier sein würden. Ich bin ein wenig überrascht.»

«Er gehört schließlich zur Familie», sagte mein Vater und stellte mich der Contessa vor, die, graziler als ihre Mutter, ihre feinen Gliedmaßen mit großer Selbstverständlichkeit über die Terrasse auf uns zulenkte. Dann steuerte sie einen der geflochtenen Sessel an und setzte sich dort, wo eben noch Phil gesessen hatte. Giffroy stemmte unterdessen seine Hände in die Hosentaschen und starrte an den Säulen empor, bis Filippo ihn bat, Platz zu nehmen. Wein wurde eingegossen. Die nächsten Minuten vergingen mit Komplimenten für jugendliches Aussehen, den guten Tropfen und die phänomenale Aussicht, dann schlug Filippo einen anderen Ton an. Er wollte das Ruder nicht aus der Hand geben und selbst entscheiden, zu welcher Zeit und in welchem Ton über das Thema des Abends gesprochen würde. Er war hellwach, und ich traute ihm zu, die Spielregeln jederzeit neu zu formulieren.

«In der Wirklichkeit sieht manches anders aus als in den gewitzten Plänen, die man so austüftelt», begann er jovial. «Sollte ich persönlich Bilanz ziehen, dann müsste ich sagen, dass unsere Aktion ein Fehlschlag war. Es war ein Fehler, meinen Sohn Robert da hineinzuziehen.»

«Es war sein Pech, dass er für die Versicherung gearbeitet hat, die wir zur Kasse bitten wollten.» Ein spöttischer Anflug streifte die Züge des Snobs.

«Die du zur Kasse bitten wolltest, Peter», sagte mein Vater.

«Du hast deinen persönlichen Rachefeldzug gegen die Concil mit unserer hübschen kleinen Idee verknüpft. Erinnerst du dich noch an diesen Abend, an dem wir das Spiel ausgesponnen haben, Kunst und Verbrechen wieder einmal elegant zu kombinieren?»

«Natürlich erinnere ich mich, wo denkst du hin?»

«Es war eine nette Idee, aber Rächen und Spielen passen eben nicht gut zusammen», fuhr Filippo fort.

«Findest du? Sei mir nicht böse, aber ich sehe das ganz anders. Es gibt nur wenig, was besser zusammenpasst!» Giffroy lächelte entspannt in die Runde.

«Ich möchte nicht unhöflich erscheinen, aber ich hatte einen anstrengenden Tag», warf ich ein. «Können wir langsam zur Sache kommen?»

Die drei waren nicht darauf gefasst gewesen, dass ich mich auch am Gespräch beteiligen könnte, und sahen mich an, als würden sie sich gerade erst wieder an meine Anwesenheit erinnern. Filippo nickte und wandte sich Giffroy zu.

«Es gab viel Ärger. Es gab da plötzlich eine Zeugin, weil ihr beide unaufmerksam ward, und es gab einen Toten. Vielleicht würde dieser Berentz noch leben, wenn du das Spiel nicht zu weit getrieben hättest. Du hast ihn sehr aufgeregt mit deinen Versuchen, statt der Fälschungen doch noch Originale von ihm zu ergattern.»

«Ich mag es eben nicht, wenn jemand glaubt, er könne mich hinters Licht führen», sagte Giffroy. Und ich dachte, das hätte auch Berentz sagen können, wenn auch mit anderen Worten.

«Unaufmerksam hin oder her», mischte sich die Contessa ein, «du, mein lieber Filippo, hast auch Mist gebaut. Hast den armen Zan völlig verstört mit deiner Thailand-Geschichte. Sein kleiner Thai-Freund ist sicher nicht begeistert, dass jetzt dieser deutsche Kommissar hinter ihm hertelefoniert.»

Giffroy nickte, und Filippo senkte ein wenig seine Stimme.

«Natürlich, du hast vollkommen recht, wir alle sind der Situation nicht gewachsen gewesen. Und deshalb habe ich dafür gesorgt, dass diese Kunst keinen weiteren Schaden anrichtet.»

Er griff nach seinem Glas und wartete die Wirkung seiner Worte ab. Die Contessa betrachtete ihn ernst, und Giffroy öffnete den Mund. Noch wusste er nicht, was er sagen wollte, aber er war entschlossen, etwas zu sagen. Dann hielt er sich mit den Händen an seinen Oberschenkeln fest und richtete sich an Filippo.

«Hör mal, mein Lieber, ich weiß nicht, wovon du sprichst, aber ich bin hier, um die Kunst zu holen. Du bekommst deinen Anteil, sobald die Versicherung bezahlt hat, und wenn du keine weiteren Dummheiten machst, wird es auch keine weiteren Probleme geben. Verstehst du mich?»

Filippo nahm sein Glas und lächelte. Seine Ruhe schien mir jetzt nicht mehr gespielt und verlieh seinen Zügen etwas Edles. Sein milder Charme glomm auf, als er erst die Contessa anlächelte und sich dann wieder ernster an Giffroy wandte.

«Genau da liegt das Problem. Ich habe alles verbrannt. Du wirst dafür Verständnis haben, wenn du dich für einen Augenblick in meine Situation versetzt.»

Er ließ Giffroy mit den Augen nicht mehr los, registrierte jede kleinste Regung und setzte seine Worte behutsam wie Schritte auf dünnem Eis. Ganz langsam ließ er sich in seinem Sessel zurücksinken. Unsere Besucher sagten gar nichts mehr, und ich dachte schon, dieses Schweigen wäre für die Ewigkeit. Filippo leerte sein Glas, sah in die Ferne, atmete tief durch. Dann endlich sprang Giffroy nach vorn und packte Filippo am Hemd. Dieser Angriff kam so plötzlich, dass es Filippo nicht gelungen war, ihm auszuweichen. Giffroy drückte ihn in seinen Sessel, und seine blasse Haut wechselte in ein Rosa, das ich nur von in

Plastik eingeschweißtem Lachs kannte. Ich schnellte hoch und zerrte Giffroy zurück.

«Was soll das! Aufhören!», brüllte ich, und im Park begann der Hund zu kläffen. Die Contessa war sitzen geblieben und klatschte in die Hände. Es war kein Applaus, sondern der Versuch, eine ärgerliche Vorstellung zu beenden.

«Peter», befahl sie. «Peter Giffroy, das genügt!»

Giffroy ließ von seinem Opfer ab und zog seine Manschetten wieder über die Handgelenke. Zugleich erhob sich Filippo schweigend, um voran in den Salon zu gehen. Wir folgten ihm. Das Feuer war inzwischen heruntergebrannt, und nur noch Reste der Glut glommen im Kamin. Giffroy lief nun bläulich an, als er das Tablett mit den Ascheresten sah.

«Mach doch bitte den Koffer auf», sagte Filippo, und ich tat, was er wünschte. Er hob das Tablett an und leerte Asche und versengte Papierreste in den Koffer, klappte den Deckel zu und ließ die Verschlüsse einrasten. Giffroy legte eine Hand über die Augen.

«Es tut mir leid», Filippo räusperte sich, «aber mehr ist nicht übrig. Es waren ohnehin nicht alles hochklassige Blätter, mal abgesehen von den Fälschungen.»

Giffroy drehte sich abrupt um und verließ den Raum. Wir sahen uns an, und die Contessa begann schrill und stoßweise zu lachen, bis ihr die Tränen über die Wangen liefen.

«Filippo, ich mag dich. Komm doch unbedingt wieder mal vorbei, wenn das alles ausgestanden ist. Versprochen?» Mit der Linken streichelte sie seine Wange, mit der Rechten griff sie nach dem Koffer, den ihr Filippo hinhielt. «Das hat lange keiner mehr geschafft, dass Peter in so kurzer Zeit erst rot und dann blau geworden ist, alle Achtung.»

Filippo reichte ihr den Arm und geleitete sie zurück auf die Terrasse. Zwischen den Säulen zeichnete sich Giffroys Silhouette ab. Er hielt eine Zigarette zwischen Daumen und Zeigefinger, und sein Blick war auf die nächtliche Ebene gerichtet. Filippo ging hinüber und stellte sich schweigend neben ihn, während die Contessa auf der Toilette verschwand, wohl um ihr Make-up zu kontrollieren, das von den Ereignissen der letzten Minuten in Mitleidenschaft gezogen worden sein könnte. Ich setzte mich und griff nach dem Wein, drehte das Glas zwischen den Fingern und betrachtete die Landschaft, die sich vor mir ausbreitete und die diesen dunklen Trank hervorgebracht hatte.

«Gras drüber», sagte Giffroy. «Ist wirklich nicht optimal gelaufen.»

Wieder machte sich eine elegische Stille breit, aber dann, als die Contessa endlich zurückkehrte, goss ich mir noch einmal Wein nach und erhob mein Glas auf die Vernunft. Giffroy betrachtete mich mit einem Lächeln. Ich konnte ihn mir gut als Giftmischer vorstellen, der uns hinterrücks irgendetwas in den Wein geträufelt hatte. Venezianischer Generalvergifter, dachte ich. Es muss spät gewesen sein, denn ich war sehr müde und wandte mich an Filippo, um ihm meinen Rückzug anzukündigen. Etwas ungeschickt verneigte ich mich vor der Contessa und nickte Giffroy zu.

«Ich brauche mehr Schlaf als andere, und es geht mir nicht gut», sagte ich. «Es war doch etwas zu viel für mich heute.»

Bevor Filippo noch antworten konnte, meldete sich Giffroy und schlug formvollendete Abschiedskapriolen. Am nächsten Nachmittag gehe ohnehin sein Flug nach Hause, über Frankfurt nach Edinburgh, und er müsse noch packen, auch sei die Nacht wirklich fortgeschritten. Mit ausgebreiteten Armen, als wolle er uns den päpstlichen Segen erteilen, stand er vor uns und senkte die Stimme.

«Beim nächsten Mal läuft es besser, versprochen.»

Er drehte sich auf dem Absatz herum und stieg die Treppe zu seinem Wagen hinab. Die Contessa folgte ihm, erreichte die Beifahrertür, die Giffroy ihr aufhielt, und winkte zurück.

«Sie haben Ihren Koffer vergessen», rief ich, denn ich sah ihn noch auf der Terrasse stehen. Giffroy überhörte meine Worte, und die Contessa lächelte.

«Begrab ihn standesgemäß», sagte sie.

Als er den Motor startete, hob Giffroy die Hand zu einem militärischen Gruß an die Stirn, dann leuchteten nur noch die Rücklichter, der Kies rauschte, und nach wenigen Minuten verhallte das Kläffen des Hundes.

Ich folgte Filippo ins Haus, räumte den Tisch auf der Terrasse ab, brachte die Weingläser in die Küche, spülte sie, nahm die Treppe in den ersten Stock und fand Phil dort schlafend vor. Er lag, halb auf dem Bett eines Gästezimmers, in seinen Kleidern, das Hemd offen und in der Hand das Telefon. Sanft hob ich seine Füße auf die Matratze, zog ihm die Schuhe aus und deckte ihn zu. Von unten hörte ich Filippo, der die Flügeltür zur Terrasse verrammelte, durch die Halle stapfte und die Lichter löschte.

Der Abschied fiel unsentimental aus. Ich bestattete tatsächlich noch den Koffer am Rande des Parks, und Filippo brachte uns zum Bahnhof. Die kleine Station war an diesem Frühlingsmorgen viel wohnlicher. Aus der Bar holte ich uns noch drei Cappuccini, dann saßen wir auf Bahnsteig eins und warteten. Meine Gedanken waren schon in Frankfurt, und ich versuchte mir vorzustellen, was Rebecca sagen würde, wenn ich verschwand. Sie stünde im Flur, betont gut gelaunt, irgendein Typ, verpennt und mit einer Tasse Kaffee abgespeist, durchstöberte das Badezimmer auf der Suche nach seiner Hose, und sie, tapfer und pragmatisch, würde erst in letzter Minute wehmütig werden, sie würde mich umarmen und viel zu lange festhalten und dann im Türspalt stehen, bis wir außer Sichtweite wären.

Der Zug fuhr ein, und Filippo nahm uns beide gleichzeitig wie Kinder in den Arm. Die Türen öffneten sich, und einige Alte wuchteten ihre Körper auf den Bahnsteig. Filippo zeigte auf einen Waggon, und Phil stieg als Erster ein. Von drinnen winkte er und zog das Fenster hinunter.

«Alles frei», rief er.

Ich war sofort bei ihm. Von oben betrachteten wir den freundlichen älteren Herrn, der mein Vater war, ein letztes Mal, bevor der Zug anfuhr und wir ihn hinter uns ließen.

XXI.

Rebecca reagierte doch nicht ganz so, wie ich es erwartet hatte. Sie hatte sich ihre Augenbrauen gezupft, was ihren Auftritt als Furie unterstrich, und machte mir Vorwürfe, wollte, dass ich die Miete weiterzahlte, beschwerte sich über meine Unzuverlässigkeit, meine Arroganz, das Chaos im Allgemeinen. Ich stand unterdessen in meinem Zimmer und packte eine kleine Tasche, in die ich Musik und Unterwäsche stopfte. Ich schwieg und ließ sie reden. Sie schleuderte ihre blonde Mähne, die frisch gewaschen, toupiert und geölt war, hin und her.

«So hab ich mir das nich vorgestellt. Erst war ich ja total impressed von deinem Auftrag, aber du hast nur Schrott veranstaltet, und dann wunderst du dich noch, dass alle Welt dich anscheißt. Du bist ein Loser. Verstehst du, was ich sage?»

Ich warf einen Blick in meinen Kleiderschrank und inspizierte noch einmal meine Hemden und Pullover. Hier hatte alles seine Ordnung, die Pullover lagen gestapelt, die gebügelten Hemden hingen links, die ungebügelten rechts, und auch sonst hatte in diesem Raum alles seine Gesetzmäßigkeit, der Staub lag noch da, wo er immer lag, die Fenster waren trübe, der Wasserfleck auf dem Parkett war nicht gewachsen. Ich lächelte Rebecca an und strich ihr über die Wange, aber sie missverstand die Geste und entzog sich mir.

«Du fühlst dich wohl als der große Aussteiger jetzt», giftete sie, «aber aussteigen kann man nur, wenn man irgendwann mal eingestiegen ist! Und das kann man von dir echt nich behaupten.»

«Bitte komm und besuch mich!», sagte ich zärtlich, nachdem sie die Tür ihres Zimmers fast lautlos von innen zugedrückt hatte.

Es wurde Zeit, dass ich verschwand, und es wurde Zeit, dass ich endlich Zeit hatte, meine Geschichte aufzuschreiben. Ich hatte genug gesehen. Das Netz aus Beziehungen, Vorstellungen und Lügen erschien mir zunehmend selbstverständlich. Das Fremde war mir immer bekannter erschienen. Es war nun Zeit, dass ich im Bekannten das Fremde entdeckte. Die einzige Geschichte, die ich jetzt erzählen konnte, würde mir keiner glauben, aber unter den wahren Begebenheiten sind, wie wir wissen, immer auch die unglaubwürdigsten. Und letztlich ist es gleichgültig, ob sich jemand findet, der glaubt, was ich sage. Was mir passiert war, war genau die Geschichte, nach der ich die ganze Zeit gesucht hatte. Darauf kam es an.

Ein paar Kleider warf ich auf einen Haufen, um sie noch in eine weitere Tasche zu stopfen, die ich mitnehmen würde. In meiner Winterjacke fand ich dabei einen Zettel, oder genauer gesagt, den Rest einer zerlegten Zigarettenschachtel, auf dem sich in kleinster Schrift Notizen zu einer Geschichte befanden. Es war meine Schrift, aber ich konnte mich in diesem Moment nicht mehr erinnern, das geschrieben zu haben. Die Geschichte hatte kein Ende, aber das, was ich entziffern konnte, war ein Anfang.

TANGO IN BARILOCHE

Jorge ist Literaturredakteur mit schönem Freund, schöner Wohnung und ausgeprägtem Ego. Wenn es nach seinem Vater gegangen wäre, hätte er Erdölingenieur werden sollen, aber diesen Plan konnte er unterlaufen. Also alles im Griff? Als er merkt, dass ein anderer über ihn zu bestimmen versucht, gerät er in Panik, und seine kultivierte Existenz zerbricht.

Wahrheit ist zutiefst relativ und subjektiv, wenn es um Liebe und Gefühle geht, so das unausgesprochene Credo. Ein stilistisch geistreicher wie leicht zu lesender Roman, der gleichermaßen fesselt wie Angst macht, weil er die Grenze zwischen Normalität und Chaos als Illusion entlarvt. Männer aktuell

Gerrit Liskow: Manuels Plan — ISBN 978-3-935596-56-5

ms

MännerschwarmVerlag